Ariadne Krimis: Inwiefern anders?
Ariadnes Spezialität ist spannender Lesestoff mit literarischem *und* aufrührerischem Anspruch. Für uns muss ein *guter* Krimi folgende Kriterien erfüllen: Der Suspense muss auf mehreren Ebenen stattfinden. Also nicht nur: wer hat gekillt bzw. wird er oder sie überführt?, sondern zusätzliche Rätsel, Fragen, Unklarheiten, Gefahren, Ängste und Nöte. Der Erzählkosmos darf keine heile Welt sein, die nur durch ein einsames Verbrechen gestört und mit der Lösung des Falls wieder blitzsauber wird – vielmehr zieht ein guter Krimi seine Spannung auch aus den Lücken, Grauzonen und Fehlern herrschender Moral und Rechtsvorstellung. Gerade hier sehen wir die Herausforderung einer zeitgemäßen Krimikultur: eingängig und spannend Geschichten zu erzählen, die gesellschaftliche Widersprüche und Ungerechtigkeiten ausleuchten, Zweifel an kulturellen, moralischen, sozialen Selbstverständlichkeiten wecken, kritischen Argwohn gegenüber den gängigen Glücks-, Erfolgs- und Wohlstandsversprechungen schüren, zum Misstrauen gegen blinde Ideologien, Dogmen und Normen anregen.

Ariadne Krimis neigen zum Subversiven. Dass Frauen darin stets die Hauptrollen besetzen, war vor zwölf Jahren ein mittlerer Skandal, heute stehen wir damit nicht mehr so allein. Dass die Hälfte unserer Protagonistinnen Sex mit Frauen bevorzugt, ist schon weniger gängig und entspricht dem Off-Mainstream-Anspruch der Ariadne Krimis. Die Heldinnen und Antiheldinnen sind meist Figuren, die an den üblichen Rollenmustern rütteln und neue Wege zu gehen versuchen. Bei den deutschsprachigen Autorinnen suchen und fördern wir diejenigen, die mit dem Genre experimentieren, über den Tellerrand spähen, sich dreist auf neues Terrain wagen. Krimis sind für uns eine Art Widerstandskultur. Das muss man natürlich nicht genauso sehen, man kann auch einfach die spannenden Bücher genießen, die wir verlegen.

Zu diesem Buch
Eine nie dagewesene Vergewaltigungsserie erschüttert die kalifornische Küste. Der Täter wählt seine Opfer mit äußerster Sorgfalt aus: Jede von ihnen lebt offen lesbisch. Der zuständige Ermittler für Sexualdelikte hat persönliche Gründe, sich in den Fall nicht wirklich reinzuknien. Doch als der Druck seitens der Medien und Politik wächst, zwingen ihn seine Vorgesetzten zur Kooperation mit zwei Frauen, von denen er als homophober Macho überhaupt nichts hält.

Melanie McAllester lebt und arbeitet in San Francisco. Ihre Insiderinnen-Kenntnis der Polizeiarbeit ist in Der Missionar genauso spürbar wie ihr Anliegen, das grausame Thema intelligent und souverän zu bearbeiten und die Spannung stetig zu steigern, ohne dafür drastische Gewaltszenen zu brauchen.

Melanie McAllester

Der Missionar

Deutsch von Britta Dutke

Ariadne Krimi 1137
Argument Verlag

Ariadne Krimis
Herausgegeben von Else Laudan
www.ariadnekrimis.de

Titel der US-Originalausgabe: The Lessons

Deutsche Erstausgabe

Eppendorfer Weg 95, 20259 Hamburg
Telefon 040/4018000 – Fax 040/40180020
www.argument.de
Texterfassung durch die Übersetzerin
Lektorat: Kirsten Gleinig und Iris Konopik
Umschlaggestaltung: Martin Grundmann
Satz: Iris Konopik
Belichtung: Satzwerk, Göttingen
Druck: Alfa Druck, Göttingen
Gedruckt auf säure- und chlorfreiem Papier
ISBN 3-88619-867-7
Erste Auflage 2002

Nirgends Schatten, die Sonne brennt, und unsere nette kleine Wanderung ist in Wirklichkeit eine Klettertour. Ich hätte es wissen müssen, denn sie hatte gesagt, ich könnte den Ausflug »ein bisschen anstrengend« finden. Mein Ehrgeiz ist das Einzige, was mich an ihrer Seite hält, während ich mich bemühe, nicht zu verräterisch zu keuchen.

Sie beschließt, ein Gespräch zu beginnen. Ein wenig subtiler Versuch, ihre überlegene Ausdauer zu demonstrieren. »Also, was hast du jetzt mit deinem Leben vor?«

»Hm.« Ich bleibe stehen, um zu Atem zu kommen, und gebe den Versuch auf, so zu klingen, als sei ich nicht aus der Puste. Immerhin bin ich noch dabei – das ist gut. »Du darfst mich aber nicht auslachen.«

Barb wirft mir einen dieser Blicke zu. Sie nimmt immer alle ernst.

»Ich schreibe ein Buch. Die Figuren und den größten Teil des Plots habe ich schon.«

»Wirklich? Das ist toll. Das würde ich auch gern mal machen, weißt du. Hey, ich könnte dir bei der Überarbeitung helfen.«

Barbs schneller Verstand zieht mit Ideen und Träumen von neuen Karrieremöglichkeiten davon und ihr Schritt wird schneller. Na, toll! Ein noch schnellerer Aufstieg ist genau das, was ich jetzt brauche. Doch als wir den Gipfel erreichen, haben ihre Begeisterung und ihre Zuversicht abgefärbt, und keine Aufgabe scheint mehr unlösbar.

Ein großes Dankeschön an Barbara Bond, die mich behutsam dahin geführt hat, die Story von einem Polizeibericht in einen Roman zu verwandeln, ohne meine Kreativität einzuschränken.

»Sag was zu ihr.« Lisa unterstreicht ihre geflüsterte Aufforderung mit einem sanften Schubs. »Wir sind nicht zum Spaß hier.« Ihre tiefe Stimme wird eindringlicher.

»Lass mir eine Sekunde Zeit. Was soll ich sagen?« Meine Schüchternheit ist übermächtig.

»Komm schon, wir haben doch im Auto geübt. Sag einfach dasselbe wie vorhin.« Sie gibt mir einen letzten Schubs.

Wir sind auf der Buchmesse in San Francisco, am Stand von *Spinsters Ink,* wo mein Manuskript zur Prüfung vorliegt, und Lisa will nicht zulassen, dass ich mich dort vorbeischleiche, ohne wenigstens mit jemandem zu sprechen. Schließlich raffe ich all meinen Mut zusammen und stelle mich Kelly Kager vor. Sie verspricht, mein Manuskript aus ihrem Stapel herauszusuchen, und ein paar Tage später erhalte ich einen Anruf von *Spinsters.*

Dank an Lisa Talbott dafür, dass sie in den letzten zwei Jahren für mich da war. Einst schworen wir, einander immer zu helfen – ich bin froh, dass sich daran nichts geändert hat. Ich freue mich jetzt schon auf meinen fünfundfünfzigsten Geburtstag!

Wenn ich schon beim Bedanken bin, dürfen meine Familien nicht unerwähnt bleiben – und zwar beide. Zum einen meine Freundinnen, Freunde, Kolleginnen und Kollegen am Palo Alto Police Department, Menschen, die in schwierigeren Situationen, als sich viele vorstellen können, an meiner Seite standen. Zum anderen meine Verwandtschaft: Ich habe das große Glück, eine Familie zu haben, die ich mag, lauter Freundinnen und Freunde, Vertraute, und Teil meiner Seele.

Und Dank an alle bei *Spinsters Ink,* die mir geholfen haben, meinen Traum zu verwirklichen.

Prolog

Sie rang darum, zu sich zu kommen, ihr Körper war noch entspannt, während ihr Bewusstsein mit aller Kraft versuchte, den Schlaf abzuschütteln und sich auf seine Umgebung zu konzentrieren. Sie spürte, wie sie aufwachte, ohne recht zu verstehen, warum. Ihre Augen öffneten sich und sofort war sie auf der Hut. Schnell übernahm ihr Kopf die Kontrolle über ihren Körper. Sie hatte etwas gehört. Oder glaubte jedenfalls, sich an das Geräusch von zersplitterndem Glas zu erinnern. War es ein Traum gewesen? Sie saß still, hielt den Atem an und horchte auf weitere Geräusche.

Nichts.

Was war es, das ihren Schlaf unterbrochen hatte? Was beunruhigte sie denn noch?

Den Tag über war es drückend heiß gewesen. Selbst jetzt fühlte es sich an wie mitten am Nachmittag. Bestimmt waren viele Leute noch wach und suchten draußen Abkühlung. Vielleicht war es ein Nachbar oder ein Tier gewesen. Wahrscheinlicher war, dass sie sich bloß etwas einbildete. Ein imaginäres Geräusch aus einem Traum, der ihr im Moment des Erwachens entfallen war. Erneut lauschte sie, hörte aber nichts Ungewöhnliches.

Sie legte sich wieder hin und lachte sich wegen ihrer Paranoia selbst aus. Sie war nicht daran gewöhnt, allein im Haus zu sein. Als Kind hatte sie von jedem Schatten, der sich auf ihren Vorhängen abzeichnete, geglaubt, es sei der »böse Mann«. Dann hatte ihr Vater ein Nachtlicht besorgt, das hatte geholfen.

Sie zwang sich zu einem erneuten Lachen und sagte laut in die Dunkelheit: »Vielleicht brauche ich wieder ein Nachtlicht.« Beim Klang ihrer eigenen Stimme begann sie sich zu entspannen, und sie war bereit, wieder in Schlaf zu sinken.

Ein Geräusch *im* Haus! Schritte im Flur vor ihrem Zimmer. Sie hatte nicht geträumt, sich geirrt oder gesponnen. Ihr Bewusstsein hatte versucht, sie zu warnen, und sie hatte es abgetan wie die hunderttausendste »Warum«-Frage eines Kindes. Diesmal war sie wach und wusste genau, was sie gehört hatte.

Könnte sie es bis zur Tür schaffen und abschließen? Langsam bewegte sie sich darauf zu. Gleichzeitig begann der Türknauf sich zu drehen. Bei diesem Anblick erstarrte sie für einen Moment zu Stein, ihr Bewusstsein schaltete von Denken auf Instinkt. Kampf oder Flucht. Sie ließ sich wieder ins Bett fallen und wickelte sich in die Decke, die in der Hitze auf den Boden gerutscht war. Sie beschloss, sich schlafend zu stellen. Eine klägliche Flucht, aber es war ihre einzige Chance. Sollte diese Person ruhig alles mitnehmen, während sie versuchte, die Ruhe des Schlafs vorzutäuschen.

Beim Aufschwingen quietschte die Tür unheilverkündend. Sie wollte sich aufsetzen und schreien, doch sie blieb still liegen. Vor ihrem geistigen Auge entstanden furchterregende Bilder eines näher kommenden menschlichen Schattens mit einer tödlichen Waffe in der Hand. Was, wenn diese Person sie umbringen wollte? Sie würde sie nicht einmal kommen sehen. Ihre Fantasie begann der Person in ihrem Zimmer ein Gesicht anzudichten. Jeder Killer aus jedem Horrorfilm, den sie je gesehen hatte, war plötzlich hier. Ihre Angst redete ihr ein, das Ende ihres Lebens sei gekommen. Trotzdem zwang sie sich, reglos dazuliegen, sagte sich, es sei besser, es nicht zu wissen, wenn sie wirklich gleich sterben sollte.

Er stand vor der Tür, die, wie er glaubte, in ihr Schlafzimmer führte. In schwarzer Wollhose und Pullover schwitzte er heftig. Die schwarze Skimaske und die dunklen Lederhandschuhe würden dafür sorgen, dass er unerkannt blieb. Er hasste diese Aufmachung, doch seine Sicherheit hing von ihr ab. Die Erfahrung, die er inzwischen gesammelt hatte, ließ ihn selbstsicher lächeln. Er war gut geworden in seinem kleinen Hobby.

Zu seinem ersten Angriff hatte ihn eine unvorhergesehene Gelegenheit inspiriert. Da war er mehr oder weniger planlos vorgegangen, und sicherlich hatte er im ganzen Haus Spuren hinterlassen. Er war sogar so dumm gewesen, das Haus zu betreten, ohne vorher Handschuhe und Skimaske überzustreifen. Diesen Fehler hatte er jedoch bemerkt und die Fingerabdrücke überall abgewischt. Außerdem hatte er die Maske in dem Mietwagen vergessen, doch sie würde vermutlich nie gefunden werden.

Heute Abend war seine Strategie fehlerfrei gewesen. Der Mietwagen würde niemandem auffallen, einfach weil er in dieses Viertel passte. Ähnliche Autos parkten in allen Auffahrten, und die Leihwagenfirmen markierten ihre Fahrzeuge nicht mehr mit Aufklebern, aus Angst, ihre Kundschaft zu leichten Zielen für skrupellose Straßenräuber zu machen. Als er sich seinem Ziel aus mehreren Blocks Entfernung leise genähert hatte, war alles still geblieben, nicht einmal ein Hund hatte gebellt. Die Schatten in den hübsch angelegten Vorgärten hatten ihn von der Straße aus praktisch unsichtbar gemacht. Aber niemand war vorbeigefahren. Die Hitze war so drückend, dass die Bewohnerinnen und Bewohner dieser Gegend sich nicht aus ihren komfortablen klimatisierten Häusern wagten. Selbst als er die kleine Glasscheibe in der Hintertür des Hauses zerbrach, schien es niemand bemerkt zu haben. Keine Lichter waren angegangen. Keine Türen hatten sich geöffnet. Niemand riskierte es, sich der Hitze auszusetzen.

Auch jetzt noch war das Glück auf seiner Seite, in Form einer unverschlossenen Schlafzimmertür. Das hier würde leicht werden. Er betrat das Zimmer und sah sie erstarrt im Bett liegen. Sie tat so, als würde sie schlafen, doch ihre Brust hob und senkte sich wie Sturmwellen, die übers Meer peitschten. Ihr Atem hallte wie Donnerschläge der Angst durch ihren Körper.

Leise durchquerte er das Zimmer. Auf ihrem Bett lag ein dicker weißer Quilt, in den sie sich gewickelt hatte. Er spürte Wut in sich aufsteigen, als ihm aufging, dass Weiß nicht das Richtige war für diese Lesbe. Frauen, die Männern die Frauen wegnahmen, verdienten es nicht, sich in die Unschuld und Sicherheit von Weiß zu hüllen. Schnell beugte er sich vor, presste ihr seine Hand auf den Mund und zog mit der anderen einen Knebel aus der Tasche.

»Sorry, Süße – dies ist kein Einbruch.«

1

Sie fuhr aus ihrem Albtraum hoch und setzte sich im Bett auf. Das graue Muskelshirt, das sie immer zum Schlafen trug, klebte an ihren Brüsten, und Schweiß rann ihr langsam den Oberkörper hinab. Gut ausgebildete Muskeln waren angespannt, bereit, es mit den Bildern aufzunehmen, die ihr noch durch den Kopf waberten. Ihre langen Beine verlangten jetzt nach Bewegung, sie verkrampften sich durch die plötzlich freigesetzte Energie.

Langsam streckte sie die Beine, um den Schmerz zu lindern, stand dann auf und trat hinaus auf den Balkon, an die frische Luft. Durch die Hitze war es im Freien genauso beengend wie in ihrem Schlafzimmer. Das Atmen fiel ihr schwer, und sie konnte ihren Körper nicht dazu bringen, sich zu entspannen. Ihr Verstand mühte sich bereits damit ab, ihren Albtraum zu analysieren, und ihr Körper würde einfach warten müssen.

Natürlich musste Elizabeth Mendoza überhaupt nichts analysieren. Nach fast zehn Jahren bei der Polizei wusste sie, wenn sie auf diese Weise aufwachte, war etwas Schreckliches geschehen. Heute Nacht befürchtete sie, feststellen zu müssen, dass eine weitere Frau angegriffen worden war.

Obwohl sie Mordkommissarin war, hatte ihr Captain sie gebeten, bei der Aufklärung einer Vergewaltigungsserie mitzuhelfen, die sich ausschließlich gegen Lesben richtete. Angeblich hatte er sie hinzugezogen, weil der Täter definitiv ein Psychopath war und vermutlich bald jemanden umbringen würde. Sie wusste, der wahre Grund war, dass sie lesbisch war und man auf dem Revier sichergehen wollte, dass die Opfer so einfühlsam wie möglich behandelt wurden.

Der Grund für ihre Mitarbeit an diesen Fällen war ihr egal. Sie musste diesen Wahnsinnigen von der Straße holen. Sie hatte das Gefühl, Freundinnen und Freunde, Schwule und Lesben, alle waren auf sie angewiesen. Sie durfte sie nicht hängen lassen, nicht, nachdem sie schon so viele Menschen hatte hängen lassen, beruflich wie privat. Ihre Gedanken begannen zu all dem abzuschweifen, von dem sie sich geschworen hatte, dass es Teil ihrer Vergangenheit war und nichts weiter. Die verlorene Liebe, die verlorene Zuversicht, der Kampf, ihr Leben weiterzuleben. Das lag jetzt alles hinter ihr, und sie wollte, dass es dort blieb.

Sie machte auf dem Absatz kehrt und marschierte zurück ins Schlafzimmer, entschlossen, keine einzige schlaflose Nacht mehr mit dem erneuten Durchleben dessen zu verbringen, was sie nicht ändern konnte. Sie trat an ihre Kommode und zog ein frisches graues Muskelshirt aus der Schublade. Ihr durchnässtes zog sie aus, vorsichtig, um ihre ohnehin verspannten Muskeln nicht zu reizen. Das frische Shirt saß wie angegossen; sie wirkte wie eine, die hart dafür arbeitete, gut auszusehen. In Wirklichkeit war sie faul und hatte Glück, denn ihre Figur war das Resultat guter Gene.

Als das frische Shirt über ihren Oberkörper glitt, fühlte es sich an wie das sanfte Streicheln der richtigen Frau. Sie nahm das Glas mit dem Wasser, das beim Zubettgehen Eis gewesen war, und genehmigte sich einen großen Schluck, von dem das meiste an ihrem Hals hinunterlief. Durch die kühle Erfrischung entspannte sie sich ein wenig.

Nachdem sie zurück ins Bett gekrochen war, versuchte sie sich zu zwingen, an nichts mehr zu denken. Endlich war sie wieder in einen ruhelosen Schlaf gefallen, da klingelte das Telefon. Erschrocken schnappte sie sich den Hörer, so wie sie morgens den Wecker ausschaltete, doch ihr Kopf war noch von Schlaf erfüllt und sie vergaß, etwas zu sagen.

»Harri, Harri, sind Sie da?«

»Ja, tut mir Leid. Sind Sie's, Martin?«

»Kommen Sie her, der Bastard hat wieder zugeschlagen. Es sind jetzt Ihre Fälle, kein Gelaber mehr von wegen Mitarbeit. Wir haben den Anruf des Opfers um 03:26 Uhr erhalten. Ihre gynäkologische Untersuchung hat sie schon hinter sich, und wir bringen sie jetzt aus dem Krankenhaus zurück. Sie wird auf Sie warten.«

»Alles klar, ich fahr los.«

Harri legte den Hörer auf. Über die Jahre hatte sie sich den Ruf erworben, dass sie sich in jeden Fall vollkommen verbohrte. Ihn von innen nach außen kehrte. Ihn sezierte. Egal, was dafür erforderlich war oder wie viel Zeit dabei draufging. Sie gab ihre Fälle nie vorzeitig auf. Sergeant Martin war es gewesen, der ihren Ermittlungsstil als die reine Beharrlichkeit bezeichnet und angefangen hatte, sie Harri zu nennen. Jetzt nannten sie alle Harri, auch ihre Familie und Freundinnen.

Heute Nacht musste sie sich aufraffen, sie fühlte sich etwas verloren, während sie sich schnell anzog, um das dritte Opfer innerhalb von zwei Monaten zu befragen. Dieser Täter hatte schon so vielen Menschen Schaden zugefügt, und sie waren immer noch weit davon entfernt, ihn zu fassen. Sie wollte nicht einem weiteren Opfer gegenübertreten. Wollte nicht, dass diese Frau in ihren Augen nach Antworten suchte. Harri hatte keine. Sie konnte es nicht ertragen, eine weitere Person im Stich zu lassen. Schon einmal hatte sie versagt, und jemand hatte dafür mit dem Leben bezahlt.

Als Harri fertig angezogen war, legte sie ihre Waffe und ihre Polizeimarke an. Das Abzeichen gab ihr die Kraft, die ihr kurzzeitig gefehlt hatte. Es war der Schild, hinter dem Elizabeth sich verstecken konnte, als Harri mit der Aufklärung *ihrer* Vergewaltigungsfälle begann.

Harri hielt vor dem Befragungszimmer inne ohne zu wissen, wie sie genau vorgehen wollte. Es war lange her, dass sie die Erstbefragung eines Vergewaltigungsopfers durchgeführt hatte. Meist nahm sie nur die Folgeaussagen auf, aber bis dahin hatten sich die Opfer beruhigt und ihr Schmerz etwas von seiner Schärfe verloren. In der Mordkommission hatte natürlich keines der Opfer je ein Wort gesagt. Stattdessen war sie Familienmitgliedern begegnet, die am Boden zerstört waren, und manchmal dem Mörder selbst. Aber das war nicht dasselbe wie ein lebendiges, atmendes *Opfer* vor sich zu haben. Vergewaltigungsopfer waren am schwierigsten. Kein Vergehen war persönlicher. Kein Vergehen war niederschmetternder. Die Frauen hatten immer das Gefühl, sie hätten etwas tun können, selbst wenn das bedeutete, ihr Leben in einem Kampf zu verlieren.

Harri wappnete sich dafür, dass sie gleich Teil des emotionalen Aufruhrs werden würde, den eine Vergewaltigung nach sich zog. Die Frau im Befragungszimmer würde sich damit herumschlagen, nach dem Sinn des Geschehenen, nach Antworten zu suchen. Harri wusste, dass sie ihr keine geben konnte, nicht jetzt, vermutlich niemals. Doch sie konnte den Heilungsprozess des Opfers in Gang setzen, und sie musste sich fest im Griff haben, bevor sie das Zimmer betrat.

Angespannt und wütend, wollte Harri selbst Antworten.

Sie schob sich das dunkle Haar aus dem Gesicht, straffte die Schultern und streifte die letzten Überbleibsel des Schlafs ab. Sie war in ihre Lieblingsjeans, ein schlichtes graues Sweatshirt und ihre draufgängerischen Cowboystiefel geschlüpft. Mit denen fühlte sie sich stets wohl und zuversichtlich. Sie konzentrierte sich auf dieses Gefühl. Es war jetzt *ihre* Ermittlung, und sie würde ihn kriegen.

Bereit, stark zu sein, betrat Harri das Zimmer, warf einen Blick auf das Opfer, und alles, womit sie versucht hatte, sich zu wappnen, entglitt ihr, als hätte man ihr die Luft abgelassen.

Die Frau saß am Tisch, als wollte sie ein Vorstellungsgespräch führen. Ihre Hände waren vor ihr verschränkt, ihr Rücken gerade und ihre Beine artig übereinander geschlagen. Sie warf Harri ein kurzes Lächeln zu, als diese ins Zimmer kam. Einen Moment lang sah sie aus, als würde sie sie gleich mit einem warmherzigen und liebenswürdigen »Hallo« begrüßen. Aber die verzweifelte Zurschaustellung von Stärke hielt nur Sekunden an. Dann verblasste das Lächeln und psychische und physische Erschöpfung ergriffen von ihr Besitz. Ein Ausdruck von Verlorenheit trat in ihr Gesicht, ihre Entschlossenheit, stark zu sein, schmolz dahin.

Die Augen der Frau waren rot und geschwollen von den Tränen, mit denen sie noch immer kämpfte. Harri begegnete ihrem Blick, als sie auf sie zuging, und sah nur Leere und Angst. Die Frau war geschlagen worden, doch die blauen Flecken waren bloß Andeutungen ihrer wahren Verletzungen. Harri bemerkte, dass die Frau zitterte, in kurzen, unterdrückten Beben. Sie war nicht zerbrechlich, aber in diesem Moment würde das kleinste Drängen sie erschüttern.

»Hallo, Kerry. Ich bin Harri und ich werde in diesem Fall ermitteln. Gibt es irgendjemanden, den oder die ich anrufen kann, um bei Ihnen zu sein?«

»Das hat Ihr Kollege schon angeboten. Es gibt niemanden.«

Harri setzte sich Kerry gegenüber, die ihr nicht mehr in die Augen sehen konnte. Jetzt schon um Worte verlegen, fühlte Harri sich schuldig und kleinlaut. Sie war Polizistin, Teil einer Gruppe von Menschen, von denen andere erwarteten, dass sie sie beschützten. Immer wenn sie Opfern gegenübertrat, spürte sie das Gewicht dieser Verantwortung schwer auf sich lasten. Für Harri stellte jedes Opfer ein Versagen dar.

Harri saß ein paar Minuten da und versuchte angestrengt, ihre eigenen Emotionen aus dieser Ermittlung herauszuhalten. Sie spürte, wie Wut und Frustration sich in ihr aufbauten. Wenn sie auch sonst im Moment nichts für Kerry tun konnte, so konnte sie zumindest die Kraft teilen, die in der Wut liegt.

Langsam streckte Harri ihre Rechte über den Tisch hinweg nach ihren noch immer gefalteten Händen aus. Als sie Kerry berührte, schloss diese augenblicklich ihre Hände um Harris, sie klammerte sich an sie wie eine, die um ihr Leben kämpft. Harri war nicht auf die Flut von Erinnerungen vorbereitet, die dieser Griff mit sich brachte. Erschrocken und verwirrt hätte sie ihre Hand fast weggezogen.

Kerry hob langsam ihre zusammengelegten Hände, so dass ihre und Harris Ellbogen einen Dreifuß bildeten, auf den sie ihren Kopf legte. Dann flossen ihre Tränen erneut, diesmal in einem stetigen Strom. Schließlich hob sie den Kopf und sah Harri in die Augen.

Das Bild einer sonnenverbrannten Kastanie sprang Kerry in den Kopf – wie die, die ganz oben im Baum hängen, der Kraft der Sonne schutzlos ausgeliefert, und kurz davor stehen herunterzufallen. Sie hatte einen dieser Bäume in ihrem Garten. Dem Garten hinter ihrem Haus. Ihrem Zuhause, für das sie so hart gearbeitet hatte. Dem Zuhause, das nie wieder eins sein würde.

Kerrys Angst und Erschöpfung machten sich in einem Wutanfall Luft. »Ich dachte, er würde mich umbringen. Ich war darauf gefasst zu sterben. Auf das, was dann geschah, war ich nicht gefasst. Dieser Bastard hat mir alles genommen. Er hat mir mein Zuhause genommen, meinen Seelenfrieden, mein Vertrauen in die Welt, meine

Selbstachtung und meinen Körper.« Mit jedem Wort wurde ihre Stimme lauter, ihr Schmerz größer. »Er hat es nur wegen seiner Vorurteile getan. Es ging ihm nicht um sexuelle Befriedigung. Er wollte mich lehren, was ›wahre Liebe‹ ist. Das war es, was dieser Mistkerl gesagt hat. Er wollte ›mich lieben‹. Um meinen Irrtum zu berichtigen, um mir zu zeigen, wie schön es ist, mit Männern zusammen zu sein. Er hat dauernd gesagt, dass Frauen den Männern nicht die Frauen wegnehmen dürfen.«

Harri hatte von ähnlichen Bemerkungen des Täters in den anderen Vergewaltigungsfällen gelesen. Wie dieser Mann seine Werte und Moralvorstellungen anderen aufdrängte, das trieb er durch die ultimative Form des Eindringens auf die Spitze.

»Er hat erst angefangen, mir wehzutun, als ich mich geweigert habe, mit ihm zu schlafen. Können Sie sich das vorstellen! Er hat tatsächlich erwartet, dass ich mit ihm schlafen will.«

Dann kam die Frage, vor der Harri sich gefürchtet hatte.

»Wie kann er glauben, dass es richtig ist, was er tut?«

Harri zögerte, sie wusste nicht, wie sie antworten sollte. »Wir beide wissen, dass es Millionen von Menschen gibt, die unsere Lebensweise ablehnen, die uns daran hindern würden, wenn sie könnten. Daran hindern, in ihren Schulen zu unterrichten, in ihre Kirchen zu gehen und ihre politischen Ämter zu bekleiden. Daran, zu sein, wer wir sind. Dieser Kerl glaubt, er könnte uns daran hindern, indem er uns *den richtigen Weg* zeigt. Aber er kann nichts verhindern, was einfach eine andere Weise ist zu lieben. Sein Hass ist von Irrtümern, Klischees und Unwissenheit geleitet. Aber unsere Art der Liebe ist etwas Natürliches, sie ist stärker als sein Hass. An Ihnen ist nichts verkehrt, Kerry.«

Nach der Befragung fühlte Harri sich vollkommen ausgelaugt. Sie musste raus, musste ein sicheres Versteck finden, wo ihre eigenen Gefühle sich entwirren konnten. Da musste sie nicht lange grübeln. Sie fuhr nach Hause.

Schon als sie vor dem Haus ihrer Eltern parkte, begannen die Wärme und Geborgenheit ihrer Kindheit ihre angegriffenen Nerven zu beruhigen. Außer diesem hatte Harri nie wirklich ein

Zuhause gehabt. Sie hatte an mehreren Orten gewohnt und jetzt besaß sie sogar ein Haus. Doch keine ihrer Wohnungen hatte sich je wirklich wie ein *Zuhause* angefühlt. Sie war sich darin immer ein wenig verloren vorgekommen, es waren bloß Orte, an denen sie bleiben konnte, während sie ein Zuhause suchte, die Liebe suchte, die das Haus, in dem sie aufgewachsen war, gefüllt hatte. Einmal war sie ihr nahe gekommen – so nah.

Harri trat durch die Vordertür und entfloh der Unsicherheit der Welt. Hier war alles gewiss: das Porträt ihres Großvaters, die klassische Musik im Hintergrund und die Liebe ihrer Eltern. Es gab keine Überraschungen. Harri war in Sicherheit.

Eine vertraute Stimme drang aus der Küche, wo ihre Mutter saß und telefonierte. Harri lehnte sich an die Küchentheke, sie nahm an, dass ihr ältester Bruder am anderen Ende der Leitung war. Selbst diese Szene war ein Ritual. Mindestens einmal pro Woche rief ihre Mutter jedes der Kinder an, um Neuigkeiten auszutauschen. Dabei gab sie alle aktuellen Auskünfte über die anderen Kinder weiter. Die fünf Geschwister *mussten* sich nie gegenseitig anrufen, sie brauchten nur Mom anzurufen. Sie nannten sie liebevoll die Mutterzentrale. Harri lächelte vor sich hin, als sie die Tür zum Hinter- und Bastelzimmer öffnete und den Rückzugsort ihres Vaters betrat.

Er saß am Arbeitstisch, seine Brille in perfekter Balance auf seiner Nasenspitze, und konstruierte ein weiteres Mobile. Er brachte Stunden damit zu, am Meer und im Wald die Schmuckstücke der Natur für sein Hobby zu sammeln.

Er sah zu seiner jüngsten Tochter auf, als sie durch die Tür trat. »Ah, schau an, was der Seewind durch meine Tür geweht hat.«

»Hallo, Dad. Ist das da für mich?«, fragte Harri, als sie sich neben ihn auf die Bank setzte.

»Wenn du möchtest, sind sie alle für dich.« Er machte sich wieder an die Arbeit. Harri kam nie unangekündigt vorbei, außer wenn etwas besonders Schönes oder etwas wirklich Schlimmes passiert war. Der müde, traurige Ausdruck in den Augen seiner Kleinen sagte ihm, was es diesmal war. Die beiden saßen eine Weile schweigend da, einfach nur um zusammen zu sein.

Ein paar Minuten später kam ihre Mutter herein und legte ihre Hand auf Harris Stirn. »Bist du krank? Du siehst so blass aus.«

Harri lachte. »Mom, du weißt doch, dass ich nicht mehr nach Hause komme, um gepflegt zu werden, wenn ich krank bin. Schon seit mindestens zwei Jahren nicht mehr.«

»So, so, und wann warst du zum letzten Mal krank?«

Harri zuckte die Achseln, als wüsste sie es nicht genau. »Vielleicht vor ungefähr zwei Jahren.« Sie lachten alle und Harri wusste, es war richtig gewesen, nach Hause zu kommen.

Ihre Mutter ließ sie alle ein paar Momente der Heiterkeit genießen und brachte dann das Thema zur Sprache, von dem sie wusste, dass es ihre Elizabeth hergeführt hatte. Ihr war klar, dass Harri nicht damit anfangen würde. Selbst hier, wo sie sich am sichersten fühlte, würde sie sich nicht zugestehen, Schwäche zu zeigen.

»Gab es gestern Nacht wieder eine Vergewaltigung?«

»Ja, derselbe Kerl. Sie haben mir die Fälle jetzt übergeben.« Harri starrte auf den Fußboden.

Ihre Mutter beugte sich hinunter und nahm sie fest in den Arm, und Harris Tränen begannen zu fließen. Sie würde immer ihre Kleine bleiben.

Ihr Vater griff nach ihren Händen, die fest verschränkt in ihrem Schoß lagen. »Das ist gut, Harri. Du wirst ihn kriegen. Ganz bestimmt.«

2

Es war das dritte Mal, dass sie heute zu einem Überfall gerufen wurden, ein typischer Tag in dieser Gegend. Bandenkriege und Drogenkriminalität waren in der Umgebung von Los Angeles vor ein paar Jahren explosionsartig angestiegen, und die Polizei war immer noch mit dem bloßen Versuch beschäftigt, die gefährlichen Zornausbrüche einzudämmen. Heute waren sie und ihr Partner ständig frustriert worden, weil sie im falschen Moment am falschen Ort waren.

Aber diesmal nicht.

Der bei dem Überfall ausgelöste stille Alarm wurde per Polizeifunk durchgegeben, als sie etwa zwei Häuserblocks nördlich von ihrem Standort zwei junge Männer durch den Verkehr über die Straße rennen sahen.

»Verdammt, das sind sie, Doug! Los, los! Fahr an diesen Autos vorbei!« Ashley griff nach unten und aktivierte Blaulicht und Sirene. Doug konzentrierte sich auf den Verkehr und legte die zwei Blocks in Sekunden zurück. Ashley beobachtete die Verdächtigen, die den Bürgersteig entlangrannten. Die Polizeifunkerin gab gerade durch, beide Verdächtige seien bewaffnet, als Doug den Wagen nach links in eine kleine Gasse schießen ließ, um ihnen den Fluchtweg abzuschneiden.

»Du nimmst den mit der Baseballmütze«, rief Doug, als sie beide aus dem Auto sprangen und ihre Waffen zogen.

Die nächsten paar Minuten herrschte Chaos. Doug schrie den Verdächtigen Befehle zu, die verzweifelt versuchten, einen Zusammenstoß mit ihm, dem Polizeifahrzeug und der Bushaltestelle zu verhindern, die ihren Weg um das Heck des Wagens herum blockierte. Ashley wirbelte von der Beifahrertür zum hinteren Teil des Autos und gab über ihr tragbares Funkgerät ihren Standort und Status durch. Ihr Verdächtiger verlangsamte nicht eine Sekunde seinen Schritt und sprang über die Schnauze des Polizeiwagens. Sie raste nach links und ihm hinterher in die Gasse.

»Polizei! Stehen bleiben, oder ich schieße!«

Der junge Mann wurde etwas langsamer, als er in seine Jacke griff und seinen Oberkörper zu Ashley umwandte. Ihre Welt stellte auf Zeitlupe um, als sie sah, wie er nach etwas angelte, das seine Waffe sein musste. Sie zielte mit ihrer eigenen Halbautomatik auf ihn.

»Nehmen Sie Ihre Scheißhände hoch! Fallen lassen! Lassen Sie die verdammte Waffe fallen!«

Langsam zog sie den Abzug zurück und alles, was sie sehen konnte, war, wie der Revolver hochgezogen wurde und in ihre Richtung zielte. In diesem Moment hätte sie es beenden können, aber etwas hielt sie davon ab, das letzte bisschen Druck auf den Abzug auszuüben.

Alles, was sie hörte, war ihr eigener Herzschlag, ihr war nicht bewusst, dass sie immer noch Befehle schrie. Alles, was sie dachte, war, dass sie tatsächlich noch nie auf eine lebende Person geschossen hatte. Wie würde es sich anfühlen?

Dann klickte die Welt zurück auf Normalgeschwindigkeit. Der Jugendliche hatte seine Waffe fallen lassen und raste weiter die Gasse entlang. Ashley sah hinüber zu Doug, der seinen Verdächtigen festnahm. »Meiner hat die Waffe in der Gasse fallen lassen und läuft Richtung Osten. Komm mit dem Wagen nach.«

Die Bemerkung über den Wagen war unnötig, und das wusste sie. Doug und sie waren schon seit über einem Jahr Partner. Sie waren wie siamesische Zwillinge. Sie wusste, dass er die andere Waffe holen und die Verfolgung dann mit dem Auto wieder aufnehmen würde.

Ashley rannte dem Verdächtigen hinterher, der jetzt etwa fünfzig Meter Vorsprung hatte. Ihre einsfünfundsechzig große Gestalt wurde oft als stämmig bezeichnet, doch als sie jetzt lossprintete, wurde offensichtlich, dass ihr Körper eine tadellos in Schuss gehaltene Ausdauermaschine war. Dieser junge Mann war schnell, aber er würde sich nach ein paar Blocks verausgabt haben. Ashley musste ihn nur im Auge behalten und Doug und die anderen Streifen der Gegend zu ihm dirigieren.

Die Verfolgungsjagd ging durch Gassen und mitten durch dichten Verkehr. Der Verdächtige versuchte, Ashley abzuschütteln, indem er durch ein paar Höfe lief. Sie hasste es, wenn sie das taten. Wenn man nicht zufällig hörte, wie sie in etwas hineinkrachten oder über einen Zaun sprangen, konnte man unmöglich wissen, ob sie ein günstiges Versteck gefunden hatten oder bereits durch den nächsten Hof rannten. Das verkomplizierte eine Verfolgung nicht nur, sondern machte die Situation für die Verfolger auch gefährlich. Viele Cops hätten aufgegeben, sobald sie den Verdächtigen aus den Augen verloren. Ashley nicht.

Sie nahm all ihre Kraft zusammen und spurtete weiter, um den Abstand zwischen ihnen zu verringern. Als sie in den Hof kam, erhaschte sie gerade noch einen Blick auf die Hand des Jugendlichen am hinteren Zaun. Sie raste auf die andere Seite des Hofs, um sicherzugehen, dass sie hinter dem Zaun keine bösen Überraschungen erwarteten, und kletterte hinüber. Der Jugendliche vergrößerte den Abstand und war schon am nächsten Hof. Aber von ihrer Position oben auf dem Zaun konnte Ashley auch ihren Kollegen Clyde sehen, der gerade um die Straßenecke bog.

»L-34, er kommt direkt auf dich zu.«

Sie sah, wie Clydes Streifenwagen abrupt stoppte. Clydes riesige Gestalt glitt hinter dem Steuer hervor und richtete sich auf.

»Er hat die Gasse erreicht. Da kommt er! Bleib auf Position! Bleib da! Er kommt genau auf dich zu!«, schrie Ashley über Funk.

Ashley sah, wie Clyde am Ende der Gasse den Rücken an die Mauer drückte und wartete. Sie war ziemlich sicher, dass sich der arme Kerl später nur an Clydes ausgestreckten Arm erinnern würde, der ein bisschen wie ein Ast aussah und als Wäscheleine fungierte.

Sie hatten den Festgenommen, inzwischen wieder bei Bewusstsein, gerade in einen Polizeiwagen verladen und sich gegenseitig beglückwünscht, als aus dem Funkgerät die Stimme des Captains rauschte.

»L-91, A-8, Code 2, 10-87.«

Ashley schluckte ihr Lächeln hinunter und antwortete mit einem unüberhörbaren Zittern in der Stimme: »L-91, 10-4, unterwegs von Mission Street, Ecke Franklin.«

»Was soll denn das bedeuten?«

»Ich weiß nicht, Doug, aber lass uns los, ich möchte nicht noch mehr Ärger bekommen als ich schon am Hals habe.«

»Wie kommt es, dass du Ärger am Hals hast und ich nicht? Was hast du gemacht?«

»Nichts. Ich glaube nicht, dass ich irgendwas gemacht habe, aber was sollte der Captain sonst von mir wollen?«

»Ich könnte mir da einiges vorstellen«, sagte Doug mit süffisantem Grinsen. Der Captain hatte mehreren Kollegen gegenüber erwähnt, dass er Ashley extrem attraktiv fand.

»Komisch. Also, fahren wir. Du musst wohl die Formalitäten für unsere beiden Verhafteten erledigen. Geschieht dir recht, wo ich wieder fürs Grobe zuständig war.«

Der Captain beobachtete von seinem Fenster aus, wie Officer Ashley Johnson die Straße vor dem Verwaltungsgebäude überquerte. Sie hatte wildes, schulterlanges Haar, dick und lockig, eine gut aussehende Mischung aus Blond, Braun und Rostrot. Ihre weiße Haut war leicht gebräunt von den Stunden, die sie beim Training draußen verbrachte. Doch was ihn anzog, war ihr spontanes, ansteckendes Lächeln. Wer immer sich in ihrer Nähe befand, lächelte gern zurück.

Der Captain bewunderte Ashleys Erscheinung, aber es waren ihre Polizei-Instinkte, ihr sechster Sinn, die ihn dazu gedrängt hatten, sie herzubeordern. Obwohl sie erst seit relativ kurzer Zeit dabei war, führte sie bereits die Liste der Festnahmen an. Sie war gut, und er brauchte jemand Guten. Er steckte mitten in einem politisch brisanten Fall, der, auch wenn das niemand zugeben wollte, nicht angemessen behandelt wurde. Der Chief hatte verlangt, dass er eine Frau hinzuzog, die Beste des Reviers. Es war an der Zeit, Ashley ins Herz des Polizeiberufs einzuführen – in die Ermittlungsarbeit.

»Ashley, kommen Sie rein. Ich habe von Ihrer Festnahme gehört. Gute Arbeit. Bin bloß froh, dass Sie den Kerl nicht abgeknallt haben.«

Ashley hatte bereits vergessen, dass sie drauf und dran gewesen war, den Verdächtigen umzubringen. Sie zog ihre Waffe häufig, aber sie hatte sie noch nie wirklich benutzen müssen. Statistisch war es unwahrscheinlich, dass sie jemals jemanden töten müsste.

Dieser kleine Prozentsatz gab Ashley ihre sorglose Zuversicht und gestattete ihr, den Vorfall leicht abzutun.

Der Captain fuhr fort: »Ich habe Sie herbestellt, weil ich Ihre Hilfe brauche.«

Ashley antwortete nicht. Ihr war anzusehen, dass sie nervös war.

»Das Kommissariat arbeitet schon seit längerem an der Ergreifung eines Serienvergewaltigers, der ausschließlich lesbische Frauen angreift. Wir haben Kommunikationsprobleme mit den Opfern. Gestern Nacht gab es den vierten Angriff, und das Opfer lehnt es schlichtweg ab, mit dem zuständigen Ermittler zu sprechen.«

Ashley war nicht überrascht. Der Ermittler für Sexualdelikte, Steve Carson, war ein Arschloch. Er war ein heimlicher Schwulenhasser. Seine Art zu diskriminieren war die übelste, denn er hielt sich für fair und aufgeschlossen. Er glaubte wahrhaftig, seine Missbilligung der homosexuellen Lebensweise sei seiner Arbeit nicht anzumerken.

Plötzlich merkte sie, dass der Captain weitergesprochen hatte.

»Gehen Sie jetzt sofort hin und schauen Sie, ob Sie das Opfer beruhigen und eine Aussage bekommen können.«

»Entschuldigen Sie, Sir. Wo ist sie?«

»Sie ist im Krankenhaus. Ist ziemlich heftig geschlagen worden. Außerdem hat sie ungefähr zwei Stunden gewartet, ehe sie eine Freundin anrief, die dann uns benachrichtigte. Ihre bisherigen Erfahrungen mit unserem Revier waren nicht so gut, und sie glaubt, das alles kümmert uns einen Scheißdreck. Ich muss Ihnen nicht sagen, wie wichtig es ist, dass wir mit diesem Fall vorankommen. Bis jetzt ist es uns gelungen, ihn aus den Medien herauszuhalten, aber das wird nicht mehr sehr lange möglich sein. Dass jetzt noch eine Minderheit anfängt herumzuschreien, wir würden unseren Job nicht richtig machen, hat uns gerade noch gefehlt.«

Ashley war aufgeregt, als sie die Uniform gegen Straßenkleidung eintauschte und ins Krankenhaus fuhr. Das musste eine echte Premiere sein! Eine Streifenpolizistin mit weniger als zwei Jahren Berufserfahrung wurde mit einer Serienverbrechen-Ermittlung betraut. Ashley nahm an, dass man sie hinzuzog, weil sie eine Lesbe war, aber das war ihr schnurz. Es war die Chance ihres Lebens! Jetzt konnte sie sich wirklich bewähren, konnte sich einen Namen machen. Wahnsinn, wenn sie diese Vergewaltigungen aufklärte, wurde sie womöglich langfristig als Ermittlerin eingeteilt, vielleicht sogar befördert.

In die Tagträume von kommenden Großtaten versunken, marschierte Ashley in die Notaufnahme, wo das Opfer wartete. Eine Krankenschwester schickte sie zu Zimmer A. Und in einer einzigen Sekunde verwandelte die Realität Ashleys Fantasien in einen Albtraum. Sie wollte auf dem Absatz kehtmachen und wegrennen. Sie hatte sich geirrt, sie war nicht bereit. Nicht für das hier. Diese Frau war *geschlagen.* Ashley hatte schon schlimm zugerichtete Leute gesehen, aber dies war anders. Die Augen der Frau waren leblos, wie in Trance, leer. Beim Anblick von Ashley, dieser großartigen Polizistin, die da hereinstolziert kam, als könnte sie die Welt verändern, wurde ihr Ausdruck verbissen erwartungsvoll.

Die ganze Bedeutung ihrer Aufgabe brach über Ashley herein und legte sich auf ihre breiten Schultern. Sie brach fast zusammen unter dem Gewicht. Bis jetzt waren ihre Pflichten immer wie ein aufregendes Spiel für sie gewesen. Löse in Rekordgeschwindigkeit das Puzzle, einen Tatort abzustecken. Sichere ihn, bis die Ermittler eintreffen. Verhafte den Täter, wenn er noch in der Nähe ist. Lass dich nie persönlich in irgendwas reinziehen. Denk nicht weiter über die Menschen nach, in deren Krise du herumstapfst. Keine Zeit, über Sinnfragen zu grübeln.

Diesmal war Ashley nicht bloß fürs Abstecken verantwortlich. Sie sollte diejenige sein, die kam, genau hinsah und die Teile zusammensetzte, so gut sie konnte. Und jetzt wusste Ashley nicht recht weiter. Durch ihren Kopf wirbelten alle möglichen Gedanken- und Gefühlsfetzen. Sie leckte sich die trockenen Lippen, machte den Mund auf und schluckte den Kloß runter, der sich in ihrer Kehle verbarrikadiert hatte. Heiße Tränen stiegen ihr in die Augen. Sie wünschte, sie könnte mit Doug zusammen ihre beiden Übeltäter einbuchten.

Nach einem langen Tag im Gericht hatte Margo das Stehen satt. Trotz ihres Rocks und der hohen Absätze schaffte sie es, sich in akzeptabler, damenhafter Weise auf die Stufen vor dem Gerichtsgebäude zu setzen. Bestimmt hatte sie heute eine rekordverdächtige Zahl von Fällen bearbeitet – aber wenn sie an die vergangenen Jahre zurückdachte, war ein Tag wie der heutige eigentlich eher normal. Margo begann, mit sich selbst zu debattieren, ob es zu dem momentanen Rechtssystem, das ständig am Rand einer Katastrophe zu stehen schien, praktikable Alternativen gäbe.

»Hör auf damit, sonst hast du miese Laune, wenn Ashley kommt«, wies sie sich laut zurecht.

Ihre Gedanken wandten sich ihrer Liebsten zu. Heute hatte Margo eine Absprache mit der Verteidigung getroffen, als es um das Urteil für jenen Mann ging, der Ashley vor sechzehn Monaten in ihr Leben gebracht hatte. Damals war er ein kleiner Dieb gewesen. Heute hatten sie ihn für bewaffneten Überfall in die staatliche Vollzugsanstalt geschickt.

Was für ein großartiges Resozialisationssystem wir doch haben. Margo ertappte sich dabei, wie sie erneut zu philosophieren begann, und konzentrierte sich schnell wieder auf Ashley. Sie dachte daran, wie sie versucht hatte, mit der jungen, aggressiven Polizistin klarzukommen, die ihren Fall für wasserdicht hielt.

Ashley hatte damals fieberhaft auf sie eingeredet, als sie hörte, dass Margo in einer Absprache zwei ihrer drei Anklagepunkte zurücknehmen wollte. Dabei hatte Margo sich nicht nur immer mehr über die forsche Jungpolizistin geärgert, sondern auch bemerkt, wie deren Augen bei der hitzigen Debatte tanzten. Als Margo schließlich aufgab und zustimmte, alle drei Anklagepunkte aufzunehmen, hatte Ashley ihr ihr ansteckendes Lächeln geschenkt, und die stellvertretende Bezirksstaatsanwältin war ihr verfallen.

Margo hatte alles darangesetzt, während der zweitägigen Verhandlung ihre Mittagspausen mit Ashley zu verbringen. Dabei hatte sie festgestellt, dass man Ashley leicht dazu bringen konnte, über sich selbst zu sprechen. Ashley war bei ihrer Mutter aufgewachsen, nachdem ihr Vater sich geweigert hatte, die Folgen ihrer Affäre anzuerkennen. Von ihrer Mutter hatte sie gelernt, stark und unabhängig zu sein. Ashley hatte nie irgendwen oder irgendeine Herausforderung gescheut. Als sie zur Highschool ging, war ihre Mutter eine Weile mit einem Cop zusammen gewesen. Damals hatte Ashley sich in den Kopf gestezt, eine Polizeikarriere sei genau das Richtige für sie. Das Prestige der Uniform hatte es ihr angetan, der Respekt, den ihr die Öffentlichkeit ihrer Ansicht nach entgegenbrachte, all die aufregenden »Kampfszenen«. Erst hatte sie kompromisslos darauf hingearbeitet, Polizistin zu werden, dann darauf, die beste zu werden.

Nach dem Ende der Verhandlung war Margo vor Unentschlossenheit ganz rasend gewesen. Unter welchem Vorwand sollte sie Ashley jetzt noch treffen? Sollte sie es einfach riskieren, sich beiläufig mit ihr zum Kaffee zu verabreden? Verdammt, warum konnte sie nie erkennen, ob eine Frau offen war für Annäherungsversuche von Frauen?

Margo überlegte immer noch hin und her, als sie den Gerichtssaal verließen. Da sagte Ashley plötzlich: »Danke, dass Sie meine Vorschläge zu diesem Fall nicht ignoriert haben. Ich weiß, Sie hätten auch auf Ihrem Standpunkt beharren können.«

»Warum danken Sie mir nicht, indem Sie mit mir essen gehen?« Die Worte waren heraus, ehe Margo sie zurückpfeifen konnte.

Es war ein unbeholfener, spontaner Vorschlag gewesen, der beide Frauen ein wenig überrumpelte. Margo hätte sich am liebsten unsichtbar gemacht, sich entschuldigt, es zurückgenommen – irgendwas. Aber alles, was sie tun konnte, war abwarten. Ashley hatte gerade selbst etwas sagen wollen, doch es schien, als hätten Margos Worte ihre eigenen ausgelöscht. Sie sah Margo an und fragte sich, ob sie gehört hatte, was sie gehört zu haben glaubte, und ob es bedeutete, was sie dachte.

Ashley lächelte ihr entwaffnendes Lächeln und sagte: »Sind Sie sicher, dass Sie sich mit einer Polizistin einlassen wollen?«

In dem Moment hatte Margos Ego kurz aufgelodert. »Ich bin nicht sicher, ob ich weiß, was Sie meinen.« Sie sah Ashley mit ihrer schönsten Unschuldsmiene an und hoffte, dass die andere für einen Augenblick die Verlegenheit spürte, von der sie selbst sich noch zu erholen versuchte.

»Na, ich freue mich darauf, Sie von vorne bis hinten kennen zu lernen. Bin gleich wieder da, muss nur dieses Teil loswerden«, sagte Ashley und zupfte an ihrer Uniform.

Und weg war sie. Halb laufend, halb hüpfend, schwebte sie förmlich die Stufen des Gerichtsgebäudes hinunter in Richtung Revier. Margo stand mit klopfendem Herzen und Schmetterlingen im Bauch da. Konnte jemand tatsächlich so kühn sein zu sagen, was Margo gerade aus Ashleys Mund gehört zu haben glaubte?

Als Margo den unbehaglichsten Moment ihres Lebens jetzt erneut durchlebte, lächelte sie. Da waren sie wieder, die Schmetterlinge in ihrem Bauch. Sie hatte Ashley richtig verstanden, damals, und sie würde diesen Abend niemals vergessen.

In welches Restaurant sie gegangen waren oder was sie gegessen hatte, daran erinnerte sich Margo nicht mehr, aber an jedes andere Detail ihres ersten Abends mit Ashley. Während des Essens hatte ihr Gespräch hin und wieder gestockt, und sie hatten sich in die Augen gesehen. Margo konnte nur einen Gedanken fassen, nämlich wie lange sie darauf warten müsste, mit dieser Frau zu schlafen.

Das Warten war nicht lang gewesen. Sie fuhren zu Ashleys Auto zurück und standen an einer roten Ampel, als Ashley plötzlich verkündete: »Hier links ab ist genau die richtige Richtung.«

Margo hatte vor Lust einen Kloß im Hals bekommen. »Dein Auto ist doch am Gericht.«

»Aber meine Wohnung nicht.«

Sobald sie in Ashleys persönlicher Umgebung stand, fühlte sich Margo, als läge sie bereits in ihren Armen. Ashley hatte sofort ein kleines Stück Himmel geschaffen: Die Lichter waren gedämpft, der perfekte Song füllte die Gesprächspausen, und jetzt streckte sie die Hände nach Margo aus.

Sie landeten sacht auf Margos Hüften. Die Luft wurde magnetisch, und sie berührten sich, erregt durch den schweren Atem und das klopfende Herz der anderen. Margo spürte, wie Ashleys Brüste ihre eigenen streiften, wie Ashleys Hände ihre Hüften fester umfassten. Erneut trafen sich ihre Blicke. Kein Lächeln. Kein Lachen. Keine Verlegenheit.

Ashley drängte sich gegen Margo und knabberte an ihren Lippen. Es war nicht mehr nur ihr Herz, das klopfte. Margos ganzer Körper explodierte vor Leidenschaft. Sanft griff sie in Ashleys Nacken und zog sie ganz an sich, in einem langen, tiefen Kuss. Ashley reagierte, indem sie Margo an die Wand drückte und sich so eng an sie schmiegte, dass ihre Körper sich zusammenfügten wie Puzzleteile. Margo konnte Ashleys Berührungen kaum mehr ertragen, und Kleider schienen überflüssig. Sie verschwanden im Laufe der Nacht.

Mit einer Hand streichelte Ashley Margos Brüste und rührte mit der anderen an der Hitze zwischen ihren Beinen. Sie wurde schwach, wie sie da an der Wand lehnte, doch Ashley hielt sie mit ihrem Körper fest. Margo konnte keinen Moment länger warten. Sie brauchte diese Frau *jetzt* und wusste dabei, sie brauchte diese Frau für immer.

»Hey, in welcher Welt bist du denn, Margo?« Einer ihrer Kollegen brachte sie zurück auf die Stufen des Gerichtsgebäudes. Margo lächelte und hoffte, dass sie nicht in aller Öffentlichkeit gestöhnt hatte.

Sie wünschte, Ashley käme bald. Allein der Gedanke an sie brachte sie fast zum Explodieren. Margo plante gerade die schrecklich sündhaften Dinge, die sie heute Abend mit Ashley tun würde, als sie sie näher kommen sah.

Margos Leidenschaft schlug in Sorge um. Diese Person, die da auf sie zukam, konnte nicht ihre Ashley sein. In ihren Schritten war keine Leichtigkeit. Kein Lächeln in ihrem Gesicht. Wo war die Freude? Noch nie hatte Margo Ashley so erschöpft und niedergeschlagen gesehen. Was war mit ihrem Mädel passiert?

»Dieser Kerl ist nicht nur körperlich brutal, er bringt seine Opfer gefühlsmäßig total durcheinander. Was er zu ihnen sagt – er will sie dazu bringen, ihr Leben aufzugeben.«

Margo sah, wie Ashley sich erneut anspannte. Sie wusste, dass sie mit jedem Muskel ihres Körpers das schwere Gewicht stemmte, das ihr heute auferlegt worden war.

»Sie war sein viertes Opfer, und einer der Kommissare hat mir erzählt, dass es in einem anderen Gerichtsbezirk, im Norden, mehrere Angriffe mit demselben Modus operandi gegeben hat. Da hatten sie erst vor zwei Wochen eine Vergewaltigung.«

Ashley rückte vom Abendbrottisch ab und begann, in der Küche auf und ab zu gehen. Margo gab den Versuch auf, Ashley zum Essen zu bewegen. Sie stand auf und trat ihr in den Weg. Ashley ließ sich in Margos Arme fallen, ihre Anspannung wich der Erschöpfung. Da war keine Leidenschaft, nur Ruhe. Keine sagte etwas, als fühlten sie nichts.

Plötzlich trat Ashley zurück, bereit ihre letzte Energiereserve zu verbrauchen. »Es ist jedes Mal gleich. Er gelangt ins Haus, indem er ein Fenster einschlägt oder eine Tür aufbricht. Als hielte er sich für unsichtbar, als sei es ihm egal, wenn sie ihn kommen hören. Er ist nie bewaffnet und wird nie gewalttätig, bis das Opfer sich weigert, mit ihm zu schlafen.«

»Du meinst, er erwartet tatsächlich, dass sie mit ihm schlafen wollen?«

»Ja, zum Teufel! Am Anfang streichelt er sie eine Stunde oder so, erzählt ihnen, wie schön sie sind, dass sie sich für ihr Aussehen nicht schämen müssen und dass sie mit Männern zusammen sein könnten, wenn sie nur mehr Selbstvertrauen hätten.«

»Dieser Kerl ist krank.« Margo begann, die ganze beklemmende Wahrheit zu begreifen.

»Es kommt noch schlimmer. Er spricht über die Familie und sagt, Lesben seien an deren Zerstörung schuld. Er redet über die Enttäuschung, die ihre eigenen Familien empfinden müssen, und sagt, sie trügen zur amerikanischen Familienkrise bei.«

Margo konnte sich vorstellen, wie sehr die Frauen litten, als sie sah, wie dieser Fall ihrer Liebsten die Freude und Lebendigkeit nahm. Ashley war nie so direkt mit solch einer schwierigen Ermittlung in Berührung gekommen. Margo wusste aus eigener Erfahrung, wie belastend es für Ashley sein würde, und versuchte, sie von dem emotionalen Aufruhr weg hin zu den Fakten zu lenken. »Was habt ihr bis jetzt?«

»Das ist das Schönste an der Sache. Wir haben alles, was wir brauchen, um den Kerl zu überführen, mit Ausnahme seines Namens.

Beim ersten Mal war er schlampig. Wir haben Haarfasern, Sperma, Speichel, sogar einen verdammten Fingerabdruck. All das bringt überhaupt nichts, denn er ist kein aktenkundiger Straftäter.«

Margo ging zu Ashley, die an der Theke lehnte. Sie beugte sich langsam zu ihr vor und wurde in die Arme genommen. »Du bist so nah dran, Süße. Du hast ein Talent dafür, Täter dingfest zu machen. Du wirst ihn kriegen.«

»Na ja, Steve, der Ermittler für Sexualdelikte, hat bis jetzt ziemlich geschlampt. Er behandelt das Ganze wie Fälle von Erregung öffentlichen Ärgernisses. Das Problem ist, dass die Opfer ihm einfach egal sind. Ich werde ihn meiden und auf eigene Faust eine Theorie über diese Fälle entwickeln müssen.« Ashley machte sich erneut von Margo los. »Ich weiß, dass ich ihn kriegen werde. Ich muss bloß etwas finden, das alle Opfer gemeinsam haben. Er greift die Frauen nicht einfach willkürlich an. Er sucht sich Lesben als Beute aus und muss eine ziemlich sichere Methode haben, sie zu identifizieren.«

»Du wirst ihn kriegen.«

»Ich weiß, aber wie lange wird es dauern?«

3

Steve Carson biss die Zähne aufeinander, man sah ihm an, dass er wütend war. Er saß zurückgelehnt mit verschränkten Armen und Beinen auf seinem Stuhl. Nach der ersten Salve seiner Verbalattacke gegen Ashley, das Revier und die Verwaltung schien er sich auszuruhen und über seine weitere Taktik nachzudenken. Der Captain hatte nicht erwartet, dass Steve die Neuigkeit, eine Partnerin zu bekommen, gut aufnehmen würde, doch seine feindseligen Proteste waren sogar für seinen Vorgesetzten ein wenig einschüchternd. Schließlich war Steve ein Paul Bunyan mit einer Polizeimarke und einer Kanone statt eines blauen Ochsen.

Mit seinen knapp einsneunzig war er nicht außergewöhnlich groß, aber durch seine breite Statur wirkte er wie mindestens zwei Meter zehn. Aus einem mächtigen Brustkorb und Oberkörper wuchsen Arme und Beine wie kleine Reedwood-Bäume. Die Wut hatte seine himmelblauen Augen zu Stahl gehärtet. Im Allgemeinen galt er als sanfter Riese, aber heute passte diese Beschreibung nicht.

»Ich brauch keinen Partner, schon gar keinen weichlichen Grünschnabel von der Straße.«

»Na ja, das sehe ich anders.« In Wirklichkeit war es die Idee des Chiefs gewesen, aber der Captain wollte die Verantwortung für diese Entscheidung nicht auf jemand anders abwälzen.

»Sie hat keine Erfahrung mit Ermittlungen. Sie wird nur im Weg sein. Dieser Fall ist zu wichtig, als dass ich Zeit hätte, jemanden anzulernen.«

»Sie wird eine Sorte Erfahrung einbringen, die Sie nicht vorzuweisen haben, Steve.«

»Sie meinen, sie ist auch andersrum! Super, also kann sie sich in sie reinversetzen. Wie soll das meiner Ermittlung helfen?«

Der Captain versuchte es anders. »Steve, es ist genau wie jeder Fall, bei dem es um kulturelle Minderheiten und Sensibilität geht. Man muss mit dieser Kultur vertraut sein, um die bestmögliche Ermittlung durchzuführen.«

»Heißt das, wenn alle Opfer schwarz wären, würde ich einen

schwarzen Partner kriegen, weil ich weiß bin? Sie wissen verdammt gut, dass das nicht passieren würde. Nein, das Revier hat beschlossen, eine bestimmte Klasse von Opfern bevorzugt zu behandeln. Stimmt's?«

Steve hatte die Logik seines Vorgesetzten in ein ihm selbst dienliches Argument verdreht. Und er hatte dem Captain eine politische Falle gestellt. Der verlor jetzt die Beherrschung.

»Hören Sie zu, Detective, der Grund dafür, dass sie ins Team kommt, ist Ihre Abfälligkeit und Unverschämtheit den Opfern gegenüber. Ihr Verhalten hat sie so befremdet, dass sie kaum noch zur Kooperation bereit sind und Ihnen nur noch die nackten Tatsachen mitteilen. Was Sie über diese Leute denken, ist mir völlig schnurz. Für mich zählt allein, dass dieser Wahnsinnige, der sie angreift, die Polizei schlecht dastehen lässt und die Ermittlung allmählich im ganzen Staat Aufmerksamkeit erregt. Das Letzte, was wir jetzt noch brauchen, ist, dass Ihre Vorurteile der Ergreifung eines Serienvergewaltigers im Wege stehen. Sie arbeiten nur deshalb noch an diesem Fall, weil Sie ein guter Ermittler für Sexualdelikte sind und wir Ihren Sachverstand brauchen.«

Steve änderte den Ton. »Captain, Sie wollen mir doch nicht erzählen, dass es Sie kümmert, ob diese Mannweiber gevögelt werden! Da draußen gibt es echte Opfer, die unsere Hilfe brauchen.«

Der Captain hatte Steve noch nie so reden hören. Die Schroffheit des Detective mochte ihn noch so wütend machen, er verstand sehr wohl, worauf Steve abzielte. Der Captain wollte sich auf dem Revier nicht den Ruf eines Homo-Hätschlers einhandeln. Seine Karriere hing davon ab, dass diese Ermittlung glatt lief.

»Steve, setzen Sie wegen dieses Falls nicht Ihre Karriere aufs Spiel. Handeln Sie einfach mal politisch klug und machen Sie ganz normal weiter.«

»Oh, es geht also gar nicht mehr um Polizeiarbeit, sondern um Politik.«

»Sie irren, Detective. Es geht um Polizeiarbeit. Es geht darum, einen Wahnsinnigen von der Straße zu holen.«

Einen Moment lang herrschte Stille, und der Captain beschloss, seinen letzten Trumpf auszuspielen.

»Eins noch. Uns wurde mitgeteilt, dass ein Revier im Norden Vergewaltigungen mit demselben Modus operandi untersucht. Wir haben uns darauf geeinigt, gemeinsam an der Aufklärung der Fälle zu arbeiten. Detective Elizabeth Mendoza wird Montagmorgen hier ankommen, um bei der Untersuchung unseres letzten Angriffs behilflich zu sein. Bevor Sie jetzt wieder anfangen zu mosern, sage ich Ihnen, sie genießt im ganzen Staat einen ausgezeichneten Ruf, und das ist alles, was ich weiß. Sie arbeiten mit den beiden zusammen, Steve, oder Sie arbeiten allein in einer anderen Abteilung.«

Der Captain hatte das letzte Wort und ließ Steve kochend vor Wut zurück. Einen Augenblick später betrat Ashley das Büro. Sie fand Steve schmollend hinter seinem Schreibtisch, wo er auf eine Gelegenheit zu warten schien, eine Schlacht zu gewinnen. Ihr Talent, Krisenherde aufzuspüren, hatte sie geradewegs in die Ermittlungsabteilung geführt.

Die unvermeidliche Auseinandersetzung mit Steve Carson hatte Ashley den ganzen Vormittag bevorgestanden, während sie die Formalien erledigte, die ihr Wechsel vom Streifendienst ins Ermittlungsdezernat erforderte. Sie wusste, was für ein Arschloch er sein konnte, auch wenn viele Leute ihn sehr schätzten, unter anderem ihr Partner Doug. Steve, so hieß es, sei ein fairer und feinfühliger Mensch. Oft nehme er besondere Anstrengungen auf sich, um Opfern oder Kollegen zu helfen. Allerdings sei er streng dogmatisch in Bezug auf seine Grundsätze von Richtig und Falsch. Ashley schloss daraus, dass Homosexualität für ihn etwas grundsätzlich Falsches war und dass sich diese Haltung in seiner Arbeit niederschlug. Trotzdem war Doug offenbar überzeugt, Steves negative Einstellung sei eher ein Schutzmechanismus denn das Ergebnis von Vorurteilen. Was immer es auch sei, versicherte er Ashley, Steve würde es überwinden, denn gute Polizeiarbeit sei ihm wichtiger als alles andere. Das erleichterte Ashley kein bisschen.

Wenn sie jedoch an das Opfer dachte, scherte es Ashley einen Dreck, was Steve dachte oder fühlte. Sie würde diesen Täter fassen, mit oder ohne Steves Hilfe. Sie würde nicht zulassen, dass eines Mannes moralische Ideale oder Eiertänzeleien ihre Jagd nach einem anderen Mann behinderte, der unschuldigen Frauen mit Gewalt seine kranken Ideen aufzwang. Zur Schlacht gerüstet betrat sie Steves Büro.

»Hallo, ich bin –«

Steve schoss von seinem Stuhl hoch. »Ich weiß, wer du bist, und ich weiß, warum du hier bist. Es stinkt mir, aber das scheint keine Rolle zu spielen. Ich meine, du bist unqualifiziert, aber das scheint ebenfalls keine Rolle zu spielen. Komm mir bloß nicht in die Quere. Kümmer dich um deine feinen Freundinnen, und das war's.«

Verdammt! Als wäre sie wieder eine blutige Anfängerin in der Ausbildung. Ehe sie sich fassen konnte, war Steve aus dem Büro gestürmt.

Heute war Feitag, aber Ashley war nicht danach, sich ins Wochenende zu verabschieden, nicht nach diesem Zusammenstoß mit ihrem neuen Partner. Sie nahm sich die Akten der bisherigen Angriffe vor. Sie würde sicherstellen, dass sie jedes Detail in- und auswendig kannte. Vielleicht würde sich dieser Typ aus dem Norden, Detective Mendoza, als umgänglicher erweisen, sie bezweifelte es allerdings.

Sie seufzte in sich hinein. »Willkommen bei den Ermittlern.«

Harri liebte Flughäfen, denn sie beobachtete gern Menschen, und an Flughäfen war stets die größte Vielfalt vertreten, selbst an einem Montagmorgen. Dies war ein riesiger Flughafen und wichtiger Verkehrsknotenpunkt, und Harri hoffte fast, ihr Abholdienst würde sich verspäten.

Sie ließ ihre Augen über Familien, Pärchen, Geschäftsleute wandern, während sie die Gangway hinauf und in den Warteraum ging. Dort schaute sie über die Menge hinweg und suchte die Wände ab, wo jeder anständige Cop stehen würde. Und tatsächlich, da lehnte ihr Abholdienst an der Wand. Mit freudiger Überraschung stellte Harri fest, dass es eine Frau war. Sie trug eine Sonnenbrille, woraus Harri messerscharf schloss, dass es eine junge Polizistin war, die es noch für nötig hielt, ihren wachsamen Blick hinter getönten Gläsern zu verbergen.

Während sie sich einen Weg durch die Begrüßungsszenen bahnte, musterte Harri die Kollegin abschätzend. Sie war jung und wirkte gelassen. Alles an ihr strahlte Selbstvertrauen aus: ihre lässige Haltung, die schlichte Jeans, das rot-blaue Rugbyshirt, das leichte Lächeln. Zu schade, dass dies nur ihr Laufmädchen war. Sie war viel zu jung, um dieser Ermittlung zugeteilt zu sein.

Ashley wusste nicht, wie Detective Mendoza aussah, aber sie hielt nach einem Latino Ausschau. Sie meinte, zwischen Urlaubern, Familien und Geschäftsleuten müsste ein Cop relativ leicht auszumachen sein.

»Wow!« Es war ihr laut herausgerutscht – kein Wunder angesichts der Frau, die da am Ende der Gangway aufgetaucht war. Ashley ertappte sich dabei, wie sie sie unverhohlen anstarrte.

Die Frau war schwarz. Nein, indianisch. Nein, sie war Südamerikanerin. Sie hatte kurzes, dickes, glattes, schwarzes Haar. Ihre Haut hatte die Farbe eines gewaschenen und geölten Ledersattels, Braun, Gold und helles Sonnenbraun, alles vermischt. Sie war etwa einssiebzig groß und schlank. Ihre Beine schienen endlos lang zu sein. Sie trug Jeans und ein graues Shirt, das aussah, als entstammte es einer Garnitur langer Unterwäsche. Ein schlichter schwarzer Blazer war lässig über das Shirt gezogen, die Ärmel hochgekrempelt. Teure graue Stiefel vervollständigten das Ensemble.

Die Frau zog Ashleys Blick wie ein Magnet an.

Als sie näher kam, entdeckte Ashley ihre faszinierenden Augen. Waren sie dunkel- oder haselnussbraun? Vielleicht hellbraun mit einem Hauch Orange. Ashley fand nicht das richtige Wort für die Farbe. Die Augen waren schön, mystisch, verschlossen. Ashley war immer noch entzückt, als eine Stimme sie unsanft in die Wirklichkeit zurückholte.

»Ich bin Detective Mendoza«, stellte Harri sich vor.

Ashley fuhr zusammen und errötete. Sie war so in Gedanken gewesen, sie hatte nicht einmal bemerkt, dass die Frau, die sie bewundert hatte, jetzt direkt vor ihr stand.

»Entschuldigen Sie.« Ashley versuchte angestrengt, ihr letztes bisschen Fassung zu wahren.

»Ich bin Detective Mendoza.«

»Ja, ja, ich bin Offic–, ich meine, ich bin Detective Johnson.« Ashley war drauf und dran, den Kampf zu verlieren. Diese Frau war unglaublich, und sie würde mit ihr zusammenarbeiten. Sie schenkte ihr ihr entwaffnendes Lächeln. Mendoza erwiderte es mit einem kurzen, gezwungenen Lächeln, wandte sich um und lief mit dem Strom der Passagiere zur Gepäckabholung.

Ashley holte sie ein. »Sagen Sie Ashley zu mir, schließlich werden wir zusammenarbeiten.«

Harri blieb stehen. »Wie lange sind Sie schon Polizistin, Ashley?«

Ihre Stimme war sanft, doch die Frage wirkte streng.

»Über zwei Jahre.«

»Tatsächlich. Und seit wann sind Sie Detective?«

Ashley mochte es nicht, auf diese Weise befragt zu werden, nicht einmal von dieser Frau. Doch irgendwas an ihr ließ Ashley antworten. »Zwei Tage.«

»Toll.« Harri ging davon, und Ashley fühlte sich plötzlich extrem unbedeutend.

Dann wurde sie wütend. Zum zweiten Mal binnen weniger Tage warf ihr Partner oder ihre Partnerin ihr mangelnde Erfahrung vor. Von Steve, der von vornherein verärgert gewesen war, hatte sie es hingenommen; es war seine Ermittlung. Doch das hier war anders. Was glaubte diese Frau, wer sie war? Diese Kommissarin war so etwas wie eine Besucherin in ihrem Gerichtsbezirk. Sie sah nicht viel älter aus als Ashley und hatte vermutlich auch keine Unmengen an Erfahrung vorzuweisen, dafür jede Menge Einbildung. So einfach würde sie sie nicht davonkommen lassen.

Nach ein paar langen Schritten hatte Ashley Harri eingeholt und fiel neben ihr in Gleichschritt. »Ich weiß nicht, was Sie mit ›toll‹ meinen, aber da Sie mich und meine Qualifikation nicht kennen, möchte ich etwas klarstellen.«

Harri ging weiter. Sie sah Ashley nicht an und beschleunigte ihr Tempo, um die andere erneut aus dem Tritt zu bringen.

Ashley fuhr fort: »Ich wurde dieser Ermittlung aus zwei Gründen zugeteilt. Erstens, weil ich eine gute Polizistin bin. Ich spüre

Straftäter auf und ich verliere keinen meiner Fälle. Ich habe in den letzten zwei Jahren mehr Festnahmen verbucht als jeder andere auf dem Revier, und nach jeder kam es zu einer Verurteilung. Erfahrung ist mehr als nur eine Anhäufung von Dienstjahren.«

Immer noch keine Reaktion von der Eisfrau neben ihr. Ashley hatte Schwierigkeiten, mit ihr mitzuhalten, und die andere weigerte sich, sie auch nur anzusehen.

»Der zweite Grund ist, dass ich Lesbe bin, aber das haben wir vermutlich gemeinsam.«

Der Einsatz machte sich bezahlt. Die Eisfrau blieb stehen und sah Ashley direkt in die Augen. Ihre Augen gaben nichts preis. Keine Wut. Keine Verlegenheit. Keine Niederlage. Nichts.

»Eine gewagte Vermutung, Detective Johnson.«

»Das glaube ich nicht, Detective Mendoza.«

Auch Ashley konnte mit harten Bandagen kämpfen und hielt Mendozas Blick selbstbewusst stand.

»Ich sag Ihnen was, ich gehe mein Gepäck holen und Sie holen den Wagen. Ich treffe Sie draußen, und dann versuchen wir es noch einmal.«

Erneut drehte Harri sich um und ging davon.

»Diese schlechte Angewohnheit werde ich dir austreiben müssen«, murmelte Ashley.

Harri sah zu, wie Ashley sich durch den Verkehr zu ihr hin schlängelte. Der zivile Polizeiwagen war etwa so unauffällig wie ein rosa Elefant. Es war ein staatsbrauner Sedan mit staatlichen Nummernschildern. Was für ein Revier war das wohl, mit dem sie da zusammenarbeiten sollte? Sie schob die negativen Gedanken beiseite und schwor sich darauf ein, Ashley unvoreingenommen zu begegnen. Der Wagen rollte an den Bordstein, Harri warf ihre Taschen auf den Rücksitz und rutschte selbst neben Ashley.

»Hallo, Ashley, ich bin Detective Mendoza, aber ich hasse Förmlichkeiten, also sag bitte Harri zu mir.«

Ashley lächelte und erntete ein echtes halbes Grinsen. »Harri, wofür steht das?«

»Beharrlichkeit. Mein Sergeant hat den Namen vor ein paar Jahren geprägt, als Bezeichnung für meinen Stil. Er hat angefangen, mich Harri zu nennen, und die anderen haben es übernommen.«

Ashley begann sich zu entspannen. »Die kleine Szene vorhin tut mir Leid, aber du bist nicht die Erste, die meine Fähigkeiten in Frage stellt.«

Harri sah sie so durchdringend an, dass Ashley erstarrte. »Entschuldige dich niemals dafür, das Richtige zu tun.«

Das Schweigen, während sie durch den unvermeidlichen Flughafenstau in Richtung Stadt und Harris Hotel krochen, war Ashley unangenehm. Sie wollte die Frau neben sich kennen lernen, war aber immer noch gekränkt durch den fehlgeschlagenen Erstkontakt am Flughafen.

Sie beschloss, dass die Ermittlung ein unverfängliches Gesprächsthema war. »Ich sollte dich besser vorwarnen, der Ermittler, der eigentlich für die Vergewaltigungsfälle zuständig ist, ist nicht besonders nett.«

Von Harri kam keine Reaktion, nicht einmal ein Zeichen, dass sie sie gehört hatte.

Ashley fuhr fort: »Ich wurde hinzugezogen, weil er sich als inkompetent erwiesen hat und die Opfer nicht willens waren, sich mit ihm abzugeben. Mein Revier legt Wert darauf, dass mit den Opfern behutsam umgegangen wird, und da dachte man wohl, ich könnte mich nützlich machen.«

»Das ist ja ganz was Neues.«

Harris Sarkasmus traf sie. »Wie meinst du das?«

»Nun geh nicht gleich wieder in die Luft. Du weißt so gut wie jeder hier, dass dein Revier wegen mangelnden Fingerspitzengefühls im Umgang mit Minderheiten ständig in der Kritik steht. Ihr wollt doch bloß vermeiden, dass euch die Presse und die Interessensvertretungen zur Schnecke machen.« Harri sah Ashley an, die das Steuer umklammert hielt, als sei es Harris Hals. Sie wechselte schnell das Thema. »So, die meisten Festnahmen des Reviers – das ist beeindruckend.«

Ashley freute sich über jedes Lob ihrer beruflichen Fähigkeiten und vergaß Harris verletzende Bemerkungen sofort. »Na ja, zum

Großteil ist es wohl Glück. Irgendwie bin ich immer zur richtigen Zeit am richtigen Ort. Aber die Typen macht es schier verrückt. Sie sehen nicht ein, dass ein *Mädchen* so gut sein kann. Die Polizeiarbeit ist eben einfach mein Leben. Ich wollte nie etwas anderes machen, und jetzt will ich die Beste sein.«

»Die Beste zu sein bedeutet mehr als nur die meisten Festnahmen durchzuführen.« Harri, selbst erschrocken über diesen neuerlichen Anwurf, sah aus dem Fenster. Sie wollte schnell ablenken, doch diesmal hatte sie Ashley tief gekränkt.

»Ich weiß nicht, was du dir unter Polizeiarbeit vorstellst, aber mir wurde beigebracht, dass es darum geht, Leben und Eigentum zu schützen, und dass man das macht, indem man Straftäter ins Gefängnis bringt. Das ist unser Job, und ich mache ihn besser als irgendjemand sonst, dich wahrscheinlich eingeschlossen.«

Für Harri klang das nach den einstudierten Phrasen einer Anfängerin, die die Komplexität des Jobs noch nicht begriffen hat. Sie beschloss, nichts darauf zu sagen.

Ashley konnte die Arroganz dieser Frau nicht fassen. Welches Recht hatte sie, ihr Revier und ihre Arbeit zu kritisieren? Jetzt saß sie da, als hätte sie Ashleys Erwiderung überhaupt nicht gehört. Harri brachte nicht einmal zu Ende, was sie begonnen hatte.

Nach einer Weile begann die Stille erneut auf Ashley zu lasten. Sie beschloss, Harri noch eine Chance zu geben.

»Ich wollte nicht so heftig werden, es ist nur so, dass –«

Harri schnitt ihr das Wort ab. »Warum erzählst du mir nicht mehr von dir?«

Dieser Bitte kam Ashley gerne nach.

Als sie im Hotel ankamen, dankte Harri ihr fürs Abholen und vergewisserte sich, dass Ashley später am Nachmittag wiederkommen und sie mit zur Arbeit nehmen würde. Nachdem das geklärt war, drehte Harri sich um und ging ohne ein weiteres Wort in die Lobby.

Ashley fuhr zurück zum Revier und fragte sich, warum sie sich wie eine schwärmende Teenagerin fühlte. Sie versuchte sich einzureden, sie seien sich nach anfänglichen Schwierigkeiten tatsächlich ein wenig näher gekommen. Dann zwang sie sich, den Tatsachen ins Auge zu sehen. Harri hatte nicht wirklich etwas gesagt. Sie hatte an den passenden Stellen genickt, die richtigen Fragen gestellt und nichts von sich preisgegeben. Ashley wusste überhaupt nichts von ihr.

Die Frau war wie ein Geist. Das Bild war klar, plastisch, und es schien, als könne man danach greifen und es berühren. Doch die Seele war nicht greifbar, die Gestalt war eher einschüchternd, und wenn man versuchte, sie zu berühren, war sie verschwunden – wie eine Erscheinung.

4

Steve saß an seinem Schreibtisch und wartete auf das Eintreffen seiner beiden Partnerinnen. Er hatte den Morgen damit zugebracht, seine übrigen Fälle an andere Kommissarinnen und Kommissare des Reviers zu übergeben, und blätterte nun in den Lesbenfällen, um sein Gedächtnis aufzufrischen. Jetzt, wo sie seine ganze Aufmerksamkeit hatten, konnte er dieses Arschloch wahrscheinlich in zwei Wochen finden und seine Assistentinnen loswerden.

Steve nahm sich jeden Fall einzeln vor und kam zu dem Schluss, dass die Verbrechen definitiv hassmotiviert waren. Der Täter mochte keine Lesben. Das konnte Steve verstehen, er mochte sie auch nicht. Verdammt, es gehörte sich nicht, dass Frauen es miteinander trieben. Das war nicht normal. Es war einfach nicht natürlich.

Aber dieser Kerl war krank. Steve fragte sich, was das für ein Typ war, der es einer andersrum gestrickten Frau besorgen musste, um sich wie ein Mann zu fühlen. Er musste ein schweres Männlichkeitsproblem haben, konnte wohl keine echten Frauen kriegen und musste deshalb den Abschaum der Weiblichkeit vergewaltigen. Verdammt, er musste verzweifelt sein, um Lesben zu vergewaltigen, die sahen alle eher wie Männer aus als wie Frauen.

Beim Blättern in den Akten entwickelte Steve ein informelles psychologisches Täterprofil. Als er zu den letzten Seiten einer Akte kam, auf denen die Fotos waren, und sich das Opfer anschaute, stellte er überrascht fest, dass sie ganz normal aussah. Er erinnerte sich, wie er sie ein paar Tage nach dem Überfall befragt und gedacht hatte, dass sie irgendwie gut aussah. Innerhalb einer Gruppe von Menschen hätte er sie nie als Lesbe identifiziert.

Steve ging die Akten noch einmal durch und sah sich die Fotos der Opfer an. Sie sahen *überhaupt nicht* aus wie Lesben. Es waren zum Großteil berufstätige, gesunde Frauen. Also, wenn *er* es ihnen nicht ansehen konnte – und er kannte sich mit Frauen aus –, woher wusste es der Täter?

Ein Stich der Wut traf seine Brust. Wodurch waren diese Frauen anders? Warum entschieden sie sich dafür, mit Frauen zusammen zu sein? Steve empfand sich selbst als tolerant, jedenfalls für einen Cop. Er genoss es richtig, bei seiner Arbeit so unterschiedliche Menschen kennen zu lernen. Die verschiedenen Rassen fand er interessant, und ihren Kampf um Gleichberechtigung akzeptierte und achtete er. Aber sie hatten sich ihre Andersartigkeit nicht ausgesucht. Diese Frauen schon.

Steve war nicht sicher, ob er auf die Frauen wütend war, weil sie Männer ablehnten, oder auf diesen kranken Spinner, der sie verfolgte. Das ganze Thema Homosexualität verwirrte ihn. Warum konnten die Leute nicht einfach normal sein?

Auf der Suche nach etwas Süßem verließ er sein Büro. Im Gang stieß er mit Ashley zusammen.

»Scheiße.« Steve trat den Rückzug an. Die Realität, verkörpert durch Ashley, folgte ihm, zusammen mit einer anderen Frau, die er nicht kannte, obgleich er sich denken konnte, wer sie war.

»Steve, das ist Harri. Harri, Steve«, stellte Ashley sie vor und zog sich schnell aus der Schusslinie in dic Sicherheit einer Zimmerecke zurück.

»Harri? Was für ein beschissener Name ist das denn? Ach, ist ja auch egal. Wir legen die Grundregeln jetzt gleich fest, meine Damen, oder was immer ihr zwei seid.«

Ashley, die sich bei dieser Bemerkung am liebsten auf ihn gestürzt hätte, beobachtete, dass Harri auf Steves Beleidigung überhaupt nicht reagierte. Kein Zucken der Wimpern, kein Zurückweichen, nichts. Sie beschloss, sich zurückzuhalten und zuzusehen, wie die Eisfrau mit diesem durchgeknallten Macho umgehen würde.

Steve fuhr fort: »Ich brauche keine Hilfe bei der Ermittlung. Ihr beide seid nur hier, damit die Opfer sich besser fühlen. Sie sollten eine Beziehung zu euch aufbauen können. Also, macht, was ihr wollt, damit sie sich besser fühlen. Nur nicht vor meinen Augen.«

Steve wollte an Harri vorbei und sich etwas Süßes holen, das er jetzt noch dringender brauchte. Er ging davon aus, dass sie zur Seite treten würde, um ihm Platz zu machen. Das tat sie nicht. Verärgert darüber, dass er sie berühren und aus dem Weg schieben musste, machte Steve den Fehler, ihr in die Augen zu schauen.

Harris Blick hätte einen ganzen Einsatztrupp auf der Stelle

erstarren lassen. Er wich zurück. Nichts sonst deutete darauf hin, was Harri dachte oder fühlte, doch Steve hatte keinen Zweifel. Als sie sprach, lag keine Wut in ihren Worten, nur eine Schlichtheit, die unmissverständlich ausdrückte, dass ihr Gegenüber unter ihr stand.

»Ihr Revier hat von meinem Hilfe angefordert. Man scheint davon auszugehen, dass beide Seiten von einer gemeinsamen Ermittlung profitieren könnten. Ich wurde gebeten, die Fälle meines Reviers zu übernehmen. Normalerweise ermittle ich in Mordfällen, aber da dieser Täter so geschickt und brutal vorgeht, hat man entschieden, mir die Ermittlung zu übertragen.«

Harri ging zu einem Stuhl vor Steves Schreibtisch und setzte sich. Steve blieb stehen, er wollte offenbar verhindern, dass sie mit ihm weiter wie mit einem Untergebenen sprach. Es half nicht.

»Ich war einige Jahre Agentin beim FBI und habe immer noch viele Verbindungen dorthin. Ich habe mehr Ermittlungserfahrung als Sie und Ihre neue Partnerin zusammen. Mir wurden diese Fälle nicht aufgrund meiner sexuellen Orientierung übertragen, sondern weil ich das Beste bin, was mein Revier zu bieten hat. Ich arbeite nie mit anderen zusammen und ich schließe keinen Fall ohne die entsprechende Festnahme ab.«

Harri änderte ihren Tonfall und sprach jetzt wie die Trainerin eines mittelmäßigen Teams, das mühselig zum Sieg geführt werden muss.

»Ich bin hier, weil mir klar ist, für diesen Kerl braucht es mehr als *einen guten Cop*. Ich glaube nicht, dass ich Sie mögen muss, um mit Ihnen zusammenzuarbeiten, Steve. Es gibt nur einen Grund, warum ich bereit bin, mit Ihnen oder Ashley zu arbeiten, nämlich dass Ihr Revier Sie anscheinend für die Besten hält. Wenn wir diesen Wahnsinnigen fassen wollen, geht das nur mit dem bestmöglichen Team. Ich hoffe, Ihr Revier hat das richtige Urteil gefällt.«

Sie stand auf und verließ den Raum. Ashley lächelte. Harri war eine Meisterin in der Kunst, das letzte Wort zu haben.

Steve schnauzte: »Was grinst du so?«

»Sie ist gut, verdammt gut. Und du weißt es, also find dich damit ab.«

Steve wusste, dass sie gut war. Er hatte einen Freund im Norden angerufen und sich alles über Detective Elizabeth »Beharrlichkeit« Mendoza erzählen lassen. Trotzdem hatte er nicht erwartet, dass diese Frau ihn mehr oder weniger einschüchtern würde. In einer Sache hatte sie jedoch Recht. Sie mussten sich nicht mögen.

Am nächsten Tag kamen die Ermittler im Konferenzraum zusammen. Als Ashley und Harri eintrafen, saß Steve schon am Kopfende des langen Tisches vor seinen säuberlich gestapelten Fallakten. Harri marschierte wortlos an ihm vorbei, setzte sich ans andere Tischende, breitete ihre Fallakten vor sich aus und schlug jede einzelne auf. Ashley setzte sich, im erneuten Versuch, neutral und hinter der Schusslinie zu bleiben, genau in die Mitte zwischen die beiden.

Harri sah zu Steve auf. Er trug ein altes Baseballshirt und eine Jeans, die schon zu viele Anstreichaktionen mitgemacht hatte. Er war unbewaffnet und auch sonst ohne Ausrüstung. Harri wusste, er war auf die anstehende Arbeit eingestellt. Heute würden sie ausschließlich Akten wälzen, dafür hatte er sich bequem angezogen.

Ashley stellte einen Laptop bereit, um sich Notizen zu machen. Harri registrierte ihren stark taillierten schwarzen Rock, Feinstrumpfhosen und hohe Absätze, sogar eine frisch gestärkte, bis obenhin zugeknöpfte Bluse. Sie hatte ihre Waffe, Handschellen, Munition und ihre Polizeimarke bei sich.

Harri hatte Ashleys überraschten Blick an diesem Morgen bemerkt, als Harri ähnlich gekleidet wie Steve an ihre Zimmertür kam. Sie war sogar hereingekommen, weil sie dachte, ihre Partnerin sei noch nicht fertig. Harri war versucht gewesen, Ashley zu erklären, wie wichtig bequeme Kleidung an einem Tag des Aktenzerpflückens war, hatte dann aber beschlossen, sie diese Erfahrung selbst machen zu lassen. Warum sollte sie sich schon wieder wie eine Anfängerin fühlen?

Harri fing an: »Steve, lassen Sie uns durchgehen, was wir über den Täter haben, und dann mit den Opfern weitermachen.«

Steve behielt seine lässige Haltung bei. »Wir haben nichts, weder über ihn noch über die Opfer, also können wir wohl Schluss machen für heute.«

Ashley war nicht bereit, sich Steves Verhalten länger bieten zu lassen. Sie hatte die ganze Nacht darüber gegrübelt, wie sie mit den beiden zusammenarbeiten und die Serienvergewaltigungen aufklären könnte. Steve würde ihre Anstrengungen und Ambitionen nicht zunichte machen. »Werd endlich erwachsen, Steve. Ich kann nicht gleichzeitig einen Irren suchen und für ein zu groß geratenes Kind Babysitterin spielen.«

Abrupt setzte Steve sich auf und schnauzte: »Du! Babysitterin für mich? Sorry, Süße. Ich bin derjenige, dem ein unerfahrener Grünschnabel aufgehalst wurde. Nein, nein, du wirst nicht Babysitterin spielen, aber wenn du gut aufpasst, könntest du etwas über Ermittlungsarbeit lernen.«

Steve breitete seine Aktenmappen aus und schlug jeweils die Seite mit der Täterbeschreibung auf. »Ich denke, es ist ein Weißer. Zumindest hat keins meiner Opfer irgendeinen Akzent erwähnt. Sie haben gesagt, er spricht gutes Englisch und benutzt keinen verbreiteten Straßen- oder ethnischen Slang.«

Harri warf Ashley einen Blick zu, dann schlug sie ebenfalls die Täterseiten in ihren Akten auf. Sie schätzte es, wie Ashley die verbalen Prügel einsteckte und sich, während Steve sprach, bereits Notizen machte. Harri fragte sich, ob Ashley ihn absichtlich provoziert hatte, damit er endlich anfing zu arbeiten. Sie hätte es so gemacht.

Steve fuhr fort: »Jedenfalls keinen starken. Der beschriebene Körpergeruch klingt für mich schlicht nach männlichem Schweiß, nicht nach obdachlos, ungepflegt und dreckig.«

»Wahrscheinlich haben Sie Recht. Dieser Sommer ist heißer als die Hölle.« Harri stieg direkt in die Diskussion ein.

»Ja, das macht mir Sorgen. Ich meine, draußen sind weit über dreißig Grad, und dieser Typ läuft in einem schwarzen Kampfanzug aus reiner Wolle rum, noch dazu mit einer am Pulli befestigten Skimaske. Wenn er in dem Aufzug nicht auffällt, muss er wirklich gut sein. Durch die Analyse einer Faser wissen wir, dass es Wolle ist. Und wir wissen, dass er seine Maske befestigt hat, denn leider hat eins der Opfer versucht, ihm das Ding abzureißen.« Steve schleuderte ein Foto über den Tisch zu Harri hinüber. »Das ist sie. Er hat sie ganz schön malträtiert.«

Harri warf nur einen kurzen Blick auf das Foto. Selbst nach all den Morden, die sie untersucht hatte, vermied sie es möglichst immer noch, sich die Spuren von Gewalt und Schmerz anzusehen.

Steve kam zum Ende: »Wir haben auch Sperma, aber das ist dann alles, bis auf die allgemeine Beschreibung seiner Statur.«

Ashley korrigierte: »Moment, vom ersten Tatort haben wir einen Fingerabdruck und etwas Haar.«

»Wirklich?«

»Ein Fingerabdruck, ihr habt einen Fingerabdruck? Taugt er was? Habt ihr ihn durch den Computer gejagt? Wo ist er?«

Harris Fragen kamen wie Gewehrsalven, und Steve hatte nicht einmal Zeit, sich über die Zurschaustellung seiner mangelnden Gründlichkeit zu ärgern. Er wühlte in den Unterlagen des ersten Vergewaltigungsfalls und betete, dass er die Spur des Fingerabdrucks mit allen Mitteln verfolgt hätte.

Ashley rettete ihn sofort. »Ein Datenvergleich wurde durchgeführt, aber es gab keine Treffer.«

Steve hörte auf zu suchen, lehnte sich zurück und holte tief Luft. Einen Moment lang hatte er sich wie ein Anfänger gefühlt, der eine einfache Aufgabe vermasselt hat. Hatte er diesen Fällen so wenig Aufmerksamkeit geschenkt, dass er sich nicht mal an etwas so Elementares wie einen verdammten Fingerabdruck erinnerte? Er spürte die Blicke der anderen. Sein unprofessionelles Verhalten beschämte ihn und machte ihn verlegen. Er schwor sich, in diesem Fall nicht noch einmal nachlässig zu sein. Er war ein zu guter Cop, um sich von diesen beiden in den Schatten stellen zu lassen.

Den restlichen Morgen und ihre Mittagspause verbrachten sie damit, die Informationen über Täter und Opfer erneut durchzugehen. Sie bemühten sich, bei den Opfern ein Muster zu erkennen. Irgendeine Gemeinsamkeit: Alter, Beruf, Freundeskreis, Fahrzeugmarke, Wohnverhältnisse, Daten der Angriffe, sogar Haarfarbe. Irgendetwas, das sie verband.

»Tja, wir sind wieder da, wo wir angefangen haben. Das Einzige, was sie alle gemeinsam haben, ist, dass sie –« Um ein Haar wäre Steve eine der üblichen abfälligen Bezeichnungen herausgerutscht. Doch nachdem er sich mit den Opfern stundenlang befasst hatte, schienen ihm Schimpfwörter nicht mehr angebracht. Jedenfalls musste er sie nicht vor seinen Partnerinnen benutzen und die ohnehin bestehenden Spannungen noch verstärken.

Harri und Ashley tauschten fragende Blicke, als Steve am Ende seines Satzes stockte und in Schweigen verfiel. Ashley beschloss, ihn erneut zu retten. »Was ich nicht verstehe, ist, wie er seine Opfer auswählt, woran er erkennt, dass sie Lesben sind.«

»Wenn wir das rauskriegen, haben wir ihn. Lasst uns eure Hinweise ansehen.« Harri wollte weiterarbeiten.

Sie fanden keine Antworten, doch sie grenzten die Frage ein.

Sie teilten die etwa sechzig sachdienlichen Hinweise unter sich auf, die die Polizei erhalten hatte, seit ein kurzer Bericht über die Vergewaltigungen an die Medien gegangen war. Harri war erstaunt, dass Steve die Hinweise zum ersten Mal las. Es wurde nur allzu deutlich, weshalb man Ashley gebeten hatte, sich an der Ermittlung zu beteiligen. Steve hatte nicht einmal die routinemäßigen Folgeuntersuchungen durchgeführt. Er hatte diese Fälle wie ein ausgebrannter Veteran behandelt.

Steve wusste, dass er hart arbeiten musste, um seine Glaubwürdigkeit wiederzuerlangen.

Sie hatten etwa zwei Stunden lang schweigend gearbeitet, jeder einen Stapel Hinweise vor sich, da begann Steve mit aufgeregter Stimme vorzulesen. Harri und Ashley blickten erwartungsvoll auf.

»Nicht viele Menschen wissen das über ihn, aber ich schon, denn ich bin seit über achtzehn Jahren seine Geliebte. Er ist ein guter Mann und er meint es nicht böse, aber er kann einfach keine Beziehung zu Frauen aufbauen. Außer natürlich zu mir. Weil er Panik verbreiten will, vergewaltigt er Frauen aus der anderen Partei. Ich muss Sie warnen, es wird nicht leicht sein, ihn lebend zu fassen. Da er der Präsident ist, sollten Sie vielleicht ein Attentat auf ihn verüben lassen und die Unterlagen verbrennen, die er beim CIA lagert.«

An dieser Stelle konnte Steve nicht mehr ernsthaft weiterlesen und brach in Lachen aus. Ashley hatte selbst den einen oder anderen seltsamen Hinweis gehabt, doch Steves war sicher der abgedrehteste. Die beiden machten sich einen Spaß daraus, die von der Frau vorgebrachte Theorie boshaft auszuschmücken.

Ashley sah den Tisch hinunter zu Harri. Die lächelte das kleine halbe Lächeln, das sie schon vom Flughafen kannte. Möglicherweise sah sie den Witz der Sache, doch wer konnte die Eisfrau schon ergründen? Ashley fragte sich, ob irgendjemand Harri gut genug kannte, um zu wissen, was sie dachte, was sie fühlte, wer sie war.

Steve wurde sichtlich ungeduldig. Als es auf sechs zuging, sah er ständig von seiner Armbanduhr zur Wanduhr, und mit jeder verstreichenden Minute trug er weniger zum Gespräch bei. »Sind wir fertig?«, fragte er schließlich mit leichter Verärgerung in der Stimme.

»Er muss eine Verabredung haben«, bemerkte Ashley zu Harri, als wollte sie die Unhöflichkeit ihres Partners entschuldigen.

»Hab ich auch, und meine Mutter bringt mich um, wenn ich wieder zu spät komme«, antwortete Steve in lockererem Ton, so dass Ashley lachen musste.

Ihr ansteckendes Lächeln sprang mühelos auf ihn über und spiegelte sich in seinem Gesicht. Mit Ashley zusammenzuarbeiten war vielleicht doch nicht so schlimm, dachte er. Er schaute zu Harri, die den Dialog verpasst zu haben schien und sich beharrlich Notizen machte. Steve verstand nicht, wie eine so warm aussehende Frau so kalt sein konnte. Aber jetzt war nicht der Zeitpunkt, über anderer Leuts Persönlichkeit zu grübeln.

Steve schleuderte seine Autoschlüssel quer über den Konferenztisch. »Ms. Beharrlichkeit, falls Sie es schaffen, sich loszureißen, können Sie gerne meinen Dienstwagen benutzen, um heute Abend eine Tour durch die Stadt zu machen. Er steht in der ersten Reihe der zivilen Fahrzeuge. Er ist braun.«

Harri lächelte, als sie sich vorstellte, wie sie über einen Parkplatz voller Standardausgaben der staatlichen braunen Wagen ging und an jedem einzelnen den Schlüssel ausprobierte.

»Ein Lächeln. Die Frau muss ihre Freiheit schätzen.« Damit verabschiedete sich Steve und war fort.

»Was hast du vor?«, fragte Ashley Harri.

»Ich glaube, ich arbeite noch ein bisschen und gehe dann auf Erkundungstour.«

»Du kannst gern zum Abendessen zu uns kommen. Margo macht immer genug für die ganze Nachbarschaft, wenn sie mit Kochen dran ist. So essen wir an ihren übrigen Abenden die Reste und sie muss nur einmal pro Woche kochen.«

Ashley lachte über die gerissene Faulheit ihrer Liebsten. Doch Harri lehnte die Einladung höflich ab und begann erneut an ihren Notizen zu arbeiten. Ashley fühlte sich, als hätte man sie entlassen. Einen Moment lang stand sie da und schaute Harri zu, wollte sehen, was Harri sah, spüren, was Harri spürte. Ashley hatte das unheimliche Gefühl, diese Frau löste Fälle mit Verstand, Herz und Seele.

Ashley verabschiedete sich und ging, ohne ein Wort des Abschieds von Harri. Sie hatte nicht einmal von ihrer Arbeit aufgesehen.

»Komm, Süße, setz dich mit auf die Terrasse und entspann dich.« Margo liebte diese langen, warmen Abende, an denen es sie irgendwann nach draußen zog, zu langen Spaziergängen oder einfach zum Ausruhen auf die Terrasse.

Margo trat durch die Schiebetür und sank in ihren Lieblingsliegestuhl. In den zwölf Jahren bei der Bezirksstaatsanwaltschaft hatte sie schließlich gelernt, die Arbeit auch mal Arbeit sein zu lassen und ihr bisschen Freizeit zu genießen. Als sie zusah, wie ihre Liebste die Terrasse überquerte und sich auf den Rand des Vogelbads setzte, dachte sie darüber nach, dass Ashley ihr einziges Hobby war. Da Ashley im Streifendienst immer unregelmäßige Arbeitszeiten gehabt hatte, konnten sie normalerweise nur ein paar Stunden pro Woche miteinander verbringen. Für Margo war diese Zeit etwas Besonderes.

»Es ist so schön, dass du jetzt regelmäßige Arbeitszeiten hast und mit mir zusammen zu Hause bist.«

Ashley lächelte. »Na ja, ich werde auch in Zukunft hin und wieder zu schrägen Zeiten arbeiten müssen.«

Margo ignorierte Ashleys Bemerkung und wechselte das Thema.

»Weißt du was, einer deiner Kollegen hat sich heute von Dayton total auf die Palme bringen lassen.«

»Das überrascht mich nicht. Seine Fähigkeit, Cops rasend zu machen, ist der einzige Grund, warum er überhaupt noch als Verteidiger beschäftigt wird.« Ashleys eigene Auseinandersetzungen mit dem Anwalt hatten sie immer vor Wut kochen lassen, obwohl er sie bisher im Zeugenstand nie erfolgreich abgelenkt, verwirrt oder in Rage gebracht hatte.

»Als ich sah, wie der arme Kerl allmählich durchdrehte, hab ich versucht, ihm zu signalisieren, dass er sich abregen soll, aber da befand er sich schon mitten in einem wütenden Blickduell mit Dayton. Der bekam mal wieder genau die Reaktion, die er sich erhofft hatte. Ich glaube, es hat dem Fall ziemlich geschadet.«

Margo merkte, dass Ashley nicht wirklich zuhörte, sondern in die Ferne schaute und nicht einmal mitbekam, dass sie aufgehört hatte zu reden. Sie beschloss, das Thema zu wechseln, und fragte Ashley, wie ihr erster Tag im Ermittlungsdezernat gelaufen war. Sofort erwachte Ashleys Gesicht zum Leben.

»Ich kann nicht fassen, wie viel es da zu lernen gibt. Ich dachte, ich wüsste alles, aus dem Streifendienst und von den vielen großen Festnahmeaktionen. Aber das ist etwas ganz anderes. Als wäre die Arbeit auf der Straße ein Sport und die in der Ermittlungsabteilung eine Kunst. Die Einzelheiten sind das, was zählt.«

Margo spürte, wie aufgeregt ihre Liebste war.

»Heute zum Beispiel hab ich nicht kapiert, warum Steve und Harri so verlottert aussahen. Sie waren eher für Gartenarbeiten angezogen als fürs Büro. Oh, aber sie wussten ganz genau, was sie taten. Meine Klamotten waren so unbequem, dass ich mich am Nachmittag kaum noch konzentrieren konnte. Ständig hat sich an meiner Ausrüstung was gelöst und jedes Mal haben die beiden sich zugegrinst.« Ashley konnte gar nicht mehr aufhören. »Weißt du, Steve ist besser, als ich dachte. Du hättest sehen sollen, wie die beiden sich gegenseitig getestet haben. Natürlich war es ein ungleicher Kampf. Harri ist umwerfend. Gar nicht so sehr wegen ihres Wissens – obwohl sie alles zu wissen scheint –, mehr wegen ihrer Art, die Dinge anzugehen. Sie ist so gründlich und analytisch.

Als würde sie alles aufsaugen. Ihr entgeht nichts. Auf dem Revier kursieren schon Gerüchte über sie. Angeblich hat sie mehrere Gelegenheiten zur Beförderung abgelehnt und könnte inzwischen Captain sein. Ich kann es kaum glauben, sie sieht so jung aus. Warte, bis du sie kennen lernst, Margo. Sie ist so beeindruckend, du wirst fasziniert sein.«

»Klingt, als hätte sie bei dir schon voll eingeschlagen.«

Margo konnte nicht glauben, was sie da hörte. Sie war überzeugt, dass Ashley über *sie* nie mit solcher Leidenschaft sprach. Stolpernd lief sie ins Haus. Ashley, ebenso überrascht, sprang auf, um ihr zu folgen.

»Süße, die Frau interessiert mich nur beruflich. Auf persönlicher Ebene ist Detective Mendoza ein Eisklotz.«

Sie erwischte Margo an der Schlafzimmertür, fasste sie um die Taille und wirbelte sie aufs Bett.

»Keine könnte mir je so viel bedeuten oder dasselbe bei mir auslösen wie du, Baby.« Ashley kam sich idiotisch vor. Margo war das Beste, was ihr in ihrem Leben passiert war, sogar besser, als Polizistin zu werden. Wie konnte es sein, dass Margo das nicht wusste? Sie war so sensibel, so unerschütterlich, so vernünftig, sie war alles, was Ashley brauchte. Ashley küsste sie sanft auf die Wange. »Du *bist* es für mich.«

Margo seufzte. Sie kam sich unansehnlich, durchschnittlich, langweilig vor. Was sah Ashley in ihr? Glaubte sie mit dreiundzwanzig immer noch, dass Sex alle Probleme löste? Margo, vierzehn Jahre älter, liebte Ashleys Jugend und Unschuld, fragte sich aber, wie sie ihre Liebste auf Dauer glücklich machen könnte.

Margo wollte diesen Punkt nicht unausgesprochen lassen, doch Ashleys zärtliche Berührung schwächte ihre momentane Unzufriedenheit. Nach ein paar Küssen war Harri Mendoza das Letzte, was eine von ihnen im Kopf hatte.

5

Bei TRANS-CAL Airlines war es ein ruhiger Morgen, nichts Ungewöhnliches während der Sommermonate. Viele Pendler waren im Urlaub, die anderen entschieden sich an den trägen Sommertagen meist für spätere Flüge. Der heutige Sechs-Uhr-Flug war praktisch leer gewesen. Zwei der weiblichen Passagiere waren daher wohl besonders entspannt und offen gewesen. So hatte er sie ertappen und seiner Liste zwei Weitere hinzufügen können.

Sie hatten im hinteren Teil des Flugzeugs gesessen, fern von den übrigen Passagieren, und während des Flugs Händchen gehalten und sich zärtlich berührt. Sie wirkten nicht einmal verlegen, als er nach hinten kam, um zu fragen, was sie trinken wollten. Sie hatten ihn angelächelt und seine Dienste abgelehnt, offenbar wollten sie nicht noch einmal gestört werden.

Nach der Landung hatte er sich an den unbesetzten Boarding-Schalter eines Flugsteigs gesetzt. Zu dieser frühen Stunde hatte er viel Zeit für sich. Er fuhr den Computer hoch, rief die Reservierungen des heutigen Tages auf, fand Flug 368 und gab ihre Sitznummern ein.

»Hab ich dich!« Eine von ihnen hatte direkt bei der Fluggesellschaft reserviert und die Tickets waren an ihre Privatadresse geschickt worden. Es war so leicht, dass er vor sich hin kicherte.

Er zog sein schwarzes Büchlein heraus, in das er die Namen aller als andersrum identifizierter Frauen schrieb. Neben jedem Namen stand das Datum der Eintragung. Mindestens sechs Monate mussten verstreichen, ehe er sich einen Namen aussuchte. Die Zeit war sein bester Schutz. Irgendwann würde die Polizei anfangen, seine Taten miteinander in Verbindung zu bringen und nach einem Muster zu suchen. Sie waren so verdammt vorhersehbar. Doch die Spur würde sich in der Erinnerung der Opfer verlieren.

Er trug den Namen ein und spürte, wie seine Spannung stieg. Er konnte die Arroganz dieser Frauen kaum fassen. Was sie in ihrem Privatleben taten, war schlimm genug, aber ihre sexuelle Perversion nach außen in die Gesellschaft zu tragen und möglicherweise andere durch ihr Verhalten zu verderben war vollkommen inakzeptabel. Seine Opfer waren so leicht zu finden. Es waren die Mutigen, die Selbstbewussten, diejenigen, die mit sich im Reinen waren. Die anständigen Menschen ihre Krankheit unter die Nase rieben. Sie verdienten es, dass man sie lehrte, worum es bei echter Liebe ging. Sie verdienten die Erfahrung, etwas genommen zu kriegen. Sie mussten aufgehalten werden, bevor eine von ihnen jemand anderem die Mutter wegnahm.

Er schaltete den Computer aus. Er würde jeden Moment hyperventilieren und brauchte frische Luft. Außerdem brauchte er Schlaf, nachdem er in dieser Nacht sechsmal den Staat rauf- und runtergeflogen war. Jetzt würde er schlafen. Wenn er aufwachte, würde er sich auf seine nächste Lektion vorbereiten.

6

Am nächsten Morgen war Harri die Erste auf dem Revier. Sie genoss die Freiheit, die Steves Wagen ihr gab. Am Abend zuvor hatte sie es nicht lassen können, an den Wohnungen der Opfer vorbeizufahren und die jeweilige Umgebung gründlich zu überprüfen. Auch dabei konnte sie keinerlei Gemeinsamkeit zwischen den Opfern feststellen. Allmählich hatte Harri den Eindruck, sie hätten es nicht nur mit einem Geisteskranken zu tun, sondern auch mit einem Genie. Bei der Wahl seiner Opfer verließ er sich nicht allein auf sein Glück, sondern musste eine äußerst clevere Methode entwickelt haben. Doch weshalb beschränkte er sich auf zwei Gerichtsbezirke? Sie hatte den ganzen Staat auf ähnliche Angriffe hin überprüft, es hatte keine gegeben. An beiden Enden des Staates waren mehrere Städte zusammengewachsen, und hier lebten überall so viele Lesben, also warum waren die Angriffe nicht weiter verbreitet? Ein solches Muster war ihr bisher noch nie untergekommen.

Um einem Hinweis nachzugehen, rief Harri aus Steves Büro eine Frau zurück, die einen Spanner gemeldet hatte. Sie hatte auch angegeben, dass ihr jemand folgte.

»Hallo, ist da Maggie?«

Eine müde Stimme am anderen Ende der Leitung bejahte.

»Hier ist Detective Mendoza von der Polizei. Tut mir Leid, dass ich so früh anrufe, aber ich muss mit Ihnen sprechen, bevor Sie zur Arbeit fahren.«

Die Stimme wachte auf. »Schon in Ordnung, ich bin froh, dass sich endlich jemand meldet.«

Harri zögerte und entschied sich dann für den direkten Weg. »Maggie, diese Information wurde nicht an die Medien weitergegeben, aber der Serienvergewaltiger, von dem Sie gehört haben, greift ausschließlich lesbische Frauen an.«

Sie hörte, wie Maggie nach Luft schnappte. »Oh, mein Gott. Er ist es wirklich. Wie ist er bloß auf mich gekommen?«

»Mein Partner und ich werden Sie ein paar Tage beobachten, um zu sehen, ob Ihnen tatsächlich jemand folgt«, versicherte Harri ihr.

Die Stimme war jetzt ganz wach und auf der Hut. »Ich möchte nicht unhöflich sein, Detective, aber ich *weiß*, dass mir jemand folgt. Ich habe schon seit einer Woche solche Angst, dass ich nirgends mehr allein hingehe, jede Nacht bleibt eine Freundin bei mir, und ich kann trotzdem kaum schlafen.«

Harri hörte die Wut in der Stimme der Frau, beschloss aber, nicht darauf einzugehen. Entschuldigungen dafür, dass die Polizei bisher zu wenig unternommen hatte, würden sie nur noch wütender machen. Stattdessen blieb sie beim Positiven.

»In dem Fall werden wir diese Person noch heute aus Ihrem Leben vertreiben. Also, was für einen Fahrzeugtyp fahren Sie und was für ein Wagen folgt Ihnen?«

Harri hatte fast alle nötigen Informationen über Maggies Tagesablauf zusammen, als Steve hereinkam. Sie war überrascht, ihn so früh zu sehen, doch er wirkte frisch und sogar in Arbeitsstimmung. Er machte nicht einmal ein finsteres Gesicht, als er Harri hinter seinem Schreibtisch und an seinem Telefon fand.

Harri legte auf und machte Steve Platz. Der setzte sich und schaute ihre hingekritzelten Notizen an.

Wie Steve feststellte, fuhr Maggie jeden Morgen etwa um Viertel vor sieben zur Arbeit. Er sah auf seine Uhr. »Schätze, wir trinken den Kaffee heute Morgen unterwegs. Wir brauchen etwa zwanzig Minuten dorthin. Das lässt uns gerade genug Zeit für einen kurzen Zwischenstopp, wenn wir sofort losfahren. Bist du fertig?«

Harri erwischte es eiskalt. Steve behandelte sie, als arbeiteten sie seit Jahren zusammen. Er wusste genau, was zu tun war, und ihm war klar, dass er ihr den Plan weder erklären noch ihre Zustimmung einholen musste. Das war wohl seine Art, seine Professionalität zu beweisen, da er anscheinend fand, er hätte seine Glaubwürdigkeit verloren. Sie war überrascht, wie freundlich und gelassen er sein konnte.

»Ich folge dir unauffällig.«

Steve schrieb schnell einen Zettel für Ashley und sie waren unterwegs.

»Also, gestern Abend konnte ich weder abschalten noch einschlafen, weil dieser Fall mir einfach keine Ruhe ließ. Ich bin ein guter Cop und habe hart gearbeitet, um diesen Ruf zu erlangen. Ich weiß, dass du auch ein guter Cop bist, und mir ist wichtig, was du denkst.«

Steve, der geradeaus sah und sprach, als hielte er eine vorbereitete Rede, fühlte sich offenbar unwohl. Harri lächelte bei der Vorstellung, wie er sie morgens vor dem Spiegel geübt hatte.

Steve fuhr fort: »Ich war in letzter Zeit ein richtiges Arschloch. Nicht wegen meiner Meinung über Homosexuelle, sondern weil ich zugelassen habe, dass sie meine Arbeit beeinträchtigt. Das passiert mir normalerweise nicht. Ich kann meine privaten Gefühle beiseite schieben und mein Bestes geben in diesem Fall, genau wie du. Aber vor allem möchte ich, dass du weißt, dass ich dich decken werde. Du kannst dich darauf verlassen, dass ich da bin, wenn die Kacke am Dampfen ist.«

Harri wusste, dass es so einfach nicht war. Vorurteile wurden über Jahre hinweg aufgebaut und konnten nicht von einem Augenblick zum nächsten abgelegt werden.

»Danke, Steve«, sagte sie aufmunternd. »Ich weiß, dass wir alle das Beste aus diesem improvisierten Team machen werden. Zu wissen, dass dein Partner da ist, wenn du Hilfe brauchst, ist das Wichtigste an diesem Job. Ich bin froh, dass ich auf dich zählen kann.«

Sie hoffte, ihre Worte würden keiner Prüfung standhalten müssen.

Einen Häuserblock von dem Haus in der Palo Verde Avenue 113 entfernt parkte Steve gerade am Straßenrand, als Maggie aus ihrer Einfahrt fuhr.

Harri wies ihn an: »Ich kenne ihre Route, sie fährt ein paar Blocks die Straße hinunter bis zu einer Kreuzung mit Ampel. Im morgendlichen Berufsverkehr ist es wohl schwierig, auf die Hauptverkehrsstraße zu kommen. Sie kommt zurück in unsere Richtung, dann hängen wir uns an sie ran. Vorher warten wir einen Moment, um zu sehen, ob ihr von hier aus jemand folgt.«

Sie warteten fast eine ganze Minute, doch kein anderes Fahrzeug rührte sich.

»Jetzt müssen wir los, um sie abzufangen.«

Steve startete den Motor und fuhr los. Sie erreichten die große Straße gerade rechtzeitig, um Maggie vorbeifahren zu sehen. Steve ließ in dem dichten Verkehr ein paar Autos durch, dann drängelte er sich auf die Fahrbahn, indem er jemanden schnitt. Sie folgten Maggie zur Arbeit und sahen zu, wie sie parkte und ins Gebäude ging.

»Also, wenn ihr jemand folgt, ist der Kerl besser als wir.« Steve klang entmutigt.

»Denk dran, es geht anscheinend schon über eine Woche so. Inzwischen kennt der Kerl ihren Tagesablauf und kann sie irgendwann abpassen. Wir brauchen einen guten Ort, wo wir sitzen und warten können.«

Harri überlegte, wie sie bitte unauffällig sein sollten in diesem Wagen, der laut zu schreien schien: Ich bin ein ziviles Bullenfahrzeug!

Steve schien ihre Gedanken gelesen zu haben. »Mach dir keine Sorgen. Ich bin Experte darin, selbst *Streifen*wagen verschwinden zu lassen. Das Beste ist natürlich auszusteigen. Wir können als Normalbürger durchgehen, die dort drüben Kaffee trinken.«

Sie waren mit ihrer dritten Tasse Kaffee fast fertig, als Steves Blick sich auf etwas über Harris Schulter heftete.

»Was ist?« Harri drehte sich nicht um.

»Er ist gerade an ihrem Auto vorbeigefahren. Jetzt parkt er etwas weiter die Straße runter – und steigt aus. Halt dich bereit.«

Steve stellte fest, dass Harri immer noch beiläufig ihren Kaffee trank. Kein Zeichen, dass sie beruflich hier war und nicht bloß zu einem Kaffeekränzchen unter Freunden. Sie war gut.

»Es ist ein Weißer, zwanzig bis fünfundzwanzig, blond, mit Schnurrbart. Er trägt Jeans und ein weißes Hemd. Scheiße, er kommt hier rein.«

»Wir hauen ab. Er darf nur unsere Rücken sehen. Du bist zu auffällig – er wird sich an dich erinnern, wenn er dich zweimal an einem Tag sieht«, gab Harri Anweisungen. Sie stand bereits mit dem Rücken zum Eingang, als die Klingel über der Tür eine Warnung klimperte.

Steve stand schnell auf und wandte sich halb von der Tür ab, während er sein Portemonnaie nach dem passenden Geldschein durchwühlte. »Ich?«, fragte er. »Sorry, Gnädigste, aber jeder echte Mann würde dich bemerken und nie mehr vergessen. Lass uns verschwinden, mit so wenig Aufhebens wie möglich.«

Sie verließen das Café und gingen die Straße hinunter zu einem Münztelefon. Harri rief Maggie an und bat sie, kurz wegzufahren und etwas zu erledigen, um sicherzugehen, dass dies der Typ war, der sie verfolgt hatte.

Augenblicke später waren sie so postiert, dass sie sowohl Maggie als auch den Verdächtigen beobachten konnten. Der war offensichtlich überrascht, als sie aus dem Gebäude trat. Schnell stand er auf und ging zur Tür, blieb aber drinnen stehen.

»Sie kennt ihn. Er will nicht, dass sie ihn sieht«, sagte Harri leise vor sich hin.

Steve hätte sein Verhalten nie so interpretiert, aber er wusste, dass Harri Recht hatte. Raffiniert und doch offensichtlich. Er würde auf Zack sein müssen, um mit dieser Ermittlerin Schritt zu halten.

Maggie fuhr los, und ihr Verfolger lief zu seinem Wagen, stieg ein und heftete sich an ihre Stoßstange. Steve ließ erneut ein paar Autos zwischen sich und sein Ziel, dann begann er vorsichtig, dem Verdächtigen zu folgen.

»Das ist ein Leihwagen«, bemerkte er. »Fast so auffällig wie dieses Auto.«

Harri nickte zustimmend.

Sie hatte Maggie angewiesen, ein Ziel anzusteuern, das nicht allzu ungewöhnlich wirken würde, unterwegs aber ein paar Mal abzubiegen und sich insgesamt etwa fünfzehn Minuten Zeit zu nehmen. Steve blieb die ganze Zeit auf Distanz.

»Harri, ich finde, wir sollten ihn uns schnappen, wenn sie von ihrer Besorgung zurückkommt. Durch ihre beiden früheren Meldungen und das, was sie dir heute Morgen am Telefon erzählt hat, haben wir genug für eine Anzeige wegen Belästigung .«

»Solange wir keine akute Bedrohung nachweisen können, ist das zwecklos.«

In ihrem Ton war keine Arroganz gewesen, doch irgendetwas ließ Steve hochgehen. »Du schlägst also vor, dass wir diesem Kerl einfach nur folgen, obwohl wir wissen, dass er nichts Gutes im Schilde führt? Wir können nicht einfach dumm rumstehen, bis es passiert. Was willst du tun, ihn wegen was anderem festnehmen?« Steves Stimme verriet seine Frustration. Er wusste, dass Harri Recht hatte, aber sie konnten nicht einfach abwarten. Er hatte nicht den Nerv, Menschen in unkontrollierbare Situationen zu bringen, um einen Fall hieb- und stichfest zu machen.

Harri blieb ruhig. »Hey, wenn er der Vergewaltiger ist, wissen wir schon, dass er nicht blöd ist. Wir brauchen Blut, Fingerabdrücke und Haar. Er wird nicht einfach aus Ehrfurcht vor unserer Autorität bereit sein zu kooperieren. Du weißt, dass das heutzutage kaum noch funktioniert. Wir brauchen etwas Gutes gegen ihn, und wir brauchen einen Grund, in dieses Auto reinzukommen.«

Sarkastisch schnauzte Steve zurück: »Was schlägst du vor, da du anscheinend auf alles eine Antwort hast?«

Harri ignorierte seinen Ton. »Versuchen wir, ihn in Panik zu versetzen, damit er etwas Dummes macht. In dem Teil hier dürfte es nicht allzu schwer sein, ihn wissen zu lassen, wer wir sind.« Sie klopfte auf das Armaturenbrett, als sei das Auto ein verlässliches und bewährtes Ross.

Steve riss sich zusammen und lächelte. »Ich glaube, ich werde das noch öfter sagen, aber du bist gut, Lady. Ich mag deine Art zu denken.«

Als Maggie ihr Ziel erreichte, hielt der Verdächtige etwa fünfzig Meter hinter ihr am Straßenrand. Während sie ausstieg, fuhr Steve an beiden Fahrzeugen vorbei. Kurz darauf wendete er und parkte so, dass sie den Verdächtigen gut sehen konnten. Dann kam Maggie zurück und fuhr wieder los. Steve ließ ihren Verfolger kaum durch, ehe er mit quietschenden Reifen wendete und sich direkt hinter ihn setzte.

Steve lachte. »Glaubst du, er weiß, dass wir ihm folgen?«

Harri lächelte.

Sie konnten sehen, wie der Mann alle paar Sekunden in den Rückspiegel schaute, die Hysterie stand ihm fast ins Gesicht geschrieben. Steve nahm das Mikrofon des Funkgeräts und hob es mit theatralischer Geste an sein Gesicht, als würde er hineinsprechen.

»Das sollte ihm den Rest geben.«

Jetzt war es an Harri, beeindruckt zu sein. »Gute Idee.«

Der Verdächtige, jetzt in heller Panik, blickte über seine Schulter und brach die Verfolgung von Maggie sofort ab. Als er sah, dass die Polizei ihm auf den Fersen blieb, gab er Vollgas.

Steve griff nach dem roten Blinklicht und befestigte es auf seinem Armaturenbrett. Er wollte es schon zusammen mit der Sirene einschalten, doch Harri hielt ihn zurück.

»Warte. Lass ihn erst eine Verkehrsregel verletzen, sonst haben wir nichts.«

Einen Häuserblock weiter fuhr der Verdächtige über ein Stoppschild, und Blinklicht und Sirene gingen an. Harri benutzte Steves Funkgerät, um den Polizeifunk zu informieren, dass sie in einem zivilen Fahrzeug jemanden verfolgten.

Der Verdächtige fuhr wie ein gesuchter Verbrecher, er raste ohne auch nur abzubremsen über rote Ampeln. Er war ein guter Fahrer, doch Steve blieb dicht hinter ihm.

»Ist dir das dumm genug?«, schrie Steve über den Lärm der Sirene hinweg.

»Ich hatte keine so heftige Reaktion erwartet! Wo ist ein verdammter Streifenwagen, damit wir zurückbleiben können?«

Harri hasste Verfolgungen, besonders in Autos, die nicht nach Polizei aussahen. Teufel, die Leute machten kaum einem Streifenwagen Platz. Sie dazu bringen zu wollen, ein ziviles Fahrzeug durchzulassen, war schlicht ein frommer Wunsch, doch Steve schlängelte sich problemlos durch den Verkehr.

Endlich sah Harri einen Streifenwagen vom anderen Ende eines Häuserblocks auf sie zukommen. Der Verdächtige war jetzt eingekreist. Harri löste ihren Sicherheitsgurt und öffnete einen Spaltbreit die Tür, während Steve noch die Straße entlangraste.

»Was soll das, verdammt? Mach die Tür zu!«

»Auf keinen Fall. Wir dürfen ihn nicht entwischen lassen. Ich hasse es, Leute zu verfolgen. Ich hasse rennen.«

Steve war baff. »Oh, Scheiße, du musst verrückt sein.«

Im letzten Augenblick versuchte es der Verdächtige mit einem Slalom durch einen Vorgarten. Doch der Polizist im Streifenwagen ließ nicht locker und rammte seinen hinteren Kotflügel, sodass der Wagen ins Schleudern geriet und schließlich auf dem Rasen zum Stehen kam. Noch ehe der Verdächtige sich sammeln konnte, war Harri an seiner Tür und hielt ihm ihre Waffe unter die Nase. Ohne weitere Probleme wurde er festgenommen.

Sie verhafteten den Mann wegen versuchter Flucht vor der Polizei. Dabei stellten sie fest, dass er außerdem einen abgelaufenen Führerschein aus Arizona hatte und dort gesucht wurde.

Steve trat zu Harri, die beim Fahrzeug des Verdächtigen stand. »Die Streife wird ihn für uns aufs Revier bringen.« Er holte theatralisch tief Luft und verkündete lauthals: »Das Auto müssen wir wohl abschleppen lassen, es kann unmöglich hier im Vorgarten stehen bleiben, und mit dem völlig zerbeulten Heck können wir es nicht fahren. Na, vergewissern wir uns lieber, dass keine Waffen oder Drogen drin sind.« Er zwinkerte Harri zu und öffnete die Tür.

Das Auto war innen makellos, wie Leihwagen es normalerweise sind, und nach einer kurzen Durchsuchung hätte Steve am liebsten aufgegeben. Er vollführte komplizierte Windungen, um unter den Fahrersitz zu schauen, als seine Hand etwas anderes ertastete als die erwarteten Federn. Steve zog das Ding unter dem Sitz hervor.

Ein Blick und er fuhr auf und schlug mit dem Kopf ans Lenkrad. Steve kämpfte sich aus dem Wagen als würde es jeden Moment explodieren. Schließlich schaffte er es, seine breite Gestalt aus der Beifahrertür zu bugsieren, ging um das Heck des Wagens herum und hielt etwas hoch. Harri erstarrte auf der Stelle. Es war eine schwarze Skimaske, an der noch schwarzes Isolierband klebte.

Harri wusste, das Ganze war etwas zu leicht gewesen. Dass der Vergewaltiger ihnen beim ersten Hinweis in den Schoß fiel, war etwas, das in Märchen geschah, aber wohl kaum im wirklichen Leben. Die Hoffnung der drei Ermittler schwand schnell, als sie den Mann befragten.

Der Verdächtige entpuppte sich als Maggies Bruder. Die beiden hatten sich immer gut verstanden, auch noch als Erwachsene. Aber als Maggie ihm schließlich die Wahrheit über ihre sexuelle Orientierung gesagt hatte, hatte er den Kontakt abgebrochen. Wenig später waren ihm sein Egoismus und seine Vorurteile bewusst geworden, aber er hatte es nie geschafft, sich zu entschuldigen. Jedes Mal, wenn er auf sie zugehen wollte, waren ihm die richtigen Worte plötzlich entfallen, und er hatte Angst bekommen, dass sie ihn genauso kategorisch zurückweisen würde wie er sie. Deshalb war er ihr hinterhergefahren, während er noch darauf wartete, dass sich der nötige Mut einstellte. Vor der Polizei war er geflohen, weil er um den Haftbefehl gegen sich in seinem Heimatstaat wusste und nicht im Gefängnis versauern wollte.

Steve stand wortlos auf und verließ den Raum. Ashley, die auf dem Revier wieder zu ihnen gestoßen war, folgte ihm in den Gang hinaus.

Harri wusste nicht genau, warum die beiden gegangen waren, aber sie war noch nicht fertig. »Ihre Geschichte klingt plausibel, und wir werden bald herausfinden, ob sie wahr ist – Maggie ist auf dem Weg hierher. Sie fangen besser an, sich über die richtigen Worte Gedanken zu machen. Vorher habe ich aber noch ein paar Fragen.«

Steve konnte seine Wut gerade so lange im Zaum halten, bis er auf dem Gang war, dann verlor er die Beherrschung. Er fing an zu fluchen und in die Luft zu treten.

»Was ist das Problem?«, fragte Ashley genervt.

»Was das Problem ist? Verstehst du denn nicht? Wir haben unsere Zeit mit der Verfolgung dieses Kerls verschwendet, der ein schlechtes Gewissen wegen gar nichts hat.«

Ashley platzte der Kragen. »Du glaubst also, es ist ein verfluchtes *Nichts*, wenn deine eigene Familie sich wegen deiner Lebensweise gegen dich stellt? Was meinst du, wie es sich anfühlt, wenn dir etwas genommen wird, von dem du dachtest, es sei dir für alle Zeiten sicher, und zwar genau von den Menschen, auf die du dich angeblich immer und in jeder Situation verlassen kannst? Was zum Henker *bedeutet* Familie dir, Steve? Offensichtlich weit weniger als diesem armen Kerl da drin!«

Steve war fassungslos. Seine eigene Familie bedeutete ihm alles. Ihre Liebe nahm er einfach als selbstverständlich.

Doch Ashley, die sich mit ihren eigenen Erinnerungen herumschlug, bemerkte nicht, dass Steve längst klein beigegeben hatte. »Wenn ich deine Schwester wäre, hättest du mich bestimmt auch fallen lassen. Ist doch so, oder? Wie so viele andere Menschen würdest du nicht versuchen, ein Mitglied deiner Familie zu verstehen. Nein, du würdest dich einfach dem gesellschaftlichen Druck beugen, Homosexualität als etwas Unrechtes zu deklarieren, und deine moralistische Empörung gegen dein eigen Fleisch und Blut richten. Das ist nicht fair, Steve. Heute hast du Gelegenheit mitzuerleben, wie eine Familie versucht sich zusammenzuraufen, aber du bekommst einen Wutanfall, weil du deinen Vergewaltiger nicht gekriegt hast.«

Harri trat im richtigen Moment aus dem Befragungszimmer, um den letzten Satz von Ashleys Schimpfkanonade aufzuschnappen. Steve sah genauso erschüttert aus wie der Mann, mit dem Harri gerade gesprochen hatte. Um Ashleys Zorn zu entschärfen, sagte sie sanft: »Ashley, Maggie ist da. Kannst du sie bitte abholen und herbringen?«

Ashley nickte, und ihre Wut verrauchte. Als sie davonging, wandte Harri sich Steve zu.

»Sollte ich fragen, was los war?«

Steve, jetzt verlegen, antwortete nicht. Harri spürte, dass eine weitere Auseinandersetzung nicht das war, was er jetzt brauchte.

»Ich habe extrem interessante Informationen erhalten, nachdem ihr gegangen seid.«

Steve wusste, er würde gleich erneut der Unprofessionalität bezichtigt werden, weil er das Zimmer verlassen hatte, ohne alle

Informationen abzufragen, die er hätte bekommen können. Er sagte nichts. Er fühlte alles auf einmal: Verwirrung, Verzweiflung, Erschöpfung, Schuld und Unsicherheit.

Harri fuhr fort: »Die Maske gehört nicht Maggies Bruder, und er hat das Auto vor anderthalb Wochen bei seiner Ankunft am Flughafen gemietet.«

Sie brachte den Kommissar in Steve wieder zum Vorschein, und er zählte die nächsten notwendigen Schritte auf. »Ich sorge dafür, dass der Abschleppdienst das Auto zur sofortigen Überprüfung ins Labor bringt. Dann rufe ich beim Flughafen an und lass mir eine Liste all der Leute geben, die den Wagen seit Beginn der Vergewaltigungen gemietet haben.«

»Es kommt noch besser, Steve. Maggies Bruder war nicht der Spanner. Er bestreitet es vehement, und er hat die falsche Schuhgröße. Ich hab unseren Bericht mit dem Foto eines Abdrucks verglichen, der unter Maggies Fenster gefunden wurde.«

Hoffnung kehrte in Steves Augen zurück. »Ich glaube, wir brauchen eine nächtliche Überwachung vor Maggies Haus, was meinst du?«

»Es wäre dumm, sich die Gelegenheit entgehen zu lassen.«

Harri sah den Gang hinunter. Ashley kam mit Maggie auf sie zu, die einen verlorenen, kindlichen Gesichtsausdruck hatte. Ashley hatte ihr schon gesagt, wer sie verfolgt hatte und dass er jetzt darauf wartete, mit ihr sprechen zu können. Sie führte Maggie zur Tür und schob sie sanft ins Zimmer. Die drei Ermittler standen davor, keiner von ihnen sagte ein Wort.

»Ich weiß nicht, wie es euch geht, aber für mich war das heute zu viel. Ich gehe ein bisschen trainieren.«

Steve musste über einiges nachdenken. Diese Ermittlung brachte ihn ganz durcheinander. Bisher hatte er gedacht, er hätte auf alles eine Antwort. Jetzt war er nicht mehr so sicher. Die beiden Frauen, mit denen er zusammenarbeitete, *schienen* normal. Aber er wusste, dass sie anders waren. Jetzt, wo er sich nicht mehr bedroht fühlte, konnte Steve seine Gefühle nicht mehr benennen. Beim Rausgehen wandte er sich an Ashley und sagte:

»Wenn ich je wieder so ein Arschloch bin, erschieß mich einfach, okay?«

Seine versteckte Entschuldigung wurde mit einem Lächeln belohnt. Aber Harri konnte es sich nicht verkneifen, diese Vorlage für eine kleine Frotzelei zu nutzen.

»Schätze, ich bin schon morgen wieder mit einer Morduntersuchung befasst.«

Alle drei lachten, und Steve ging mit dem Gefühl, dass ihm vergeben worden war.

Ashley wandte sich an Harri: »Möchtest du auch trainieren? Wir haben einen ganz guten Kraftraum hier und es gibt noch andere tolle Sportstudios, wo wir hinkönnen.«

»Danke, aber ich vermeide es möglichst, mich zu verausgaben. Wahrscheinlich kriege ich von den zwanzig Metern, die ich bei unserer Festnahme heute gerannt bin, Muskelkater.«

Ashley lachte. Harri schien ein bisschen lockerer zu werden, und sie sah eine günstige Gelegenheit, diese Frau besser kennen zu lernen.

»Na, wenn du nicht trainieren willst, lass uns das Zweitbeste tun und essen gehen. Ich kenne ein tolles Restaurant draußen am Meer. Wir können ein Bier trinken, relaxen und am Ende eines harten Tages den Sonnenuntergang betrachten.«

Harri fand die Idee wunderbar. »Wie wird deine Freundin das finden?«

Ashley wollte Margo da raushalten. »Sie geht ständig mit ihren Kollegen aus, es wird ihr nichts ausmachen.«

Steve betrat den Kraftraum und fühlte sich augenblicklich besser. Schließlich war dies sein ureigenes Terrain, und er war zweifellos die ehrfurchtgebietendste Person hier. Seine Kumpel, die normalerweise mit ihm trainierten, arbeiteten in Streifendienst, Kommissariat und Verwaltung. Das Beste an ihnen war, dass sie alle Männer waren. Nicht allzu viele Kolleginnen wagten sich in den Kraftraum. Aus irgendeinem Grund trainierten sie lieber in öffentlichen Sportstudios.

»Hey, Steve, alter Junge, wie geht's?«, rief Mitch durch den ganzen Raum, als er seinen Sportsfreund entdeckte. »Wie gefällt dir die Arbeit mit deinen neuen Partner*innen?*«

»Na ja, lass mich so sagen – es hat mir die Augen geöffnet.«

Steve hatte die Bemerkung eigentlich nicht negativ gemeint, aber seine Kumpel vereinnahmten sie sofort und begannen, alle Sprüche untereinander auszutauschen, die ihnen über Lesben und Homosexuelle allgemein einfielen. Steve begann sein Training und trug nichts zur Unterhaltung bei, lachte aber gelegentlich mit, um zu zeigen, dass er noch der Alte war.

Die Jungs blödelten immer noch herum, als Doug hereinkam. Sofort wurde es still. Doug hatte einen gewissen Ruf. Jeder wusste, wie nah er Ashley stand, und er hatte schon viele von ihnen wegen ihrer unpassenden Witze und Bemerkungen runtergeputzt. Die Jungs hatten den Eindruck, dass Doug ihnen aufgrund einer verdrehten Schwäche für Ashley den Mund verbot.

Doug entging das plötzliche Schweigen nicht, es war etwas, woran er sich gewöhnt hatte, seit er die Gefühllosigkeit, die ihn oft umgab, nicht mehr hinnahm. Er wusste, dass die Jungs binnen der nächsten Viertelstunde in eine Bar geflohen sein würden, um ihre abfälligen Reden fortzusetzen, die dann auch vor ihm nicht Halt machen würden.

Und tatsächlich war zwanzig Minuten später außer Steve und Doug niemand mehr im Raum. Doug mochte Steve. Er war ein guter Cop und er hatte sich aus den richtigen Gründen für seinen Beruf entschieden.

»Ich hab gehört, ihr habt heute einen möglichen Verdächtigen einkassiert.«

»Ja, aber es war nichts.« Noch während er es sagte, erinnerte sich Steve an Ashleys beißenden Kommentar zu diesem Wort.

»Na ja, diese Ermittlung könnte eine Weile brauchen.«

»Und ich dachte, sie würde leicht werden. Ich bin davon ausgegangen, weil alle Opfer – du weißt schon – *anders* sind, würde uns diese Gemeinsamkeit direkt zum Täter führen.«

Doug entging Steves Unbehagen nicht.

»Aber es ist alles ganz anders gekommen. Ich meine, die Opfer sind so unterschiedlich, anscheinend haben sie gar nichts gemeinsam, außer dass sie – du weißt schon.« Er konnte Doug nicht mal in die Augen sehen.

Der musste lachen. »Was dachtest du denn? Dass sie, weil sie alle Lesben sind, auch alle gleich aussehen, sich gleich anziehen, die gleichen Hobbys und denselben Hintergrund haben, dass sie alle Klone voneinander sind? Also komm, Steve, ich hätte dich für weltoffener gehalten.«

»Ich mich auch.«

»Wie macht sich Ashley?« Doug war neugierig.

»Die meiste Zeit versucht sie, uns nicht im Weg zu sein. Harri, dieses Mädel aus dem Norden, ist praktisch der Boss. Sie ist ziemlich raffiniert. Ich glaube, Ashley wird ganz gut klarkommen, solange sie tut, was man ihr sagt.«

Das ließ Doug nicht auf sich sitzen. »Hör mal, Ashley ist ganz schön helle. Sie käme wahrscheinlich auch gut klar, ohne dass man ihr alles sagt.«

»Ich meinte doch nicht, dass sie keine Ahnung hat, Doug. Aber diese Ermittlung ist einfach zu wichtig. Wenn sie versucht, selbst kreativ zu werden, und dabei einen Fehler macht, könnte sie das ihre Karriere kosten. Ach, was ist übrigens mit ihrer Familie los? Ich hab heute eine Bemerkung über diese arme Sau gemacht, die wir uns gegriffen haben, und sie hätte mir fast den Kopf abgerissen.«

»Was hast du gesagt?«

Steve erzählte die ganze Geschichte über Maggie, ihren Bruder und seinen Schlagabtausch mit Ashley. »Sie ist wohl ein bisschen überempfindlich. Anscheinend sind sie das beide.«

»Mann, begreifst du denn nicht? Du weißt rein gar nichts über diese beiden Frauen. Also bild dir nicht ein, dass du sie verstehst.« Doug schüttelte den Kopf. Steve hatte noch eine Menge zu lernen.

7

Ashley öffnete das Verdeck an ihrem kleinen roten Mazda und fuhr zum höchsten Punkt über dem Canyon und dann nach Westen, in Richtung Meer. Sie wollte Harri das Tal zeigen, merkte aber, dass die restlos von den fantastischen Häusern eingenommen war, die sich an die Canyonwände schmiegten.

»Hast du Lust, dir Häuser in verschiedenen Stilen anzuschauen?«

Zur Antwort nickte Harri nur.

»Na, dann zeige ich dir ein paar von den schönsten.«

Ashley steuerte den Wagen über die schmalen Straßen durch die Hügel. Es war, als fände sich hinter jedem Gipfel und jeder Kehre ein weiteres architektonisches Schmuckstück. Ashley ratterte Details über die Bauweise der einzelnen Häuser herunter. Harri war beeindruckt von ihren Kenntnissen und begann, ihre eigenen, selbsterrichteten Mauern zu vergessen.

»Woher weißt du so viel über diese Häuser?«

»Eine gute Freundin von Margo arbeitet für eine große Baufirma, die die meisten Aufträge in diesen Hügeln ausführt.«

Während der weiteren Fahrt wandte Harri nie den Blick von den Häusern und sprach wenig. Gelegentlich bat sie Ashley, langsamer zu fahren, damit sie eine spezielle Konstruktion genauer ansehen konnte. Nach einer Weile verstummte Ashley ebenfalls.

Dann sagte Harri, wie zu sich selbst: »Wenn ich noch mal von vorn anfangen könnte, würde ich Architektin werden. Dann könnte ich solch wunderschöne Dinge bauen, statt ständig zuschauen zu müssen, wie Dinge und Menschen zerstört werden.«

Ashley sah überrascht zu ihr hinüber, doch Harri wandte sich abrupt ab.

Sie erreichten den Strand, als die Sonne begann, am westlichen Himmel ihrer Ruhestätte unter der Meeresoberfläche entgegenzusinken. Ashley parkte, stieg aus und war schon fast beim Restaurant, als sie bemerkte, dass Harri nicht hinter ihr war. Sie wandte sich um und sah sie vom Bürgersteig aus winken. Verblüfft lief sie zurück.

»Was hast du vor?«

Keine Antwort. Harri drehte sich einfach um und überquerte die Straße. Ashley folgte ihr, zwar wollte sie Harris Arroganz nicht nachgeben, war aber trotzdem neugierig. Sie gingen in den Spirituosenladen am Ende des Häuserblocks und Harri kaufte eine teure Flasche Chardonnay, einen Korkenzieher sowie ein Paket billiger Sektkelche aus Plastik. Wortlos verließ Harri das Geschäft, mit Ashley im Schlepptau.

Sie gingen über die Straße zurück und zum Strand hinunter. Harri marschierte geradewegs dorthin, wo der trockene Sand endete, und ließ sich nieder. Ashley, sprachlos über Harris spontanen Einfall, setzte sich neben sie. Harri öffnete den Wein, schenkte zwei Gläser ein, reichte Ashley eines und verkündete: »Die besten Plätze des Hauses.«

Es war still und kühl. Sie sahen zu, wie die Wellen zaghaft brachen und ans Ufer schwappten. Ashley beendete das Schweigen mit einer bewusst harmlosen Frage.

»Ich weiß, du gehst nicht in den Kraftraum, aber magst du überhaupt keinen Sport?«

»Ballsportarten finde ich toll, aber das Einzige, was ich spiele, ist Football. Das ist meine Schwäche.«

»Wirklich? Ich finde Football auch toll. Margo hasst es. Welches Profiteam magst du am liebsten?«

Harri sah sie an, als wäre sie nicht bei Sinnen. »Was glaubst du denn!«

»Ja, blöde Frage. Weißt du, ein perfekter Sonntag heißt für mich, ich stehe früh auf, lese beim Frühstück die Sonntagszeitung und mache es mir dann mit Margo auf dem Sofa gemütlich, um ein gutes Footballspiel anzuschauen.«

»Ich dachte, Margo mag Football nicht.«

»Na ja, sie mag das Sofa und sie mag mich. Football erträgt sie. Wenn es ein gutes Spiel ist, ertappe ich sie sogar dabei, dass sie es spannend findet. Jedenfalls schaut sie mir zuliebe Football, und ich gehe ihr zuliebe zelten.«

»Zeltest du nicht gern?«

»Doch, ich zelte gern und ich bin gern draußen. Aber wenn

Margo zelten geht, will sie es auf die harte Tour. Sie liebt Rucksackwanderungen. Ich dagegen bin eher ein Weichei, ich würde am liebsten einfach mein Zelt aufbauen und abhängen.«

Harri lachte. »Für mich klingt schon das hart. Zu meiner Vorstellung von Zelturlaub gehört unbedingt ein erstklassiges Waldhotel.«

Sie lachten beide und Ashley hatte das Gefühl, sie könnte diese Frau tatsächlich kennen lernen, obwohl sie immer noch fand, dass sie etwas Geisterhaftes hatte. Sie witzelten herum, lachten, redeten und waren schließlich hungrig genug, um ihren Platz im Sand aufzugeben und sich auf die Suche nach etwas Essbarem zu machen.

Während sie auf ihre Bestellungen warteten, ergriff Harri in einer Gesprächspause das Wort.

»Wie lange hast du schon nicht mehr mit deiner Mutter gesprochen?«

Ashley war vollkommen überrumpelt. Instinktiv griff sie nach ihrem Kettenanhänger. »Warum fragst du?«

»Wegen deiner Reaktion auf Steve vorhin. Ich hatte den Eindruck, Maggies Bruder hätte deinen eigenen Schmerz wachgerufen. Dann fiel mir ein, wie du auf unserer Fahrt vom Flughafen sagtest, du hättest als Kind nur mit deiner Mutter zusammengelebt. Außerdem sprichst du nur in der Vergangenheit von ihr.«

Ashley war erstaunt über diese Frau, die so distanziert wirkte und doch sensibel genug war, etwas zu bemerken, das wenige Menschen wussten. Selbst Margo hatte sie es erst nach Monaten anvertraut.

»Es ist jetzt etwa fünf Jahre her.«

Schweigen. Harri brach es nicht. Sie wusste, dass Ashley irgendwann weitersprechen würde.

»Sie hat mich zu Hause mit meiner ersten Liebsten erwischt. Es war eine schreckliche Szene. Gekreische, Schreien, Weinen – so viel Schmerz und keine Möglichkeit, es zu erklären oder wieder gutzumachen. Wie erklärst du, warum du dich zu Frauen hingezogen fühlst? Wie weckst du Verständnis dafür? Meine Mutter brach zusammen. Ich weiß nicht, ob es Ekel war oder das Gefühl, versagt zu haben, oder sonst was, aber sie konnte mich nicht mehr ansehen. Sie hat mich nicht rausgeschmissen oder abfällig behandelt. Ich meine, sie war nicht gemein oder feindselig. Sie konnte mich bloß nicht mehr ansehen. Nach ein paar Wochen bin ich gegangen. Sie brachte es nicht mal über sich, auf Wiedersehen zu sagen.«

Behutsam fragte Harri: »Wie alt warst du damals? Wo bist du hin?«

Ashley wandte den Blick ab. »Ich war achtzehn. Hatte gerade die Schule fertig.« Sie hielt inne. »Meine Mutter hat nicht gesagt, dass ich gehen soll. Sie hat mich nicht mal gebeten zu gehen. Sie wusste, dass ich nirgends hinkonnte.«

Harri verkniff sich den Hinweis, dass ihre Mutter auch nicht versucht hatte, sie zurückzuhalten.

Ashley fuhr fort: »Eine Weile habe ich bei meiner Freundin gewohnt. Sie war zwanzig und hatte mit anderen Leuten zusammen eine Wohnung. Aber das hat nicht funktioniert, also bin ich, sobald ich einen Job hatte, in meine eigene Wohnung gezogen. Ich hab allein gewohnt, bis ich schließlich mit Margo zusammengezogen bin.«

Ashley spielte immer noch unbewusst mit dem Anhänger. Tränen standen ihr in den Augen. Ein Blinzeln, und sie würden ihr über die Wangen laufen. Während sie um Haltung rang, sah sie ihren eigenen Schmerz in Harris Augen gespiegelt.

8

Er ließ sie weinend und locker ans Bett gefesselt zurück. Nicht weil er fürchtete, sie könnte weglaufen, sondern weil er genug Zeit brauchte, um die Gegend zu verlassen. Die Luft war frisch, und beim Hinaustreten auf die hintere Veranda fühlte er sich schwerelos. Er blieb einen Moment stehen und war so zufrieden mit sich, dass er seine Maske ausziehen wollte, um genüsslich durch die Einsamkeit des frühen Morgens zu spazieren. Heute Nacht war er ein wunderbarer Liebhaber gewesen, und er spürte, dass er im Leben dieser armen Frau tatsächlich etwas bewirkt hatte. Anders als die vor zwei Wochen hatte diese hier sich nicht gegen ihn gewehrt. Ihr schien seine Logik einzuleuchten. Geweint hatte sie wahrscheinlich um all die Jahre, die sie bereits auf Frauen verschwendet hatte.

Er entfernte gerade das Klebeband, mit dem die Maske befestigt war, als ein Auto die Straße hinunterkam. Ohne in Panik zu geraten trat er einfach in die Schatten der Veranda zurück. Dunkelheit hüllte ihn ein – niemand würde ihn von der Straße aus bemerken.

»Was, verdammt, ist das?« Seine Ruhe schwand, als das Fahrzeug in die Auffahrt einbog. Er erkannte den Sedan ihrer Freundin, doch die sollte eigentlich nicht hier sein. Er hatte die beiden einen Monat lang beobachtet und kannte ihre Tagesabläufe genau. Warum war sie hier? Jetzt saß er in der Falle. Während das Auto langsam die Auffahrt entlangrollte, suchten die Scheinwerfer die Veranda ab. Das Licht glitt über seine Gestalt und plötzlich kam das Auto mit einem Ruck zum Stehen.

Er beschimpfte sich selbst: »Lauf, du Stück Scheiße, du kannst dir keine Konfrontation leisten.« Er sprang von der Veranda, rannte an dem Auto vorbei die Auffahrt hinunter, bog ab und spurtete in Richtung seines eigenen, sechs Häuserblocks entfernt geparkten Wagens. Gleichzeitig überlegte er, wie viel Zeit ihm zur Flucht blieb. Die Gelassenheit, die er vor ein paar Augenblicken eingebüßt hatte, begann sich wieder einzustellen.

Sein präziser Verstand rechnete damit, dass die Freundin ein paar Minuten brauchen würde, um sich zu erholen. Dann würde sie erneut in Panik geraten, weil sie nicht wusste, ob er tatsächlich im Haus gewesen war oder nicht. Sie würde hineingehen und mindestens eine Minute brauchen, um ihre Freundin zu finden. Dann würde der Schock sie lähmen. An diesem Punkt kam es auf ihre Reaktion an. Wenn sie die Teile sofort richtig zusammensetzte und sich nicht von ihren Gefühlen leiten ließ, würde sie jetzt gerade den Notruf wählen.

Eine Sirene heulte durch die Nacht. »Scheiße, sie bewahrt die Nerven! Ich hab's versaut! Scheiße!« Er schimpfte, während er weiterrannte, und versuchte zu hören, aus welcher Richtung die Sirene kam und wie nah sie war.

Als er sein Auto erreichte, zitterten seine Hände so heftig, dass er kaum die Tür aufschließen konnte. Die Sirene schrillte in seinen Ohren, war fast bei ihm. Panik benebelte seinen Verstand.

Er bekam das Auto auf und stürzte sich hinein. Gerade als er die Tür schloss, bogen die Lichter um die Ecke. Er duckte sich auf den Fahrersitz und sah, wie die Nacht sich mit blitzenden, wirbelnden roten und blauen Lichtern füllte. Dann wurde die Sirene abgestellt. Der Polizeiwagen war merklich langsamer geworden. Das rot-blaue Leuchten hörte auf und ein Polizist näherte sich seinem Auto. Ein greller Lichtstrahl schnitt durch die Nacht, eine Taschenlampe, die gleichmäßig von einer Straßenseite zur anderen geschwenkt wurde.

Er wusste, dass der Polizist ihn nicht gesehen hatte, denn der Lichtstrahl war zweimal ohne innezuhalten über sein Auto gewandert. Der Beamte ging an ihm vorbei und weiter die Straße hinunter. Mit erzwungener Beherrschung hielt er den Atem an und konzentrierte sich auf die Geräusche der Nacht. Alles war still. Da er recht weit von dem Haus entfernt war, glaubte er nicht, dass noch weitere Polizisten hier nach ihm suchen würden.

Nach etwa zehn Minuten setzte er sich vorsichtig auf. Ein paar Blocks weiter konnte er den Schein einer starken Taschenlampe sehen. Die Polizei sperrte das Gebiet ab und bereitete eine Suche vor. Er nahm seine Maske ab und berührte den Schlüssel im Zündschloss, doch dann wurde ihm klar, dass das Starten des Motors nicht zu überhören sein würde. In der Stille des frühen Morgens wäre die Zündung ein Alarmsignal.

Er wusste nicht, was tun. Vielleicht sollte er einfach im Auto kauern bleiben, bis die Polizisten weg waren. Doch sie fühlten sich zu nah an, fast, als hätte er sich in ihrem Netz verfangen. Er wollte nicht hier bleiben. Vielleicht sollte er den Wagen stehen lassen, und die Gegend zu Fuß verlassen. Doch wo sollte er hin? Bald würde es hell werden, und er wollte in seinem Kampfanzug kein Aufsehen erregen.

Dann kam ihm die Idee. Glücklicherweise hatte er an einem kleinen Hügel geparkt. Er löste die Handbremse, schaltete in den Leerlauf und hielt den Atem an, während er darauf wartete, dass das Auto losrollte. Er fühlte erneut Panik in sich aufsteigen. Der Wagen bewegte sich nicht. Dann bemerkte er, dass das Parkplatzschild, das neben der Schnauze des Wagens gestanden hatte, an der Beifahrertür vorbeizog. Das Auto glitt, still und leicht, aus der Gefahrenzone.

Im Leerlauf rollte er einen halben Block hinab und bog bei der ersten Möglichkeit rechts ab. Er ließ das Auto so lange wie möglich rollen, dann startete er den Motor und fuhr ruhig davon, als sei nichts geschehen. An jeder Kreuzung erwartete er, von einem Polizeiwagen angehalten zu werden, doch er begegnete keinem.

Es war nicht mehr weit bis zu dem Platz, wo er seine Kleidung zum Wechseln versteckt hatte, und er begann sich zu entspannen. Sobald er sich umgezogen und den Mietwagen abgestellt hätte, wäre er in Sicherheit. Er wusste, dass er diesmal mehr Glück als Verstand gehabt hatte. Durch seine übertriebene Selbstsicherheit hätten sie ihn beinahe geschnappt. Jetzt, wo seine Angriffe häufiger wurden, musste er noch vorsichtiger sein. Heute Nacht war eine beängstigende Warnung gewesen. Dumme Fehler hatte er schon bei seinem ersten Angriff gemacht, und er konnte sich keine leichtsinnigen Schnitzer mehr leisten. Er würde seine Mission nicht abbrechen, das wusste er. Er konnte nicht aufhören.

»Ich glaube, wir müssen unsere Überprüfung der Gegend ausweiten. Ich habe mit der Freundin gesprochen und sie ist sicher, wenn in der Nähe ein Motor angelassen worden wäre, hätte sie es bemerkt. Sie sagte, sie hätte praktisch darauf gehorcht, weil sie Angst hatte, er könnte zurückkommen.«

Steve sprach mit dem Sergeant, der die Folgeuntersuchung am Tatort koordinierte. Harri saß neben ihm auf der hinteren Veranda des Opfers. Ihr Revier hatte sie beide innerhalb von zehn Minuten nach Eingang des Notrufs benachrichtigt. Sie hatten den ersten Flug Richtung Norden genommen und konnten so wenige Stunden später da sein. Harri war direkt ins Krankenhaus gefahren und bei dem Opfer geblieben, bis die gynäkologische Untersuchung abgeschlossen war. Steve hatte sich zum Tatort begeben, um die Ermittlung und Beweisaufnahme vor Ort zu beaufsichtigen. Als er sicher war, dass am Schauplatz der Vergewaltigung sorgfältig gearbeitet wurde, fuhr auch er ins Krankenhaus. Dort fand er die Lebensgefährtin des Opfers im Warteraum der Notaufnahme. Er setzte sich neben sie, stellte sich vor und wartete, bis sie bereit war zu reden.

Es war etwa acht Uhr morgens, als sie an den Tatort zurückkehrten. Steve hatte den Sergeant sofort angewiesen, zusätzliche Beamte mit der Überprüfung der Umgebung zu beauftragen, denn die Leute würden bald zur Arbeit gehen, außerdem wollte er die Suche auf drei weitere Häuserblocks ausdehnen. Jetzt saßen Harri und Steve schweigend auf der Veranda und versuchten je für sich, sich auf die Ermittlung zu konzentrieren und die emotionale und physische Brutalität der Tat zu vergessen. Beide waren erschöpft. Beide waren frustriert. Beide wirkten niedergeschlagen.

»Ich werde Ashley anrufen und ihr sagen, was wir haben. Vielleicht kann sie ihre Verhandlung abschließen und noch heute Abend herkommen. Und dann besorge ich ein ziviles Fahrzeug, damit wir den Streifenwagen von vorhin loswerden.«

Harri stand müde auf. Steve sah, wie sie die Umgebung mit den Augen absuchte, sie hielt ständig nach *irgendwas* Ausschau, das alle anderen übersehen haben könnten. Sie ging zur Auffahrt und blieb dann stehen, als eine afroamerikanische Frau auf sie zukam.

Diane Barkers Haar war zu der unter Fernsehreporterinnen üblichen, europäisch wirkenden Frisur geglättet. Es fiel wie eine Mähne über ihre Schultern. Ihre Haut war seidig wie ein rund geschliffener Stein und hatte denselben verführerischen Glanz wie Harris Lieblingskaffeebohnen. Ihre grünen, katzenartigen Augen erfassten jedes Detail. Hätte die Anwesenheit dieser Frau sie nicht so genervt, hätte Harri sie vielleicht sogar attraktiv gefunden.

Die herumstehenden Polizisten sahen plötzlich sehr beschäftigt aus. Keiner von ihnen hatte vor, Barker den Zugang zu verwehren. Sie wollten nicht zur Zielscheibe ihrer feindseligen Berichte werden. Diane Barker lebte davon, dass sie Cops bloßstellte. Da dies hier Harris Ermittlung war, überließen ihre Kolleginnen und Kollegen es gerne ihr, sich mit der Reporterin abzugeben.

Noch bevor sie ganz bei ihr war, fragte Barker bereits: »Detective Mendoza, ich dachte, hier hätte eine Vergewaltigung stattgefunden. Was tun Sie dann hier?«

Harri war auf ein schnelles Entkommen aus. »Alle Anfragen richten Sie bitte an den Dienst habenden Pressesprecher. Ich rufe ihn gern für Sie an.«

Barker ärgerte sich über Mendozas vorhersehbare Taktik. Dies war nicht ihre erste Begegnung, und Mendoza war es immer gelungen, ihre Informationen für sich zu behalten. »Danke, ich habe bereits mit ihm gesprochen und die vorgefertigten Antworten erhalten. Aber er hat gesagt, es war eine Vergewaltigung, was hat dann eine Mordkommissarin hier zu suchen?«

Harri hob die Augenbrauen und zuckte mit den Schultern. Sie ging um Barker herum und weiter zu ihrem Auto. Doch Barker ließ sich von dieser Frau, die so viele wie eine Legende behandelten, nicht einschüchtern. Sie blieb Ms. Beharrlichkeit dicht auf den Fersen.

»Ich habe mich ein wenig umgehört. Dies ist die fünfte Vergewaltigung in vier Monaten. Läuft etwa ein Serienvergewaltiger frei rum? Wer ist Ihr Kollege da hinten auf der Veranda? Ich kenne ihn nicht. Ich habe den Namen dieses Opfers und ich will die Namen der anderen.«

Bei Barkers letzter Forderung platzte Harri. »Sie wissen, dass Sie die nicht kriegen werden. Wenn Sie den Namen dieses Opfers drucken, wird Sie das Ihren Scheißjob kosten und Ihren Arbeitgeber Millionen. Verschwinden Sie, zum Teufel, und halten Sie sich von meinen verdammten Tatorten fern, sonst bringe ich Ihren Arsch persönlich hinter Gitter.«

Als Harri in ihr Auto stieg, überprüfte sie instinktiv die Umgebung auf eine dieser verdammten Fernsehkameras, doch sie konnte keine entdecken. Barker wusste offensichtlich nicht genau, ob sie an irgendwas dran war, sonst hätte sie eine Kamera dabei. Heute Abend würden die Fernsehzuschauer nicht mit Detective Mendozas Wutanfall beglückt werden. In Zukunft würde Harri sicherstellen, dass sie einen Pressesprecher bei sich hatte.

»Ich werde nicht locker lassen«, versicherte Barker ihr. »Ich krieg schon noch raus, was vor sich geht.«

Harri fuhr los und murmelte: »Das ist es ja, was mir Sorgen macht.« Sie wusste jedoch, dass die Bestimmungen über vertrauliche Informationen bei Vergewaltigungen auf ihrer Seite waren und dass die Gemeinsamkeit der Opfer in den Polizeiberichten nicht erwähnt wurde. Barker musste schon verflucht genial sein, um dieses Puzzle zusammenzusetzen.

Harri fuhr zu einem Münztelefon und rief auf Ashleys Revier an. Während sie darauf wartete, dass Ashley, die angepiepst wurde, zurückrief, dachte Harri über die Woche nach, die sie unten im Süden verbracht hatte. Ashley hatte sich in dieser Zeit hauptsächlich damit befasst, auf dem Computer ein kompliziertes Raster zu erstellen, in das sie Informationen über die Opfer eingab, um ein Muster zu erkennen. Harri hielt das für Zeitverschwendung, doch da sie nicht wirklich etwas von Computern verstand, ließ sie Ashley machen. Sie wollte nichts unversucht lassen, um diesen Vergewaltiger zu kriegen.

Steve hatte die Woche damit zugebracht, auf der Suche nach einem möglichen Verdächtigen alle hassmotivierten Verbrechen gegen Schwule und Lesben der letzten fünf Jahre durchzugehen. Die wenigen Möglichkeiten wurden schnell ausgeschlossen, da alle solide Alibis vorweisen konnten. In der Zwischenzeit hatte Harri auf der Suche nach einer Gemeinsamkeit mit den Opfern und ihren Freundinnen gesprochen.

Der Tagdienst war direkt in Nachtschichten übergegangen, denn sie wollten alle drei bei der Überwachung von Maggies Haus dabei sein. Gemeinsam mit einem Kollegen von Steves Revier schoben sie in Vier-Stunden-Blöcken Wache. Obwohl sie wussten, dass der nächste Angriff im Norden stattfinden würde – wenn der Täter an seinem Muster festhielt –, konnten sie nicht sicher sein, ob er in Vorbereitung eines künftigen Angriffs nicht erneut um Maggies Haus schleichen würde. Das war ihre beste Chance.

Das Münztelefon klingelte. Erst allmählich tauchte Harri aus ihrer traumartigen Analyse der Ermittlung auf und griff nach dem Hörer.

»Hier ist Harri.«

»Hallo, ich bin's, Ashley. Wie geht es dem Opfer?« Ashleys Sorge war deutlich zu hören.

»Wie den anderen.«

»Haben wir was Neues über das Arschloch, verdammt?«

»Noch nicht. Wir schließen gerade die Überprüfung der Gegend ab, aber es sieht nicht sehr gut aus. Die Freundin des Opfers kam früher von der Arbeit nach Hause und hat den Wichser bei seinem Rückzug überrascht. Alles, was sie beisteuern konnte, war, dass er schnell war und in diesem Scheiß-Kampfanzug steckte. Wird Margo es schaffen, dass dein Fall wieder aufgenommen wird, damit du hier raufkommen kannst?«

Ashley war durch einen anstehenden Prozesstermin in einer Einbruchsache aufgehalten worden. Ihre Frustration sickerte durch die Überlandleitungen. »Der blöde Verteidiger, Dayton, mag mich nicht und hat den Richter überzeugt, gegen eine Wiederaufnahme zu entscheiden.«

»Kann Margo nicht einen Deal machen?«

»Nein, darauf lässt er sich nicht ein. Seit ich dabei bin, versucht er, mich im Zeugenstand fertig zu machen, und er glaubt, dies sei jetzt der Fall, bei dem es gelingen wird. Margo hat aber noch ein paar Joker im Ärmel. Ich müsste übermorgen hier wegkönnen.«

»Super. Und, hat dein wunderbares Computerprogramm unseren Fall schon gelöst?«

Ashley lachte, sie wusste, dass Harri für die magischen Produkte moderner Technologie nichts übrig hatte. »Geht's jetzt Frau gegen Maschine?«

»Nein, ich habe gelernt, mit ihnen zu arbeiten, solange jemand dabei ist, um ihnen zu sagen, was sie tun sollen. Ich muss zurück zum Tatort. Tu, was du kannst, um hier raufzukommen. Ich will, dass wir bei diesem Fall alle Folgeuntersuchungen selbst machen, also bring deinen kleinen tragbaren Computer mit.«

»Das heißt Laptop.«

»Ja, na ja, also bring ihn mit. Hey, und noch eins. Versuch, dein Revier dazu zu bringen, dass sie Maggie rund um die Uhr überwachen.«

Sie wussten beide, Maggie könnte das nächste Opfer sein, doch die Verwaltung würde wohl kaum dazu zu bewegen sein, für ein *Vielleicht* mehr Leute zur Verfügung zu stellen.

»Ich tu mein Bestes. Bis bald.«

»Ja.«

Ashley hörte, wie Harri auflegte.

Der Polizist hatte schon die Hälfte der Leute in seinem letzten Häuserblock befragt. Die Gegend hatte kürzlich eine Aufwertung erfahren. Die einkommensschwächeren Schichten waren verdrängt und durch junge, berufstätige Paare mit Geld wie Heu ersetzt worden. Die neue Einwohnerschaft hatte hart daran gearbeitet, ihr Viertel von Armut und Kriminalität zu befreien. Nachdem sie die Armen vertrieben und jede Erinnerung an sie mit Neubauten verstellt hatten, fühlten sie sich in ihren Häusern sicher und schienen dem, was um sie herum geschah, wenig Aufmerksamkeit zu schenken. Schließlich hatten fast alle Häuser und Autos hier Alarmanlagen, die Straßen waren ruhig, und wer hier wohnte, war genau wie sie selbst. Sie mussten sich um nichts Sorgen machen.

Bisher hatte der Polizist kein Glück gehabt, und allmählich betrachtete er das Ganze als Zeitverschwendung. Die verantwortlichen Kommissare walzten diese Suche aus, weil sie verzweifelt waren. Sie hatten kein rechtes Fahndungsmaterial, und die Polizei stand in keinem guten Licht da. Er wollte diesen Vergewaltiger auch schnappen, doch die Chancen, so weit vom Tatort entfernt einen Zeugen oder Spuren zu finden, schienen ihm gering.

Er ging zur nächsten Tür und klingelte. Ihm öffnete ein Mann in den Dreißigern in einem teuren Anzug, die Aktentasche schon in der Hand.

»Entschuldigen Sie, Sir, wir befragen alle Bewohner dieser Gegend, weil heute am frühen Morgen ein paar Blocks weiter eine Frau in ihrem Haus vergewaltigt wurde.«

Der Mann schaute überrascht drein, doch sein Ausdruck wurde schnell ängstlich. Der Polizist bemerkte die Veränderung und wusste, dass er auf etwas gestoßen war.

»Oh Gott, sind Sie sicher? Ich kann es nicht glauben. Ich wusste, ich hätte die Polizei rufen sollen.«

»Warum hätten Sie uns anrufen sollen, Sir? Haben Sie etwas gesehen?«

Der Mann trat auf den Bürgersteig. Er sah die Straße hinauf und hinunter und sagte dann etwas, das den Polizisten wünschen ließ, er könnte ihn wegen Dummheit verhaften.

»Die Sirenen haben mich aufgeweckt. Ich schaute aus meinem Schlafzimmerfenster und sah eben noch, wie eine Person ganz in Schwarz versuchte, in ein Auto auf der anderen Straßenseite zu gelangen.« Der Mann deutete auf einen leeren Parkplatz. »Ich hätte schwören können, dass die Person auch eine schwarze Kapuze aufhatte, und ich fand das verdächtig, daher wollte ich nach unten gehen, um besser sehen zu können. Während ich meinen Morgenmantel anzog und hinunterging, hörte ich einen Polizeiwagen vorbeifahren. Ehe ich auf meine vordere Veranda kam, war die Person weg, aber das Auto war noch da. Ich nahm an, der Polizeiwagen hätte sie verscheucht, also bin ich rüber und hab mir das Kennzeichen notiert.«

Der Polizist versuchte, seinen Unmut zu verbergen. »Wie lautete das Kennzeichen?«

»Ich hab's drinnen. Einen Moment.« Der Mann rannte zurück ins Haus.

Der Beamte war fassungslos. Was musste passieren, damit die Leute die Polizei riefen? Klar, wann immer jemand ihnen mit lauter Musik, falsch geparkten Autos oder irgendeinem Diebstahl Unannehmlichkeiten bereitete, riefen sie natürlich an. Aber wenn sie Zeuge eines Verbrechens oder verdächtigen Vorfalls wurden, benachrichtigten sie selten die Polizei. Der Polizist war noch ziemlich jung, doch er kannte bereits alle Ausreden für ausgebliebene Anrufe. Die wenigen Male, wo ihnen tatsächlich etwas Verdächtiges gemeldet wurde, gelangen der Polizei normalerweise wichtige Festnahmen. Heute Morgen hätte eins dieser Male sein können.

Der Mann kam mit einer Serviette zurück, auf die er das Kennzeichen geschrieben hatte. Wenigstens das. Der Polizist dankte ihm. Er fragte ihn nicht, warum er nicht angerufen hatte, und er sagte ihm auch nicht, dass der Verdächtige sich höchstwahrscheinlich in dem Fahrzeug versteckt gehalten hatte, als er die Nummer abschrieb. Er wusste nicht, wie er dem Mann diese Dinge sagen sollte, ohne seine Wut zu zeigen. So notierte er einfach Namen, Adresse und Telefonnummer und wandte sich zum Gehen.

»Tut mir Leid, dass ich nicht angerufen habe.« Der Mann sah aus wie ein Kind, das genau wusste, was es falsch gemacht hatte, und hören wollte, alles sei wieder gut.

»Mir auch.« Der Beamte ging zurück zu seinem Wagen, erreichte Harri über Polizeifunk und gab ihr das Kennzeichen durch. Er erzählte ihr nicht alle Einzelheiten. Ihr Tag war schon schlimm genug.

Harri rief Steve vom Ende der Auffahrt aus zu: »Lass uns los, wir haben was.« Ihre Stimme klang nicht mehr erschöpft, diesmal schwang Aufregung mit.

Steve rannte die Auffahrt hinunter, und als er vor Harri stand, verzog sich ihr Gesicht zu einem echten Grinsen. Es war das erste ungezwungene Lächeln, das er bei dieser Frau sah, und es war so zauberhaft wie ihre Augen.

»Wir haben das Autokennzeichen des Verdächtigen. Ich hab es schon überprüft, es ist wieder ein Mietwagen. Fahren wir, ich hab ein Zivilfahrzeug.«

Harri wandte sich um und lief die Straße entlang. Steve folgte ihr, doch ein ziviler Funkstreifenwagen war nirgends in Sicht.

»Wo ist das Auto?«

»Hier, steig ein.« Harri sprang auf den Fahrersitz eines sauberen, kastanienbraunen Jeep Cherokee.

Vollkommen ungläubig stieg Steve ein. »Ich dachte, du hättest einen zivilen Polizeiwagen. Was ist das hier, dein Auto?«

»Steve, nicht alle Polizeireviere fahren Dinosaurier. Wir mögen es nicht, wenn man uns am Auto als Cops erkennt.«

Einen Moment lang bewunderte Steve den ganzen Spielkram im Wagen, darunter auch ein Handy, dann wandte er seine Aufmerksamkeit wieder ihrer Aufgabe zu. »Warum glaubst du, dass diese Spur irgendwohin führt? Warum bist du so aufgeregt? Als ich den Leihwagen von Maggies Bruder überprüft habe, war es eine Sackgasse. Der Täter hatte bei der Anmietung ausschließlich falsche Angaben gemacht. Warum glaubst du, dass es diesmal anders ist?«

Steve konnte Harris Begeisterung nicht mindern. »Steve, es ist viel mehr, als wir noch vor fünf Minuten hatten. Selbst wenn es eine Sackgasse ist, ist es endlich eine Richtung. Der Kerl benutzt Mietwagen, um sich fortzubewegen. Das ist doch was, verdammt.«

»Du hast Recht. Schnappen wir uns den Bastard.«

Der Wagen des Täters war draußen auf der Halbinsel bei der örtlichen Niederlassung einer großen Leihwagenfirma gemietet worden. Während sie über den Highway fuhren, rief Harri per Handy dort an. Sie erfuhr, dass der Wagen am vorangegangenen Morgen ausgeliehen und noch nicht zurückgebracht worden war. Ihre Aufregung wuchs, als Harri jetzt per Polizeifunk der Zentrale durchgab, dass der Verbleib des Täterfahrzeugs noch unbekannt war. Die Zentrale würde die Information sofort an alle umliegenden Polizeireviere melden, sodass sämtliche Cops der Gegend den Wagen suchen würden. Harri hängte sich wieder ans Telefon und bat bei der Autovermietung, man möge den Mietvertrag und den Mitarbeiter, der ihn abgeschlossen hatte, für sie bereithalten.

Harris Herz raste. Jetzt konnten sie die Sache beenden. Ein aufmerksamer Streifenpolizist würde das Auto bald entdecken und den Täter vielleicht dazu. Der Albtraum wäre vorbei. Sie sah Steve an und wusste, dass er dasselbe hoffte. Er knetete ungeduldig seine Hände. Sie waren so nah dran.

»Hier ist der Mietvertrag.« Der Mitarbeiter gab Steve die Papiere, der gab sie Harri. Sie hatte ihr Revier schon vorgewarnt, damit Überprüfungen per Computer sofort erledigt werden konnten, und gab der Zentrale Namen und Führerscheinnummer des Kunden durch.

»Ich habe den Wagen gestern Morgen an einen Herrn in den Dreißigern vermietet. Er wirkte ein bisschen seltsam, aber seine Papiere waren in Ordnung.«

Steve notierte die Beschreibung des Kunden zusammen mit der Telefonnummer, die im Mietvertrag angegeben war. Laut Computer wohnte der Mann in der Nähe, und ein Blick ins Telefonbuch bestätigte die Adresse. Harri und Steve bedankten sich und rauschten aus dem Büro.

Zehn Minuten später standen sie vor der Haustür des Kunden und zwei uniformierte Beamte klopften an. Als ein Mann öffnete, auf den die Beschreibung passte, trat Harri an den Kollegen vorbei und nahm die Sache in die Hand.

»Guten Tag, Mr. Channing, ich bin Detective Mendoza. Ich ermittle in einer Vergewaltigung, die letzte Nacht stattgefunden hat, und ich brauche Ihre Hilfe. Anscheinend hat der Täter das Auto benutzt, das Sie gestern gemietet haben. Ich wüsste gern Genaueres darüber.«

Erneut konnte Steve nicht anders als Harris Stil zu bewundern. Die meisten Cops, ihn eingeschlossen, hätten das Gespräch in anklagendem Ton begonnen. Schließlich war dieser Typ ein Verdächtiger. Sein Körperbau passte jedenfalls auf die Beschreibung der Opfer. Doch sie hatten nicht genug für eine Festnahme, und ein Durchsuchungsbefehl würde zu lange dauern. Harri half dem Verdächtigen, sich eine Verteidigung zurechtzulegen, aber wenn er ihr Täter war, würde jede Lüge leicht entdeckt werden. Das war jetzt nicht wichtig. Sie ließ ihn glauben, dass sie ihn nicht wirklich verdächtigten, und versuchte, ihm ein Gefühl der Sicherheit zu geben, damit er sie ins Haus ließ.

»Macht es Ihnen etwas aus, wenn wir ein paar Minuten reinkommen, um zu klären, was passiert ist?«

Ein kurzes Zögern, dann trat Mr. Channing einen Schritt zurück. Sobald sie durch die Tür war, begannen Harris Augen, das Haus zu durchforsten, nach irgendwelchen Spuren, irgendwelchen Hinweisen, irgendetwas.

Mr. Channing redete bereits fieberhaft auf Harri ein. »So ein kleiner Opa bat mich, das Auto für ihn zu mieten. Er sagte, er hätte immer Schwierigkeiten, Autos zu mieten, wegen seinem Alter, wie bei der Krankenversicherung, wissen Sie. Niemand will alten Leuten irgendwas anvertrauen. Der Typ tat mir Leid, außerdem hat er mir fünfzig Kröten für meine Hilfe gegeben.« Während er seine Geschichte erzählte, wurde ihm klar, dass sie klang, als wäre sie erfunden. Hatte er sich wirklich so leicht von Schmeicheleien und einem Fünfzig-Dollar-Schein täuschen lassen?

Steves Frage ließ seine Ungläubigkeit erkennen. »Wo waren Sie gestern Nacht?«

»Ich war die ganze Nacht hier, mit meiner Frau und meinem Kind. Sie ist jetzt bei der Arbeit, aber Sie können sie anrufen.«

Harri und Steve erkannten, dass der Mann die Wahrheit sagte. Seine Verwirrung und sein Zittern waren echt. Sie waren erneut in einer Sackgasse gelandet. Schlimmer, diesmal hatte das Arschloch sie mit Hilfe eines Dritten aufs Glatteis geführt, der aufgrund seines Körperbaus als möglicher Verdächtiger in Frage kam. Der echte Täter forderte sie heraus. Er war dreist. Er war arrogant. Er war immer noch frei.

Auf der Rückfahrt schwiegen Harri und Steve. Der Mietwagen war etwa drei Meilen vom Tatort abgestellt worden. Mit seinem Auftauchen war ihre letzte Chance verspielt. Natürlich konnten sie das Fahrzeug auf Spuren untersuchen, doch sie hatten schon alle erkennungsdienstlichen Angaben, die sie brauchten. Ohne den Namen dieses Irren nützte das gar nichts.

Als sie auf den Parkplatz des Reviers einbogen, sagte Steve schließlich: »Ich brauche einen Drink, und du auch. Ich zahle, du begleitest mich.«

»Steve, was ich wirklich brauche, ist ein verdammter Durchbruch in diesem Fall. Irgendwas, egal was, aber ich weiß, dass ich es nicht in einer Bar finden werde.«

Pure Entschlossenheit lag in ihrer Stimme. Harri parkte, stieg aus und ging auf das Gebäude zu. Steve sah es mit Unbehagen. Er kannte ihren Ruf und wusste, dass ihre Beharrlichkeit oft zum Erfolg führte, aber sie hatten jetzt schon fünfzehn Stunden am Stück gearbeitet, und nichts, was sie tun konnte, würde diesen Fall heute noch lösen.

Er holte sie ein und nahm sanft ihren Arm, der sich sofort anspannte. Er wusste, dass er seine Worte sorgfältig wählen musste, um einen ihrer Wutanfälle zu vermeiden. »Harri, was immer deiner Meinung nach getan werden muss, kann warten. Wenn du dich vollkommen verausgabst, wird er gewinnen, weil du nicht mehr auf Zack bist. Du darfst ihm keine Macht über deine Gefühle geben.«

Harri sah Steve an und entspannte ihren Arm. Einen Moment lang sah sie aus, als würde sie anfangen zu weinen. Steve spürte, wie das Eis schmolz. Er nahm ihren anderen Arm, drehte sie zu sich um und sah ihr in die Augen.

»Wir werden ihn kriegen«, sagte er. »Nicht heute, und wahrscheinlich nicht morgen, aber wir werden ihn kriegen.«

Harri riss sich los, dankbar für seine Stärke, doch verlegen angesichts ihres schwachen Moments. Sie wandte sich um und ging zurück zum Parkplatz. Steve folgte ihr nicht. Sollte sie ihn doch stehen lassen, er würde ihr Spiel nicht mitspielen.

Harri wandte sich um. »Na los, du Riesentrottel. Du schuldest mir einen Drink und ein Essen.«

»Essen? Es war nur von einem Drink die Rede. Wo kommt plötzlich das Essen her?«

»Als Lohn für alles, was ich dir beigebracht habe.«

Steve lachte. »Okay. Darauf kann ich nichts erwidern, und außerdem werden mich sämtliche Typen um dich beneiden.«

»Ja, und die Hälfte der Frauen in dieser Stadt«, fügte Harri großspurig hinzu.

Das Restaurant war gerammelt voll mit Sommertouristen. Um so viele Menschen anzuziehen, musste diese Winzbude von einem Lokal schon einen guten Ruf haben. Es lag nicht an einer der Hauptverkehrsstraßen und bot ganz bestimmt keine exotische oder faszinierende Atmosphäre. Allein wegen der Hauptattraktion, exzellente Pastagerichte, mussten sie mit fünfzig Minuten Wartezeit rechnen.

Nach ein paar Minuten kam eine Frau aus der Küche, entdeckte Harri und schloss sie in eine Umarmung, aus der der beste Footballprofi sich nicht hätte befreien können.

»Harri, wo hast du gesteckt? Sarah und ich haben dich seit Wochen nicht gesehen.«

»Ich hab gearbeitet.«

»Natürlich, was sonst? Ich besorg dir einen Tisch und sag Sarah, dass du hier bist.«

Nach einer weiteren Begrüßung durch Sarah, die Köchin, wurden Steve und Harri an einen Tisch geführt. Sarah persönlich nahm ihre Bestellungen auf und ließ ihnen zwei Flaschen von Harris Lieblingsbier bringen, bevor sie in die Küche zurückeilte.

Steve war beeindruckt. »Meine Güte, bin ich mit einer Berühmtheit unterwegs?«

»Nein, ich war nur ihr erster Gast, als sie das Lokal eröffnet haben. Ich blieb auch der *einzige* Gast an diesem Abend. Sie glaubten schon, die ganze Welt wüsste, dass sie Lesben sind, und deshalb käme niemand in ihr Restaurant. Ich hab den ganzen Abend damit zugebracht, ihnen die Idee auszureden, gleich wieder dichtzumachen. Jetzt behandeln sie mich immer, als sei ich eine Mitinhaberin.«

»Na ja, du scheinst ihnen den richtigen Rat gegeben zu haben. Der Laden brummt doch.«

»Jetzt ja. Die Schwulen- und Lesbenszene hat ihn gerettet, indem sie ihn überall bekannt gemacht hat. Zuerst nur unter den Frauen, dann kamen mit der Zeit auch die Männer. Kurz darauf wurden die örtlichen Hotels auf das Restaurant aufmerksam. Mehr war nicht nötig.« Harri nippte an ihrem Bier.

Steve philosophierte: »Der Magen ist der große Gleichmacher zwischen den gesellschaftlichen Gruppierungen. Egal wer kocht, wenn das Essen gut ist, kommen die Leute auch.«

Harri lachte. So hatte sie es noch nie gesehen, aber Steve hatte Recht. Durch Essen wurden oft die ersten Barrieren zwischen den Kulturen überwunden. Heutzutage konnte man in alle möglichen von ethnischen Minderheiten betriebene Restaurants gehen und ein ganz gemischtes Publikum vorfinden. Solange es nur um den Magen ging, war alles so einfach. Schwieriger wurde es, wenn der Kopf ins Spiel kam.

Das Essen war köstlich gewesen, und die beiden lehnten sich auf ihren Stühlen zurück und tranken ihr Bier aus. Während der Mahlzeit hatte sich ihr Gespräch um leichte Dinge gedreht, vor allem um Steves Laufbahn und Ziele. Harri hatte es genossen, Steve zuzuhören, obwohl sie im Kopf immer noch die Probleme ihres Falls wälzte. Schließlich brachte sie das Thema wieder zur Sprache.

»Diese Frau, die mich am Tatort belästigt hat, ist Reporterin. Sie macht ständig Ärger, und sie hat dich schon als Fremden identifiziert, also geh ihr aus dem Weg. Ich werde ihr durch den Pressesprecher etwas über den Serienaspekt mitteilen lassen, so wie euer Revier es gemacht hat, aber das ist alles, was sie kriegt. Niemand darf die Angriffe in den beiden Gerichtsbezirken miteinander in Verbindung bringen. Deshalb ist es wichtig, dass du und Ashley euch von dieser Frau fern haltet.«

Steve schien unbesorgt. »Ich halte mich gern im Hintergrund, außerdem sind Sexualverbrechen für die Medien sowieso schwierig, weil sie nicht an die Opfer rankommen.«

Eingedenk ihrer früheren Erfahrungen mit Barker sagte Harri scharf: »Hör zu, sie ist gefährlich, und ich will nicht, dass sie uns in die Ermittlung reinpfuscht.«

Sie saßen ein paar Minuten schweigend da, während Harri sich beruhigte.

»Weißt du, es lassen sich zwei Elemente eines Musters erkennen.«

Steve stieg sofort darauf ein. »Eins ist die Verwendung von Leihwagen und das andere, dass er abwechselnd in unseren beiden Städten zuschlägt.«

»Genau. Was meinst du?«

Er überlegte einen Augenblick. »Ich bin verdammt froh, dass wir Maggies Haus überwachen lassen. Das ist wirklich unsere einzige

Hoffnung, es sei denn, jemand gibt uns einen brauchbaren Hinweis. Die Leihwagen sind eine Sackgasse. Wenn er bis jetzt schlau genug war, einen unbelasteten Dritten zu benutzen, wieso sollte sich das plötzlich ändern?« Mit geballter Faust und zusammengebissenen Zähnen fuhr er fort: »Es nervt mich, dass wir nicht wissen, wie er es macht. Er ist uns in allem voraus! Was verbindet unsere Opfer, wenn sie an entgegengesetzten Enden des Staates wohnen? Verdammt, es könnte alles sein. Aber die Angriffe finden in solcher Regelmäßigkeit statt, es muss eine Verbindung geben, die mit den Opfern direkt gar nichts zu tun hat.«

Harri beugte sich vor, ihr Blick hätte töten können. »Er weiß nicht, dass wir sein Herumschleichen um Maggies Haus bemerkt haben. Ich weiß, dass er es war, ich spüre es. Das Blatt wird sich bald wenden.«

Harri entspannte sich wieder. Sie fragte sich schon eine ganze Weile, warum dieser Kerl immer so viel Schwein hatte. Es schien unerklärlich. Ein paar Mal waren sie so nah dran gewesen und hatten dann doch immer Pech gehabt. Harri wusste, dass dieser Typ nicht einfach Gelegenheiten nutzte, die sich ihm zufällig boten. Seine Taten waren so minutiös geplant, dass nur etwas Unvorhergesehenes ihn zu Fall bringen konnte. Harri hoffte, die Überwachung der Palo Verde Avenue Nummer 113 wäre dieses ungeplante Ereignis.

»Hör mal, Steve, ich muss dir etwas beichten.« Harri hatte in der halbkreisförmigen Auffahrt vor Steves Hotel angehalten. »Bei dem Telefonat mit Ashley vorhin habe ich auch dein Verhalten von heute Morgen überprüft, um sicherzugehen, dass du dich der Freundin des Opfers gegenüber nicht wie ein Arschloch aufgeführt hast.«

Steve wirkte nicht überrascht, eher ein wenig eingeschüchtert. Es war, als warte er auf das Ergebnis bei seiner Prüfung zum Sergeant.

Harri fuhr fort: »Sie meinte, du wärst ihr eine echte Stütze gewesen. Ihr hättet euch sogar über Beziehungen unterhalten und darüber, dass man sich immer füreinander verantwortlich fühlt, dass es zwar gut ist, sich so umeinander zu kümmern, sie aber nicht vergessen darf, dass es in keiner Weise ihre Schuld ist. Anscheinend ging es ihr nach eurem Gespräch viel besser.«

Steve schaute weiter aus dem Fenster und sagte: »Weißt du, Harri, ich habe mit ihr gesprochen wie mit jedem anderen. Ich habe mich in ihre Lage versetzt und mich gefragt, wie es mir an ihrer Stelle ginge und was ich von einem Wildfremden würde hören wollen. Und das habe ich dann gesagt. Ich meine, ich verstehe kein bisschen besser, warum Frauen mit Frauen zusammen sein wollen. Aber eine Beziehung ist eine Beziehung, zwischen wem auch immer. Ich wollte nur, dass sie mit ihren Gefühlen ins Reine kommt.«

»Du hast das Richtige getan, Steve.«

Steve öffnete die Wagentür und stieg aus, doch statt wegzugehen beugte er sich zum Fenster hinunter und sagte einen Moment gar nichts. Sein Blick war auf den freien Sitz gerichtet, und er begann langsam zu nicken. Harri konnte die Gedanken, die ihm durch den Kopf wirbelten, nur erahnen. Sie wusste jetzt, dass Steve genauso besessen davon war wie sie, die Wahrheit zu erfahren, zu ergründen, *warum* die Dinge geschahen. Es war schwierig für ihn, das Warum und Wie der Homosexualität zu begreifen.

Schließlich beendete Steve seine innere Debatte. »Kam mir auch so vor.«

9

»Los, komm, wir haben einen Termin.«

Steve sah von seiner Arbeit auf und erhaschte einen Blick auf Harri, die an seiner Bürotür vorbeimarschierte. Schnell schloss er seine Waffe in eine Schreibtischschublade ein und stürzte aus dem Zimmer. Er sah Harri Richtung Eingangshalle gehen. An der Tür nach draußen holte er sie ein und folgte ihr hinaus.

»Also, lädst du mich heute zum Essen ein?«

»Nein, besser.«

»Besser als eine Essenseinladung? Das kann ich mir kaum vorstellen.«

Sie gingen am Mitarbeiterparkplatz vorbei zum Abstellplatz für Polizeiwagen. Steve schwante, dass sein Tag noch nicht zu Ende war.

»Das Zivilfahrzeug, ich sehe schon. Was immer wir vorhaben, hat anscheinend mit Arbeit zu tun.«

»Steig ein, ich erkläre es dir unterwegs.«

Harri ließ den Motor an. Steve stand vor der Beifahrertür und fragte sich, ob er nicht einfach Feierabend machen sollte. Schließlich hatte sie offenbar nichts Gefährliches geplant. Sie war nicht bewaffnet und hatte ihn nicht angewiesen, seine Waffe mitzunehmen. Was immer sie im Schilde führte, sie würde allein damit fertig werden. Als hätte Harri seine Gedanken gelesen, rollte sie langsam rückwärts aus der Parklücke.

Steves Neugier siegte, und sie waren unterwegs.

»Dachte schon, du versetzt mich für ein Steak.«

»Daran würde ich im Traum nicht denken.« Steve hatte ein verräterisches Grinsen im Gesicht.

»Na, da du so nett warst mitzukommen, kann ich dir ja erzählen, worum es geht. Ich habe darüber nachgedacht, wie ich mehr Informationen über diesen Fall an die Szene weitergeben kann, ohne die ganze Ermittlung in einen Medienrummel zu verwandeln. Bis jetzt sind diese Barker und die übrigen Medienhaie nur mäßig interessiert, aber wenn sie wüssten, was die Opfer tatsächlich verbindet, wären sie außer Rand und Band.«

Steve war verwirrt. »Ja, und was hat das mit heute Abend zu tun?«

»Eigentlich ist das Ganze deine Schuld. Unser Gespräch gestern in Sarahs Restaurant darüber, wie die Schwulen- und Lesbenszene dafür gesorgt hat, dass der Laden in Schwung kam, hat mich ins Grübeln gebracht. Die Szene verbindet ein starkes Gemeinschaftsgefühl. Wir sind alle vollkommen unterschiedlich. Verschiedene Altersgruppen, verschiedene Berufsgruppen, verschiedene Religionen, Einkommensklassen, ethnische Gruppierungen und familiäre Hintergründe. Doch allen Unterschieden zum Trotz müssen wir zusammenhalten, um unsere Interessen durchzusetzen und die Aufklärung der Massen voranzutreiben.«

Steve unterbrach: »Zu denen gehöre ich, stimmt's?«

»Ich sagte Massen, nicht trübe Tassen.«

Harri lachte schon, bevor sie die Stichelei ganz ausgesprochen hatte, und Steve stimmte mit ein.

»Jedenfalls, liebster Partner, angesichts des enormen Potenzials der Szene wäre es doch sehr nützlich, sie an unserer Ermittlung zu beteiligen. Außerdem schulden wir es ihnen, sie wenigstens darüber zu informieren, was vor sich geht. Also habe ich Handzettel drucken lassen und ein paar Freundinnen gebeten, sie persönlich zu verteilen, damit die Medien keinen Wind von der Sache bekommen.«

»Ich weiß nicht, Harri, ich dachte, die Findigkeit dieser Barker bereitet dir echte Sorgen. Sie wird von dem Treffen erfahren, wenn sie wirklich an der Story dran ist.«

Harri grinste schelmisch. »Mach dir wegen Barker keine Gedanken. Um die hab ich mich gekümmert.«

Während der restlichen Fahrt sagte Steve nichts mehr. Er hatte Angst, dass die Szene ihn nicht akzeptieren würde, und fragte sich, ob Harris Entscheidung, ihn mitzunehmen, richtig gewesen war. Er wünschte, Ashley wäre hier, um ihm beizustehen, aber sie würde erst morgen eintreffen.

»Wir sind spät dran, also werde ich ausnahmsweise von meiner Dienstmarke Gebrauch machen, um auf der Tankstelle dort parken zu können. In dieser Gegend einen Parkplatz zu finden ist unmöglich.«

Harri stieg aus und ging mit gezückter Marke auf den Tankwart zu. Nach einem kurzen Gespräch kam sie zurück und sagte, alles sei abgemacht. Steve musste lächeln. Gelegentlich brachte der Job kleine Vorteile mit sich.

»Wir haben beschlossen, uns in der Kirche zu treffen, weil wir keine Ahnung hatten, wie viele Leute kommen würden. Sie ist riesig. Ich bezweifle, dass sie voll wird.« Harri beendete gerade ihren Satz, als sie durch die Tür traten und schon vom Eingangsbereich aus sehen konnten, dass die Kirchenbänke gut besetzt waren, ja es gab tatsächlich nur noch Stehplätze.

Eine Frau trat zu ihnen und begrüßte sie. »Super Resonanz, was? Oben ist es genauso voll. Ich sehe viele Gesichter hier zum ersten Mal, dabei dachte ich, ich kenne sie alle. Das Mikrofon steht für dich bereit, Harri.«

Harri ging weiter in den Kirchenraum und ließ Steve am Eingang stehen. Der hatte noch nie erlebt, dass ein solches Treffen sich so reger Beteiligung erfreute. Die Leute hier waren ganz kurzfristig zusammengekommen, um zu erfahren, wie sie helfen konnten, nicht um sich über die Polizei zu beschweren oder sie über ihre Fortschritte auszufragen. Harri hatte ihm den Handzettel gezeigt. Darauf wurde lediglich gebeten, die Szene möge sich versammeln und zusammenarbeiten, um diesen Kerl zu fassen. Steve war baff.

Die ganze Kirche wurde still, als Harri, die fast genauso überrascht war wie Steve, das Mikrofon erreichte. Sie hatte einige Unterstützung erwartet, doch das hier war überwältigend. Sie holte tief Luft und begann zu sprechen. »Ich möchte euch allen danken, dass ihr gekommen seid. Angesichts eurer Reaktion auf meinen Handzettel steckt der Verrückte, den wir suchen, in großen Schwierigkeiten.«

Ihre Bemerkung löste eine Welle von Applaus und zustimmenden Zwischenrufen aus.

Harri erläuterte die gemeinsame Ermittlung mit dem anderen Gerichtsbezirk und deren bisherigen Verlauf. Außerdem bat sie darum, den Fall aus der Presse herauszuhalten. Sie betonte, die Aufmerksamkeit der Medien sei genau das, worauf dieser Wahnsinnige aus sei. Dann gab sie ein paar Empfehlungen, wie alle ihre persönliche Sicherheit verbessern konnten. Zum Schluss fasste sie noch einmal zusammen.

»Wir sind heute Abend hier, weil die Polizei eure Hilfe braucht. Wir haben nicht genug Augen und Ohren, um den Täter zu finden. Wenn wir ihn aufspüren wollen, sind wir auf die Fehler angewiesen, die er gemacht hat und wieder machen wird. Aber wenn ihr alle zusammenarbeitet und aufeinander Acht gebt, könnt *ihr* ihn vielleicht finden. Wenn ihr an einem unserer vielen Orte einen Fremden seht, der nicht dazuzugehören scheint, wenn jemand, den es nichts angeht, euch übertrieben persönliche oder merkwürdige Fragen stellt, wenn etwas oder jemand euch seltsam vorkommt, ruft die Polizei. Ja, ihr werdet das Arbeitspensum der armen Streifenpolizisten vergrößern, aber die wollen diesen Kerl auch kriegen, und sie werden nichts gegen einen guten Hinweis haben. Vertraut euch selbst, unsere Instinkte sind oft besser, als wir glauben. – Bevor wir jetzt Fragen entgegennehmen, möchte ich euch meinen Partner vorstellen. Er gibt sich größte Mühe, um uns die Zusammenarbeit leicht zu machen, und ich hoffe, ihr werdet dasselbe tun. Falls ihr es noch nicht wisst, es ist der große Mann da hinten, sein Name ist Detective Carson und er wird all eure Fragen beantworten.«

Harri gab Steve ein Zeichen, zu ihr zu kommen, und noch ehe er beim Mikrofon war, kamen die ersten Wortmeldungen.

Jemand platzte heraus: »Warum sollten wir den Bullen vertrauen? Bis jetzt waren sie nicht gerade unsere Freunde.«

Steve zögerte und hoffte, dass Harri einspringen würde. Doch das Glück hatte er nicht. Er war auf sich gestellt. Wenn er an seine eigene bisherige Haltung dachte, wurde ihm klar, dass er hier nur mit der Wahrheit etwas erreichen könnte.

»Ich bin nicht Ihr Freund, und dafür wird auch kein Polizist bezahlt. Wir werden dafür bezahlt, Menschen zu beschützen und der Öffentlichkeit im Allgemeinen zu dienen. Vergessen Sie nicht, dass auch Cops nur Menschen sind. Wenn man uns unfreundlich und feindselig begegnet, sind wir manchmal nicht sehr nett. Wenn Sie nie versuchen, uns zu vertrauen, werden wir Ihnen auch nie helfen können.« Steve sah hinüber zu Harri, die zustimmend nickte. Still für sich fügte er hinzu: »Oder etwas dazulernen.«

Eine halbe Stunde später, als alle Fragen beantwortet waren, ging Harri. Einige der Anwesenden wollten noch mit ihnen reden, doch sie wurde eisig und schlich sich davon, sobald es ging, ohne unhöflich zu wirken. Steve dagegen war neugierig auf diese Leute und hatte darauf bestanden zu bleiben. Er würde sich ein Taxi zum Hotel nehmen.

Während sie nach Hause fuhr, war Harri damit beschäftigt, ihre Gefühle zu entwirren. Das Treffen war etwas Besonderes gewesen. Was sie am meisten berührte, waren die vielen Frauen, die sich bisher nicht geoutet hatten, aber heute gekommen waren, weil Lesben in Gefahr schwebten. Die Bedrohung durch Aids hatte ihre emotionale und finanzielle Unterstützung auf den Plan gerufen, doch viele von ihnen nicht dazu gebracht, ihr Schweigen zu brechen. Der aktuellen Bedrohung konnte man mit Geld nicht beikommen. Wenn die Leute nicht aufhörten, Freundinnen und Freunde, Familien und die Gesellschaft zu belügen, wie sollten andere dann ihre Klischees als das erkennen können, was sie waren: reine Fiktion? Den meisten Menschen war überhaupt nicht klar, dass ihre Tochter, ihre beste Freundin oder ihre Chefin lesbisch war. Wenn so viele Lesben sich ihrer selbst schämten, wie sollten sich alle anderen nicht verhalten, als sei es eine schändliche Sünde?

Diane Barker schleuderte ihre kleine Reisetasche auf die harte Matratze des Hotelbetts. Sie war so zuversichtlich gewesen, aus Steves Revier mehr Informationen rausleiern zu können.

Nachdem ein geschwätziger Cop ihr Steves Namen verraten hatte und dass er Ermittler für Sexualdelikte war, war sie sofort hergeflogen. Sie hatte fest damit gerechnet, jemanden von diesem

Revier überrumpeln zu können. Stattdessen hatten anscheinend alle fest mit ihr gerechnet. Niemand wollte mit ihr reden, und die einzige Information, die sie aus ihnen herausbrachte, war die, die ihr von Rechts wegen zustand: die Daten und Tageszeiten aller Vergewaltigungen, in denen das Revier ermittelte, innerhalb einer von ihr gewünschten Zeitspanne. Diese Information war nutzlos.

Diane saß auf der Bettkante und starrte an die Wand. Da draußen lief ein Serienvergewaltiger rum, sie wusste es. Warum sonst sollten zwei Reviere an entgegengesetzten Enden des Staates zusammenarbeiten? Aber sie machte mit ihrer Story keine Fortschritte, und der Sender würde nicht mehr sehr lange dranbleiben wollen.

Diane warf sich nach hinten aufs Bett. »Verdammt soll sie sein, diese Ms. Beharrlichkeit.« Harri war der Grund dafür, dass es ihr nicht gelang, dieser Story auf den Grund zu gehen, das wusste Diane irgendwie. »Aber diesmal hat sie eine ebenbürtige Gegnerin gefunden. Ich lasse mich nicht abwimmeln.«

10

Als orangefarbener Feuerball sank die Sonne langsam dem Horizont entgegen. Dies war Margos Lieblingszeit an langen Sommertagen. Sie nahm den Liegestuhl, ließ ihre Gedanken zur Ruhe kommen und hieß die Nacht willkommen. Die Sonne schien wie ein Ei zu platzen, orange und rot quoll es aus ihr hervor und vermischte sich mit dem Smog, der über der Stadt lag. Schließlich stieg eine dünne Schicht Rosa ganz nach oben, als sei es zu rein, um sich mit der Verschmutzung zu mischen. Bald sah sie überall im Tal die Lichter angehen. Obwohl sie nur zwei Blocks über dem Lärm, dem Schmutz und dem Gedränge der Stadt wohnte, fühlte sich Margo immer meilenweit davon entfernt.

Ashley war oben und packte für ihre morgige Fahrt zu den beiden anderen Ermittlern. Sie hatte vor Ungeduld fast den Verstand verloren. Seit ihrer Versetzung hatte sie von nichts anderem gesprochen als der gemeinsamen Ermittlung. Margo spürte, dass sie es sorgfältig vermied, zu viel von dieser Kommissarin zu sprechen.

Sie dachte an neulich Abend, als Ashley spät nach Hause gekommen und mit einer Alkoholfahne ins Bett gekrochen war. Margo hatte Ashley unschuldig gefragt, wo sie gewesen sei. »War mit einer Freundin essen«, hatte sie geantwortet. Dann hatte sie sich herumgerollt und war eingeschlafen. Margo wusste, dass sie mit dieser Harri unterwegs gewesen war, doch es war Ashleys Distanziertheit, die sie bis weit in die frühen Morgenstunden wach gehalten hatte. Sonst hatte sich Ashley immer an Margo gekuschelt. Wodurch hatte sich das geändert?

Margo bemühte sich, keine Eifersucht zu zeigen. Schließlich gab es eigentlich nichts, worauf sie eifersüchtig sein musste. Ashley war nie fremdgegangen, ja sie hatte nie auch nur Interesse gezeigt, bis jetzt. Doch nur, weil Ashley sich für Harri zu interessieren schien, hieß das nicht, dass sie miteinander im Bett landen würden. Es bedeutete nicht, dass Ashley sie nicht mehr liebte. Es war nichts, worüber man sich wahnsinnig aufregen musste.

Margo wollte, dass Ashley eine ernsthafte Bindung mit ihr einging. Sie waren seit etwa anderthalb Jahren liiert. Margo gehörte das Haus allein. Sie hatten getrennte Bankkonten, Finanzierungskredite für die Autos, Sparbücher und sogar getrennte Kleiderschränke. Sie trugen nicht einmal einen Ring. Margo hatte nie den Mut aufgebracht, einen zu kaufen. Nichts davon hatte sie bis jetzt gestört. Doch jetzt wollte Margo ein Stück »Für Immer«, und sie wollte es mit Ashley. Den Tränen nahe saß sie still auf der Terrasse, während die Dunkelheit sich um sie legte. Nichts hatte sich zwischen Ashley und ihr geändert, ermahnte sich Margo. Jedenfalls noch nicht.

Während Ashley packte, dachte sie daran, wie Dayton den Prozess absichtlich in die Länge gezogen hatte. Einen ganzen Tag hatte er allein darauf verwendet, die Geschworenen auszuwählen, und mit jeder Sekunde war Ashley wütender geworden. Dieser Anwalt war ein Hornochse. Er wollte nicht akzeptieren, dass Ashley so gut war wie ihr Ruf und ihre Zeugnisse. Alle Cops hatten Dreck am Stecken, davon war Dayton überzeugt, und je mehr Festnahmen ihnen gelangen, desto korrupter mussten sie sein. Ashley schleuderte ihren Seesack auf den Boden und verbannte Dayton aus ihren Gedanken. Sie wollte sich wieder voll und ganz auf die Ermittlung konzentrieren. Sie fand es schrecklich, dass Steve und Harri ohne ihre Hilfe an dem neuesten Angriff arbeiteten, und konnte es kaum erwarten, wieder daran beteiligt zu sein. Harri hatte sie zwar mehrmals täglich angerufen, um sie auf dem Laufenden zu halten, doch das war nicht dasselbe. Außerdem war Ashley darauf erpicht, wieder in Harris Nähe sein. Noch nie hatte ihr jemand das Kennenlernen so schwer gemacht.

Auf der Treppe nach unten fiel Ashley plötzlich ein, dass sie Margo eine Weile nicht sehen würde. Schon jetzt vermisste sie das Gefühl der Geborgenheit, das Margo ihr immer gab. Sie passten zusammen, im Bett und außerhalb. Sie verstanden einander und ergänzten sich in ihren Stärken. Sie begegneten sich von Gleich zu Gleich, und ihr gegenseitiger Respekt gab ihrer Liebe Rückhalt.

»He, Mädel, was sitzt du denn hier im Dunkeln?«

»Ich hab daran gedacht, dass du weggehst.« Margo sagte nicht, dass sie von der Möglichkeit sprach, Ashley könnte für immer weggehen.

Ashley setzte sich vor Margo in den Liegestuhl und lehnte sich zurück, bis sie ihre Brust im Rücken spürte. Sie saßen zusammen da und dachten schweigend an den morgigen Tag. Schließlich begann Margo zögerlich zu sprechen.

»Meinst du nicht, es ist Zeit, dass wir unsere Beziehung irgendwie festigen?«

Ashley wandte sich zu Margo um und küsste sie sanft auf den Hals. »Süße, ich würde liebend gern nach oben gehen und dir zeigen, wie ernst es mir mit dir ist.«

Margo schob sie weg. »Hör zu, Ashley, du kannst das nicht jedes Mal so machen.«

»Was kann ich wie nicht machen?«, fragte Ashley schon halb in Abwehrhaltung.

»Jedes Mal, wenn wir ein Problem haben oder ich versuche, mit dir über uns zu reden, verhinderst du ein Gespräch, indem du uns ins Bett lotst.«

Jetzt war Ashley verletzt. »Ich dachte, du schläfst gerne mit mir.«

»Du weißt, dass das nicht das Problem ist. Ich weiß nicht mal, ob es ein Problem *gibt*. Ich finde nur, zwischen uns sollte mehr sein. Wir sollten uns mehr teilen als die Wohnung und das Bett. Ich möchte alles mit dir teilen, Schatz. Ich möchte, dass wir gemeinsame Ziele haben. Etwas, auf das wir hinarbeiten können.«

Ashley sah weg, in Richtung Stadt.

Margo streckte die Hand aus, griff zärtlich nach ihrem Kinn und wandte ihr Gesicht zu sich um. »Schau, Süße, ich liebe dich, das ist alles. Tut mir Leid, wenn ich dich gekränkt hab.« Sie gab ihr einen langen, lüsternen Kuss, und bald war Ashley wieder sie selbst.

»Ich möchte, dass du besonders vorsichtig bist, solange ich weg bin. Setz dich nicht wie jetzt allein hier nach draußen. Ich weiß, dass es heiß ist, aber lass die Fenster unten zu und leg dir bitte meine Privatwaffe unters Kopfkissen. Dieser Widerling ist mir nicht geheuer.«

»Ich werde vorsichtig sein, mach dir keine Sorgen. Und du sei auch vorsichtig. Denk dran, ich bin nicht diejenige, die versucht, einen Wahnsinnigen zur Strecke zu bringen.«

Ashley schob Margo das Haar aus dem Gesicht, ließ die Hand hinter ihrem Ohr nach unten wandern, über ihren Hals, ihren Oberkörper, unter ihre Bluse, und legte sie schließlich auf ihre Brust. Zart knetete sie Margos Brustwarze, bis sie hart hervorstand, und knabberte gleichzeitig an ihren Lippen.

Margo hatte unbedingt mit Ashley sprechen wollen, doch ihr Körper reagierte bereits auf die Berührungen. Sie wusste, dass für Ashley damit jedes Problem aus der Welt geschafft war, und plötzlich schienen ihr ihre eigenen Worte und Gedanken der letzten Stunde selbst nicht mehr wichtig. Morgen würden neue Fragen auftauchen, doch in diesem Moment lagen für Margo alle Antworten auf den Lippen ihrer Liebsten, und sie wollte nichts davon verpassen.

Allmählich war er weniger nervös. Nach ein paar Tagen Dienst am Terminal hatte sich sein gewohntes Gefühl der Sicherheit wieder eingestellt. Seitdem er im Norden so knapp entkommen war, hatte er vor Angst ständig Herzklopfen gehabt. Um seinen normalen Arbeitsalltag – die Flüge den Staat hinauf und hinunter – zu meiden, hatte er eine Ohrentzündung vorgetäuscht, die ihn ungefähr eine Woche lang am Boden halten würde. Das sollte ihm genug Zeit geben, seine geistigen Kräfte zu sammeln und seine Nerven zu beruhigen. Er war schon fast bereit für die Nutte an der Palo Verde Avenue. Sie würde die Nächste sein.

Die Schlange der eincheckenden Passagiere wuchs und er blickte kurz auf, um zu sehen, wie weit er zurücklag. Etwa in der Mitte der aneinander gereihten Menschen und Gepäckstücke sah er eine Frau, die ruhig dastand, als sei sie die Einzige im Terminal. Sie strahlte Selbstvertrauen aus. Etwas in seinen Eingeweiden sagte ihm, dass sie eine von ihnen war.

Immer wieder warf er kurze Blicke auf die Frau, während sie weiter darauf wartete, dass sie drankäme. Als sie ihm mit einem höflichen Lächeln ihr Ticket reichte, sah er es. Von ihrem Hals hing, stolz zur Schau gestellt, ein Anhänger. Zwei Äxte, an den

Rückseiten aneinander gelegt und zusammengebunden. Es war ein Symbol der Einigkeit unter Frauen. Frauen als Kriegerinnen, die gegen ihre Feinde zusammenstanden. Er hatte es vor vielen Jahren schon einmal gesehen.

Die Freundin seiner Mutter war immer so nett zu ihm gewesen. Praktisch jeden Tag nach der Schule war sie bei ihm zu Hause. Zusammen hatten sie oft den späten Nachmittag mit Spielen und Gelächter gefüllt, während seine Mutter sich ausgeruht hatte, denn sie war oft krank. Dann war er eines Tages heimgekommen und weder seine Mutter noch ihre Freundin waren da gewesen. Er hatte sie nie wieder gesehen.

Nach ein paar Wochen hatte sein Vater aufgehört, sich Lügengeschichten darüber auszudenken, wo seine Mutter hingegangen war, und ihm die Wahrheit erzählt. Sie war weggelaufen, zusammen mit ihrer Freundin, einer Lesbe. Er hatte damals nicht einmal gewusst, was das Wort »Lesbe« bedeutete, doch schließlich verstand er. Da erinnerte er sich an all die Momente, da er seine Mutter und ihre Freundin zusammen gesehen hatte, wie sie sich an den Händen gehalten und eindringlich miteinander geflüstert hatten. Mit jeder Erinnerung wuchs seine Wut – sein Hass.

Die ungeduldige Stimme des nächsten Passagiers riss ihn aus seinen zwanghaften Gedanken. Er sah der Lesbe nach und beschloss, dass sie sein nächstes Ziel sein würde. Er wollte dieser Frau wehtun, sie ihrer Selbstsicherheit berauben. Egal, wer sie war oder woher sie kam.

Ashley hatte den Angestellten der Fluglinie beiläufig beobachtet, während sie sich zentimeterweise in der Schlange vorwärts schob. Er sah gut aus, und in der Art, wie er die Passagiere bediente, lag etwas Sanftes. Doch als sie an den Tresen trat, fühlte Ashley sich plötzlich unbehaglich. Er starrte auf ihre Halskette, und seine Haltung wirkte plötzlich bedrohlich. Dann blickte er von der Doppelaxt auf und erwiderte ihr Lächeln. Ashley ignorierte ihr seltsames Gefühl.

Er nahm ihr Ticket und hackte ihre Daten in den Computer, ohne den Blick von ihr abzuwenden. »Ashley, das ist ein zarter Name für eine so unübersehbar zupackende Frau.«

Ashley antwortete nicht. Sie versuchte zu entscheiden, ob die Bemerkung als Kompliment gemeint war.

»Ach, Sie arbeiten für die Stadt. Mein bester Freund auch. In welchem Bereich sind Sie tätig?«

Was ihren Beruf anging, war Ashley noch nie zurückhaltend gewesen. »Ich bin Polizistin.«

Er sah beeindruckt aus. »Wow, da muss Ihr Freund sich ja sicher fühlen.«

»So was hab ich nicht«, antwortete Ashley und bekräftigte es mit einem Lächeln. Er reichte ihr ihre Bordkarte, und innerlich kichernd wandte sie sich um, um etwas abseits der Massen einen Sitzplatz zu suchen.

Er checkte den letzten Passagier ein und dachte an die Frau, Ashley. Dies war eine einmalige Gelegenheit, die Lesbe, die er bezwingen würde, vorher kennen zu lernen. Mit einem Gefühl der Durchtriebenheit ging er auf sie zu, um Wissen über sie zu erlangen, das er letztlich gegen sie verwenden würde.

»Ich habe genau drei Minuten und sechsunddreißig Sekunden, um Sie kennen zu lernen und zu überreden, mit mir auszugehen.«

Ashleys Erfahrung und gesunder Menschenverstand hätten ihr sagen müssen, dass sie ihn ein für alle Mal abblitzen lassen sollte. Aber er sah so gut aus und sie fühlte sich geschmeichelt. Sie erlaubte ihm, seine Bemühungen fortzusetzen, und er erwies sich als Meister in dem Spiel. Er stellte ihr ungewöhnliche Fragen und vermied es sorgfältig, zu persönlich zu werden. Seine Stimme war hypnotisch und seine Augen waren wie ein Pendel. Ashley war sicher, dass jede heterosexuelle Frau ihn nach einer Sekunde mit nach Hause nehmen würde. Aus irgendeinem Grund machte ihr dieser Gedanke Angst.

Nach ein paar Minuten ertönte der Aufruf zum Einsteigen. »Das ist Ihr Flug. Also, konnte ich Sie überzeugen?«

»Sie haben einen kreativen Ansatz, und ich bin sicher, jede Frau, in deren Leben es einen Platz für Sie gibt, würde gern einwilligen.« Noch im Reden stand Ashley auf. Sie fühlte sich schuldig, weil sie zugelassen hatte, dass dieses Spiel überhaupt stattfand. Ein letztes Lächeln, das ohne Verlegenheit erwidert wurde, und Ashley stieg in ihr Flugzeug.

Ihre Zurückweisung war erwartet worden. Ja sie war erwünscht gewesen. Jetzt war er überzeugt, dass diese Frau seine Lektion brauchte. Sie wäre bis jetzt das beste Opfer. Starke Menschen gaben gute Opfer ab. Er konnte nicht warten, sie würde das Risiko wert sein. Er war gut und die Polizei war langsam. Weit davon entfernt, seine Mission zu beenden. Die Tatsache, dass diese Frau selbst Polizistin war, störte ihn nicht. Sie erregte ihn. Er ging zurück zum Computer und überprüfte ihre persönlichen Daten. Die einzige gespeicherte Information war ihr Name. Natürlich war die Adresse des Polizeireviers angegeben. Doch das entmutigte ihn nicht. Er wusste, wie er sie finden würde.

11

Harri rollte sich herum und sah auf ihren Wecker, in der Hoffnung, die Uhrzeit würde sie motivieren aufzustehen. Doch die Zeit schien heute Morgen stillzustehen. Die Zeit, die große Heilerin, Motivatorin, Erneuerin, wurde in Harris Augen total überbewertet. Sie dachte immer noch jeden Tag an ihre Exliebste, auch wenn sie wusste, dass ihre Gefühle nicht mehr erwidert wurden.

Diese Beziehung schien ihnen damals das einzig Denkbare, und doch war sie einmal zu oft in Frage gestellt worden. Harri hatte viele Morgenstunden lang versucht zu verstehen, wie zwei Menschen einander verlieren konnten, nicht, weil sie sich zu wenig liebten, sondern weil sie sich zu sehr liebten. Warum konnte niemand die Liebe erklären?

Zwar war Harri in den letzten beiden Jahren mit anderen Frauen zusammen gewesen, doch konnte sie sich nicht mehr überwinden, einer anderen zu vertrauen. Die Gespräche, die Spaziergänge, der Sex, alles fühlte sich gekünstelt an, wie eine Theateraufführung. Seit etwa sechs Monaten war sie mit keiner Frau mehr ausgegangen.

Heute Morgen versuchte sie sich wieder in den Schlaf zu zwingen, doch sobald sie die Augen schloss, strömten die Erinnerungen an die schöne Zeit wieder auf sie ein. Statt sie wie sonst zu verdrängen, ließ Harri sie zu.

Vom Hotel bis zum Restaurant war es nur ein kurzer Fußweg, doch keine der Frauen hatte es eilig, dorthin zu gelangen. Sie bogen in jeden der kleinen Pfade ein, die von der Hauptstrecke zu den Felsvorsprüngen über der Bucht abzweigten, entzogen sich neugierigen Blicken. Jeder Moment war mit grenzenloser Energie aufgeladen. Überall, wo sie hinsahen, war es wunderschön, ja vollkommen. Jedes Wort, das sie wechselten, war magisch und ungehemmt. Jede ihrer Berührungen war etwas Besonderes.

Harri war gefesselt gewesen von ihrer Unschuld und ihrer Erfahrenheit, ihrem Lächeln und ihrem leidenschaftlichen Blick. Als sie sich in jener Nacht liebten, verstand Harri endlich den Unterschied zwischen »sich lieben« und »Sex haben«. Es waren nicht die Berührungen, die Gefühle oder der Akt selbst. Was anders war, war die Hingabe, das völlige Loslassen ihres Körpers, ihres Verstands und jener Gedanken, die ihre Seele ausmachten. Nichts würde dieser Liebe je etwas anhaben können.

»Unglaublich, welchen Krampf sich mein Kopf zusammenspinnt. *Für immer*, klar, deshalb liegt sie jetzt ja auch hier neben dir. Los, Mendoza, begib dich in die wirkliche Welt und schieb deinen Arsch aus dem Bett.« Harri warf die Laken zurück und schleuderte sie auf den Boden, und ihre Erinnerungen gleich mit. Sie wollte einfach nur ihre Ruhe haben.

Seit dem gezwungen höflichen Gespräch am Flughafen hatten sie geschwiegen. Ashley spürte, dass etwas nicht stimmte. Sie hatte sich darauf gefreut, Harri wiederzusehen, und konnte die Stille im Auto, die nur durch den Polizeifunk unterbrochen wurde, nicht ertragen.

»Mit den Ermittlungen alles okay?«

»Klar, wenn du es okay findest, dass sie kein Stück vorangehen.« Harris Antwort geriet schärfer als beabsichtigt, doch sie wusste nicht, wie sie sich bei Ashley entschuldigen sollte, ohne ihre Stimmung zu erklären.

Ashley wollte Harri unbedingt dazu bringen, mit ihr zu reden. »Was ist los? Du wirkst, als wäre irgendwas nicht in Ordnung.«

Harri sah stur weiter geradeaus. »Ich bin heute Morgen in grüblerischer Stimmung aufgewacht, und dann haben meine tiefsinnigen Reflexionen über das Leben mich total deprimiert.«

»Ich glaub, ich weiß, was du meinst. Margo ist auch so. Sie fängt an, über alle Probleme der Welt nachzudenken, und kann nicht wieder damit aufhören, ehe sie Lösungen gefunden hat. Aber dann sind ihre Lösungen immer so schlicht, und sie weiß, dass einfache Antworten aus irgendwelchen Gründen immer ignoriert werden. Am Schluss ist sie total niedergeschlagen. Also, was hat *dich* ins Grübeln gebracht?«

Harri zögerte. »Es fing mit meinem Privatleben an und endete mit dem, was mir immer schlechte Laune macht – dem Job. Ich kann mich nur schwer motivieren. Manchmal glaube ich, unsere Arbeit hat ihre gesellschaftliche Bedeutung verloren.«

Ashley wünschte, sie könnte Harri nach ihrem Privatleben fragen. »*Mir* bedeutet unsere Arbeit noch etwas«, sagte sie aufmunternd.

»Bist du denn noch stolz darauf, Polizistin zu sein? Nein, wirklich, denk mal drüber nach. Früher hab ich mich mit meiner Dienstmarke identifiziert. Wir sagen, unsere Aufgabe ist es, zu beschützen und zu helfen. Aber jetzt, dank der Cops in Film und Fernsehen, von den Zeitungen ganz zu schweigen, wissen viele Menschen nicht mehr, ob es gut oder schlecht für sie ist, wenn wir irgendwo auftauchen. Jahrelang haben wir uns durch den Dreck und den Schlamm der Gesellschaft gewühlt. Aber heutzutage gibt es so viel Gewalt und Vorurteile, dass sie auch uns nach unten ziehen.«

Ashley konnte nicht glauben, wie desillusioniert Harri klang. »Anscheinend hältst du nicht besonders viel von deinen Kollegen und Kolleginnen«, fauchte sie.

»Das ist nicht der Punkt. Ashley, lass dich nicht dazu verleiten, alles mit den Augen einer Polizistin zu sehen.«

»Aber ich bin Polizistin.«

»Du bist aber noch mehr. Wenn du in diesen Job nicht deine ganze Persönlichkeit einbringst, wirst du ein Teil des Problems. Du gleitest ab, bis du meinst, *wir* stünden gegen *sie*. Das ist der Moment, wo aus einem guten Cop ein schlechter Cop wird.«

»Hey, es gibt viele gute Cops, die einfach nur ihren Job machen, und damit ist allen gedient.«

Sie kamen an eine rote Ampel und Harri sah Ashley in die Augen. »Wenn du einfach nur deinen Job machst, bist du Teil des Problems. Was wir machen, ist mehr als ein Job. Warum ist es unter Cops nicht angesagt, den Leuten wirklich helfen zu wollen?«

Ashley hatte nie wirklich über Helfen nachgedacht. Die Polizeiarbeit war ein Job für sie, ein spannender und anspruchsvoller Job. Dann erinnerte sie sich an ihre Empfindungen in der Notaufnahme, als sie das Vergewaltigungsopfer gesehen hatte. Sie dachte daran, wie sie nach dem Überfall auf den Abzug gedrückt, aber nicht geschossen hatte. Fast hätte sie einen Menschen umgebracht.

Harris Stimme riss Ashley aus ihren Gedanken. »Wir brauchen

radikale Veränderungen. Wenn nicht bald was passiert, werden die guten Cops einer nach dem anderen aufgeben und kündigen.«

»Was willst du also unternehmen, Harri? Du *kannst* nicht aufgeben. Dein Gewissen würde nicht zulassen, dass du dich einfach zurücklehnst und zuschaust. Ich weiß, dass du einen Weg finden wirst. So ein Mensch bist du eben.«

»Woher weißt du, was für ein Mensch ich bin?«

»Weil du das, was du tust, mit Leib und Seele machst, Lady, und selbst jetzt leuchten deine Augen. Auch wenn deine Logik dir rät, alles hinzuschmeißen, hält dich dein Gewissen bei der Stange. Im Moment magst du dich verloren fühlen, aber du wirst deinen Weg finden.«

Ashley streckte den Arm aus und berührte Harris Hand, die auf dem Schaltknüppel lag. Harri reagierte nicht. Sie saß in sich zusammengesunken neben ihr und sah erschöpft aus. Doch ihre Kiefernmuskeln waren angespannt, und Entschlossenheit brannte in ihren Augen.

»Ich kann dir sagen, Steve, als Harri und ich zusammen auf der Polizeischule waren, konnten wir uns nicht ausstehen. Wir standen ständig in Konkurrenz um die höchsten Auszeichnungen. Gott, ist die mir auf den Sack gegangen. Tut sie die meiste Zeit immer noch.« Frederick hatte sich mit Steve bekannt gemacht, während der auf die Ankunft seiner Partnerinnen wartete.

»Ich weiß, was du meinst«, nickte Steve.

»Nach unserer Ausbildung haben sie uns in dasselbe verdammte Revier gesteckt. Jeden Tag haben wir uns beim Schichtdienst abgelöst, und Tag für Tag hat jeder von uns versucht, die spektakulärste Festnahme durchzuziehen, um den anderen zu übertrumpfen. Natürlich erwies sich recht bald, dass du als Streifenpolizist gefährlich lebst, wenn du den Helden spielst.«

Steve kicherte. »Du meinst, sie hat dir den Arsch gerettet?«

»Ja, woher weißt du das?«

»Es ist normalerweise die einzige Möglichkeit für Frauen, ihren männlichen Kollegen Respekt abzunötigen.«

Nach dieser Bemerkung fuhr Frederick in merkwürdig eindringlichem Ton fort: »Jetzt jedenfalls achten und vertrauen wir uns gegenseitig und verlassen uns aufeinander. Sie hat zu mir gehalten, als ich vor ein paar Jahren Probleme hatte. Meine Moralvorstellungen hatten mich bei einigen Kollegen, die ich hab auffliegen lassen, total in die Scheiße geritten. Plötzlich war ich nicht mehr der schwarze Überflieger-Cop, sondern das schwarze Schaf. Mein Berufsethos war für die internen Seilschaften eine Bedrohung. Aber Harri hat während der ganzen Tortur zu mir gestanden. Gott sei Dank hat das restliche Dezernat sich letztlich unsere Maßstäbe zu eigen gemacht – und prompt bin ich Sergeant geworden.«

Harri und Ashley trafen ein, als Frederick zum Ende seiner Geschichte kam. »Hey, Mädel, ich hab einen Stapel Nachrichten für dich von der Reporterin.« Frederick streckte sie Harri hin, als sie an ihm vorbeiging. Sie nahm sie, warf sie in den Müll und ging wortlos weiter in ihr Büro.

»Was ist denn mit der los?«, fragte Steve und wies mit dem Kopf auf Harris Büro.

»Sie ist mit der Last der ganzen Welt auf ihren Schultern aufgewacht und braucht noch eine Weile, um sie abzuschütteln«, sagte Ashley. »Geben wir ihr ein paar Minuten. Du kannst mir zeigen, wo man hier den besten Kaffee bekommt, und mich auf den neuesten Stand bringen.«

Steve und Ashley verabschiedeten sich und wandten sich zum Gehen, als Frederick sagte: »Alle hier stehen hinter euch. Wir wollen, dass ihr dieses Arschloch fangt. Und passt auf unsere Harri auf, sie ist was ganz Besonderes. Sagt Bescheid, wenn ihr irgendwas braucht.«

Ashley und Steve dankten ihm und gingen in ein Café um die Ecke.

»Harri hat eine ganz schöne Fangemeinde hier in der Stadt«, stellte Steve fest. »Du kannst dir kaum vorstellen, wie die Leute auf sie reagieren. Sie vertrauen ihr und respektieren sie, aber ich glaube nicht, dass irgendwer sie wirklich kennt. Es hat irgendwas mit Teamgeist zu tun. Was bringt Leute dazu, gemeinsam für eine Sache einzustehen? Also, wenn Harri dabei ist, ist es, als wäre sie selbst der Teamgeist. Schade, dass du diese Woche nicht dabei warst.«

»Ich weiß, was du meinst«, sagte Ashley. »Aber was ist mit *dir* los? Ich hab den Eindruck, so allmählich lerne ich den echten Steve kennen. Entspannt, freundlich, sensibel …«

»Du meinst, kein vorurteilsbeladenes, selbstgerechtes, ignorantes Arschloch, stimmt's?« Steve lachte. »Sagen wir mal, es ist schwer, engstirnig zu bleiben, wenn alle Klischees, hinter denen du dich verschanzt hattest, ständig widerlegt werden.«

Ashley beugte sich mit einem boshaften Lächeln über den Tisch und flüsterte: »Du meinst, du wirst tolerant.«

»Übertreib nicht. Ich verstehe immer noch nicht, warum Frauen andere Frauen Männern vorziehen. Ist es bloß, weil sie noch nie mit einem Mann zusammen waren?«

Ashley wich zurück, das Lächeln war augenblicklich verschwunden. »Du klingst wie das Arschloch, das wir suchen.«

Den Vergleich mit diesem terroristischen Versager schätzte Steve gar nicht, und er brauste auf: »Wenn du Männern eine Chance geben würdest, würdest du vielleicht merken, was dir fehlt.«

»Mir fehlt gar nichts, und was die Auswahl meiner Liebesobjekte angeht, habe ich in meinem Leben nie einen Fehler gemacht. Außerdem gibt es viele Lesben, die schon mit Männern geschlafen haben, aus Liebe oder aus Experimentierfreudigkeit, aber am Ende kommen sie immer auf Frauen zurück.« Ashley versuchte, ihre Wut zu bremsen, denn sie wollte es Steve erklären und ihn nicht beschimpfen. »Schau, Steve, wenn du mich fragst, warum ich lieber mit Frauen zusammen bin, habe ich keine Antwort. Glaub mir, ich habe oft versucht, es anderen zu erklären. Es geht nicht nur darum, mit wem ich Sex haben will. Ich habe keine Angst vor Männern. Ich versuche nicht, ein Mann zu sein. Mit alldem hat es nichts zu tun.« Ashley hielt inne und berührte Steves Arm. Sie wollte, dass er verstand. »Es ist genauso natürlich wie deine Gefühle und dein sexuelles Begehren. Es fühlt sich für mich gut und richtig an, also muss es doch normal sein. Wenn ich aber mit Männern intim bin, fühle ich mich gezwungen und eingeengt. Sich so zu fühlen, das ist *nicht natürlich.*«

Steve schien sich wirklich zu bemühen, es zu verstehen. Eine Weile sagte er gar nichts. Sie beschloss, einen letzten Versuch zu wagen.

»Sag mir doch mal, warum du auf Frauen stehst?«

»Ich weiß nicht, so ist es eben. Und so sollte es auch sein.« Steve wusste, dass noch mehr dahinter steckte, doch er konnte es nicht in Worte fassen. Vielleicht gehörten solch intensive Gefühle und Instinkte auch nicht in Worte. Er lehnte sich zurück und schaute Ashley an, als sähe er sie zum ersten Mal. »Ich glaube, ich verstehe, was du meinst.«

Als sie ins Büro zurückkamen, telefonierte Harri gerade. »Warte mal, Jim, meine Partner kommen gerade vom Kaffeetrinken zurück – ohne einen Becher für mich. Ich stell dich auf Lautsprecher.« Zu Steve und Ashley sagte sie: »Ich habe Jim gebeten, ein paar Computerrecherchen für mich anzustellen. Er ist ein alter Freund beim FBI und hat zu mehr Datenbanken Zugang, als wir uns vorstellen können.«

Die Stimme aus dem Lautsprecher fiel ihr ins Wort. »Mendoza, halt mal kurz die Klappe, ich glaub, ich hab was.«

Die drei Detectives lauschten gespannt.

»Eine Sache haben eure Opfer tatsächlich gemeinsam, aber es war wie die Suche nach einer verdammten Kontaktlinse in einer Regenpfütze.«

»Hör auf zu dramatisieren, und spuck's aus«, drängelte Harri.

Die Stimme wurde leiser, als verriete sie ein Geheimnis. »Jedes eurer Opfer hatte einen Sallie-Mae-Collegekredit.«

»Collegekredit«, wiederholte Steve laut, als er diese merkwürdige Gemeinsamkeit begriff.

Ashley riss bereits die Aktenmappen auf, um zu sehen, wo die Opfer auf dem College gewesen waren und ob man ihnen diese Frage überhaupt gestellt hatte. »Außerdem waren alle Opfer in Kalifornien auf dem College.«

Steve griff nach dem Telefonbuch und blätterte darin, wobei er sich fragte, worunter eine Bundesanstalt für Studienkredite aufgeführt sein mochte.

»Es gibt nur eine Zweigstelle in diesem Staat«, sagte Jim. Er gab ihnen die Adresse und wünschte ihnen viel Glück.

Auf der Fahrt planten sie ihre Strategie. Alle waren sich einig, dass Harri mit dem Zweigstellenleiter sprechen und die Politikerin der Gruppe sein sollte. Eventuell hochschlagende Wellen würde sie sicherlich glätten können. Ihre Rolle wäre die wichtigste, denn sie kamen ohne Durchsuchungsbefehl und waren vollkommen auf die Kooperation des Filialleiters angewiesen.

Steve würde sich die detaillierten Auflistungen von Krankheitstagen und anderen Abwesenheiten der männlichen Angestellten vorknöpfen. Ashley würde die grundlegenden Informationen über sie alle einholen, zum örtlichen Polizeirevier gehen und sie durch die kalifornischen und landesweiten Datenbanken laufen lassen.

Während sie in die Stadt fuhren, fasste Harri ihren Aktionsplan zusammen. »Bestimmt haben viele Studierende dort einen Collegekredit aufgenommen, bei den vielen Universitäten hier und all den Leuten, die sie sich ohne finanzielle Hilfe nicht leisten können. Ich bin sicher, wenn wir irgendwelche beliebigen Opfer miteinander vergleichen würden, fänden wir dieses Merkmal in fünfzig Prozent der Fälle. Aber etwas anderes haben wir nicht, also tun wir so, als wüssten wir genau, dass dies die gesuchte Gemeinsamkeit ist. Das Wichtigste ist also, dass dieses Stück Scheiße nichts merkt. Bis jetzt war er schlau, wahrscheinlich hält er sich für unschlagbar. Er hat mit uns gespielt, jetzt sind wir am Zug. Wir müssen die Vorstellung unseres Lebens geben. Wenn wir fertig sind, sollen alle glauben, wir seien einfach drei übereifrige Cops, die wenig sorgfältig gearbeitet haben und mit nichts wieder gegangen sind. Wir tun die ganze Zeit über so, als führten unsere Ermittlungen nirgends hin und als seien wir mit unserer Weisheit am Ende. Falls wir einen möglichen Verdächtigen finden, soll er glauben, wir hätten ihn übersehen. Wenn dieser Kerl so gut ist, wie wir annehmen, werden wir nicht genug finden, um ihn heute schon dingfest zu machen, und wir wollen ihn nicht verscheuchen.«

»Keine Sorge, Harri, jetzt haben wir ihn.«

Harri korrigierte ihn. »Nein, Steve, wir haben ihn nicht, bis er für seine Vergehen sitzt. Dann, und erst dann, haben wir ihn.«

12

Harri brauchte kaum zwanzig Minuten, um die Zweigstellenleiterin zur Kooperation zu bewegen. Es bestand keine Notwendigkeit, ihr mit einem Durchsuchungsbefehl zu drohen oder anzudeuten, dass sie die Aufklärung eines schweren Verbrechens behinderte. Sie hatten einfach über die Taten gesprochen und über die Entdeckung, die die drei in ihr Büro geführt hatte. Harri hatte sorgfältig die rechtlichen Einzelheiten und die Verantwortlichkeiten der Filialleiterin erläutert. Entsetzt, dass einer ihrer männlichen Angestellten mit dem Fall zu tun haben könnte, gewährte sie den Beamten Einblick in ihr Büro und ihre Unterlagen.

Als sie mehrere Stunden später zurückfuhren, tauschten sie ihre Erkenntnisse aus. »Ich glaube, wir haben zwei gute Kandidaten«, sagte Steve, der versuchte, seine Notizen zu entziffern. »Der erste ist ein Typ, den Ashley gefunden hat, als junger Mann vorbestraft wegen Körperverletzung.«

»Aber jetzt ist er Ende vierzig.« Ashley war skeptisch.

»Hey, Harri und ich haben uns den Kerl angesehen. Er sieht toll aus und seine Statur passt auf die allgemeine Beschreibung. Wir haben keine Ahnung, wie alt diese Drecksau ist.«

»Du hast Recht, und ich versuche auch, mich nicht zu früh festzulegen, also habe ich den Bericht über die Körperverletzung von der zuständigen Dienststelle angefordert. Den haben sie aber im Archiv, und es wird ein paar Tage dauern, bis sie ihn ausgegraben und uns geschickt haben. Außerdem hab ich die Bundespersonalverwaltung angerufen und schließlich jemanden dazu gebracht, mir seine Blutgruppe zu sagen. Sie stimmt überein.«

Harri fuhr sie an: »Du hast was?«

Ashley, die ein Lob erwartet hatte, war sprachlos. Steve sprang ihr schnell zur Seite.

»Wir hätten das wohl besprechen sollen, aber solche Informationen müssen durch eine Vorladung oder einen Durchsuchungsbefehl eingeholt werden. Sie unterliegen dem Datenschutz.«

»Wie meinst du das? Du hast in der Zweigstelle doch auch ihre Unterlagen durchgesehen.«

»Aber nicht die Personalunterlagen. Wir hätten die Blutgruppen auch daraus entnehmen können.« Harris Ton war immer noch barsch.

»Sachte, Harri. Sie hat einen Fehler gemacht, den viele Cops gemacht hätten.« Steve schlüpfte wieder in die Rolle des Lehrers. »Ashley, der Unterschied ist, dass ich nur die Verwaltungsunterlagen angeschaut habe, die nicht vertraulich behandelt werden müssen. Bei Blutuntersuchungen oder -gruppen ist der Fall anders gelagert. Um sicherzugehen lautet die Regel: Besorg immer einen Gerichtsbeschluss.«

Ashley versuchte angestrengt sich zu verteidigen. »Ich brauche keinen Gerichtsbeschluss, um einem Straftäter Blut abzunehmen. Hier geht es um ein schweres Verbrechen, und ich habe niemanden gezwungen, mir die Information zu geben.«

»Der Unterschied ist, wenn du jemanden festgenommen hast, gibt es einen hinreichenden Tatverdacht, wenn du weißt, was das ist.« Harris Sarkasmus war beißend. »In unserem Fall gibt es nichts, worauf sich der Verdacht gegen irgendeinen der Angestellten gründen könnte, also auch keinen hinreichenden Tatverdacht«, schnauzte sie. »Wir wissen nicht, ob nur die Mitarbeiter dieser Zweigstelle Einblick in die Unterlagen der kalifornischen Kreditnehmer haben. Die Akten könnten zur Bearbeitung auch noch an andere Stellen gehen. Wir haben nichts Handfestes, das es uns erlauben würde, tiefer ins Privatleben eines dieser Typen einzudringen. Verdammt, Ashley, du spielst nicht mehr Räuber und Gendarm. Du musst deinen Kopf einschalten, bevor du handelst.«

Ashley konnte kaum an sich halten. »Wir *wissen,* dass es einer von diesen Kerlen ist.«

»Hört mal«, sagte Steve. »Was passiert ist, ist passiert. Wenn es später in einem Ausschlussantrag wieder aufkommt, können wir uns immer noch damit befassen. Die Blutgruppe ist weit verbreitet und an diesem Punkt der Ermittlung nicht entscheidend. Ich glaube nicht, dass das Ganze unserem Fall auf lange Sicht schaden wird.« Harri schwieg und er fuhr fort: »Also, der andere Typ war an zwanzig Prozent der Tage um die Angriffe herum krank gemeldet und an einem im Urlaub. Außerdem liegt die Zweigstelle zentral.

Zur Not hätte er an einem einzigen Tag jede der beiden Städte erreichen, dort zuschlagen und rechtzeitig zurückfahren können, um am nächsten Tag wieder bei der Arbeit zu sein.«

Ashley ergänzte: »Gegen den lag noch nie etwas vor, nicht mal eine Strafe wegen zu schnellen Fahrens. Aber seine Blutgruppe stimmt auch.«

»Bei Serientätern ist es nicht ungewöhnlich, dass sie vorher nie aufgefallen sind. Sie vermeiden jeglichen Kontakt mit der Polizei. Ihr Überleben hängt davon ab.« Harri war offenbar bemüht, sich abzuregen.

Steve warf ein: »Okay, Leute, es reicht. Konzentrieren wir uns auf das, was wir als Nächstes tun wollen. Wollen wir die Kollegen vor Ort einweihen und die beiden Typen überwachen lassen, während wir andere Möglichkeiten ausschließen?«

»Was meinst du«, fragte Harri an Steve gewandt, »glauben jetzt alle dort, dass unsere Aktion völlige Zeitverschwendung war?«

»Ich finde, in der Rolle der dämlichen Sportskanone bin ich super – spart euch eure Kommentare!« Steve hob in einer scherzhaften Drohgebärde die Faust. »Aber wie dem auch sei, ich würde mich besser fühlen, wenn jemand die beiden beobachtete. Ich könnte mir nie mehr in die Augen sehen, wenn es einen weiteren Angriff gäbe und wir aus Angst, uns zu verraten, die Chance nicht genutzt hätten.«

»Ich bin ganz deiner Ansicht. Unsere erste Pflicht ist es zu beschützen, selbst wenn es bedeuten sollte, dass wir unseren Fall ruinieren.« Ashley sah erleichtert aus.

»Mich müsst ihr nicht überzeugen«, sagte Harri. »Selbst auf die Gefahr hin, dass wir unseren Verdächtigen aufscheuchen, wenn wir erst die richtige Person gefunden haben, wird alles bald zusammenpassen. Außerdem sind die örtlichen Kommissare gut, ich glaube nicht, dass sie das Ganze auffliegen lassen.« Sie holte tief Luft. »Wir sind nah dran. Wir haben morgen tonnenweise Arbeit, aber wenn wir uns gleich früh ans Telefon hängen, haben wir unseren Mann vielleicht am Ende des Tages. Wir werden alle Hintertüren benutzen müssen, um Aufenthaltsorte während der Angriffe zu ermitteln und Alibis zu überprüfen. Was wir auf keinen Fall wollen, ist, dass der Kerl abhaut. Er würde bloß für ein paar Jahre verschwinden und dann irgendwo tausend Meilen entfernt wieder auftauchen und von vorn anfangen. Dieser Kerl darf uns nicht durch die Lappen gehen, weil wir zu *ungeduldig* waren.«

Ashley wusste, dass die Betonung auf sie gemünzt war.

Im Hotel angekommen, bewachte Steve Ashleys Gepäck, während sie zum Einchecken ging, und auch Harri blieb noch, um sich von ihren Partnern zu verabschieden. Kurze Zeit später stürmte Ashley auf sie zu.

»Ich weiß nicht, wer das verbockt hat, aber sie haben keine Reservierung für mich. Sie faseln irgendeinen Scheiß von wegen Touri-Hochsaison und irgendeiner Tagung, deshalb haben sie kein einziges Zimmer mehr frei. Sie haben ein paar andere Hotels angerufen, aber es ist überall das Gleiche.«

Mit jungenhaftem Grinsen bot Steve an: »Du kannst in meinem Bett schlafen«, und erntete von zwei Seiten Rippenstöße.

Harri wusste, sie würde Ashley einen Schlafplatz anbieten müssen. Eigentlich war sie nicht scharf darauf. So lange schon hatte niemand mehr bei ihr übernachtet.

»Du kannst mit zu mir kommen. Ich habe zwei Schlafzimmer und viel Platz.« Die Worte kamen ungezwungen heraus, obwohl Harris Magen ein einziger Knoten war.

Harri wies in Richtung ihres Wohnzimmers. »Mach's dir gemütlich. Ich hol mir was Kaltes zu trinken, willst du auch was?«

»Gern, dasselbe wie du.«

»Preiselbeer- mit rosa Grapefruitsaft.«

»Klingt prima.«

Als Harri in die Küche verschwand, trat Ashley mit zwei Schritten ins Wohnzimmer und in Harris Leben.

Das Zimmer war eine Kombination aus Schwarz, Weiß und Grau, ernst, aber nicht deprimierend. Ashley spürte, wie sie sich in dem weiten Raum mit den großen Fenstern entspannte. An einer Seite lud ein Erker mit herrlicher Aussicht zum Sitzen ein. Die gegenüberliegende Wand wurde vollkommen von einer Schwarzweißfotografie beherrscht. Ashley drehte die Deckenbeleuchtung höher, um besser sehen zu können.

In seiner Trostlosigkeit und seinem Schmutz konnte das Foto in jeder Hintergasse in Amerika aufgenommen sein. Eine schwarze Frau mittleren Alters, deren Haar erste graue Strähnen zeigte, saß an eine kalte graue Mauer gelehnt. Sie trug einen zerbeulten Hut und einen schweren, zerrissenen Mantel. In ihren Augen lagen Wut und Schmerz, aber auch Mut und Weisheit. Über ihre Wange lief eine Träne. Ihre Arme hatte sie um zwei kleine Mädchen gelegt, die sich in ihrer Angst vor dem, was der nächste Tag bringen würde, eng an sie schmiegten. Dies war nicht der Traum, den man ihnen versprochen hatte. Unter dem Foto war ein Text.

Es beginnt mit einer alten schwarzen Frau,
sie kann nirgends hin, keine Hilfe in Sicht.
Ihre Kinder sind hungrig und frieren,
die Frau weint – sie will nicht mehr mutig sein.

Sie ist so stark, viel stärker als es scheint.
Ich kann ihr nicht helfen, es zerreißt mir das Herz.
Ihr werde ich künftig meine Arbeit widmen.
Ich vergieße meine Tränen als Tribut für den Traum
dieser wunderbaren Frau.

Ich will jede Gelegenheit ergreifen, um die Zukunft
ein klein bisschen besser zu machen.
Doch es wird dauern, muss noch so viel lernen.
Aber ich werde das Leben, und sei es nur weniger, verändern.

Elizabeth Mendoza

Das Telefon klingelte und Ashley schrak hoch. Sie ging zum Kaminsims, auf dem sich Bücher drängten: *Von Mäusen und Menschen*, *Don Quijote* und der Gedichtband *Ich weiß, warum der gefangene Vogel singt.* Ashley nahm eins herunter und hielt es ehrfürchtig in der Hand. Das Cover war ausgeblichen und der Buchrücken rissig. Als sie es aufschlug, knackten die alten Seiten. Sie waren vergilbt und spröde. Ashley hatte das Gefühl, ein Stück Geschichte in den Händen zu halten. Diese Bücher waren bestimmt Erstausgaben.

Sie war neugierig auf mehr und rief Harri zu, sie würde sich den ersten Stock ansehen. Harri, die noch telefonierte, antwortete nicht, was Ashley frech als Erlaubnis interpretierte.

Im Treppenaufgang zogen sie drei Fotos in ihren Bann. Jedes von ihnen zeigte einen Teil der Schlange vor der Suppenküche für Obdachlose, die sich die Treppe hinauf erstreckte, doch nie an der Essensausgabe anlangte. Einfach nur Menschen jeden Alters und aller Rassen, die auf ihre kleine Ration warteten. Sie würden nie wirklich ans Ziel ihrer Träume gelangen, nicht mal der ganz kleinen.

Harris Zimmer hatte den gleichen Ausblick wie das Wohnzimmer. Im Unterschied zum restlichen Haus war es bunt, hell und fröhlich. Überall frische Blumen, und auf dem Gemälde über dem Bett spielten Kinder. Lächeln, Lachen und die Freiheit zu träumen. Harri lebte auch mit Hoffnung.

Ashley ging quer durchs Zimmer zum Fenster und zur Balkontür. Auf einem Schränkchen an der Wand entdeckte sie das Foto einer Frau und eines kleinen Mädchens, beide mit einem bezaubernden Lächeln. Ein Teil von Harris Vergangenheit, nahm Ashley an, und ein Teil ihres Kummers. Sie fühlte sich wie ein Eindringling und wandte sich zum Gehen. In der Tür stand Harri.

»Ich habe in meinem Leben reichlich Fehler gemacht, aber die beiden gehen zu lassen war der größte.«

Ashley spürte ein leichtes Stechen der Eifersucht auf diese Frau, der Harris Herz immer noch gehörte. Sie wechselte das Thema. »Deine Bilder sind toll. So aussagekräftig.«

»Sie erinnern mich an meine Ziele und an mein eigenes Glück.« Harri reichte Ashley ihren Saft, drehte sich um und ging davon. Heute Abend würde sich Ashley ihr nicht weiter nähern.

Das Gespräch mit Margo war nicht gut gelaufen. Sie wollte nicht, dass Ashley bei Harri übernachtete, und war nicht davon zu überzeugen, dass es unvermeidbar gewesen war. Ashley fühlte sich in die Defensive gedrängt und schnitt ihr das Wort ab, indem sie auflegte. Sie setzte sich in den Erker zu Harri, die in die Nacht hinausblickte.

»Deine Freundin ist wohl nicht gerade erfreut über dieses Arrangement.«

»Sie versteht es nicht.«

»Klingt, als fühlte sie sich deiner nicht sicher.«

»Hör mal, ich liebe sie«, schnauzte Ashley. »Das sage ich ihr ständig. Was will sie denn noch?«

Harri stand auf. »Vielleicht will sie mehr als Worte. Vielleicht will sie deine Liebe *spüren.*«

Harri war fort, ehe Ashley antworten konnte.

13

Den nächsten Morgen verbrachten die drei Ermittler damit, sich zu vergewissern, dass es keine weiteren Verdächtigen mit Zugang zu den entscheidenden Informationen gab. Nachdem sie alle anderen Möglichkeiten ausgeschlossen hatten, konzentrierten sie sich auf die zwei, die sie hatten. Glücklicherweise arbeiteten die beiden Männer für ein staatliches Unternehmen, sodass viele der Geschäftsunterlagen der Öffentlichkeit zugänglich waren. Im Bewusstsein, dass sich später ein Gericht mit der Sache befassen würde, hatten sie mit der Bezirksstaatsanwältin gesprochen, bevor sie das Leben der Verdächtigen eingehender untersuchten.

Nach mehreren Stunden legte Steve den Telefonhörer auf, lehnte sich zurück, hob seine gewaltigen Arme und verschränkte die Hände hinter dem Kopf. Er sah selbstzufrieden aus. »Ich hab ihn.«

»Ach, Steve, was soll das?« Ashley wurde allmählich müde. »Ich bin nicht in der Stimmung für Spielchen. Ich hänge schon den ganzen Tag an diesem verdammten Telefon und meine Geschichte wird dabei schlechter und schlechter.«

»Tja, meine wird besser und besser. Die ganze Fleißarbeit hat sich gelohnt, Mädel. Ich habe jede Hintertür benutzt, damit der Bastard keinen Wind von der Sache bekommt, und jetzt hab ich ihn.« Steve saß immer noch lässig da, aber sein Ton wurde drängend. »Ich hab endlich seine Reiseroute für die letzten acht Monate zusammen. Dieser Bastard war bei jedem Angriff geschäftlich in der Gegend. Er arbeitet mit den verschiedenen Colleges zusammen und ist ständig unterwegs. Er ist vielleicht alt, Ashley, aber er ist gerissen. Und trotzdem haben wir ihn jetzt.«

Ashley hatte ihren eigenen Verdächtigen gestrichen, nachdem sie sein Alibi für mehrere Angriffe überprüft hatte. Jetzt kribbelte ihr Magen von einem Adrenalinstoß, wie sie ihn seit ihrem Weggang vom Streifendienst nicht mehr gespürt hatte. Sie wusste, dass Steve dasselbe fühlte. Es war ihr Cop-Instinkt, dieser sechste Sinn.

»Sein Reiseplan wird uns zugefaxt, und es kommt noch besser. Übermorgen ist er bei uns in der Stadt. Ich glaube, das Blatt wendet sich zu unseren Gunsten.«

In diesem Moment platzte Harri ins Büro. »Idioten! Ich verstehe diese Form von Management nicht. Die würden doch ein sinnvolles Vorgehen nicht mal erkennen, wenn man es ihnen um ihre Scheiß-Ohren haut.« Sie war sicher, dass die Anspannung ihre Muskeln von ihren Knochen reißen würde. Fluchend lief sie im Büro auf und ab, bis Steve ihr seine imposante Gestalt in den Weg stellte.

»Harri, rede mit uns. Was haben sie gesagt?«

»Sie haben gesagt, unser Team sei nicht effizient genug. Sie glauben, wir hätten jetzt ausreichend Gelegenheit gehabt zusammenzuarbeiten und dass das die Ermittlung offenbar nicht voranbringt. Sie behaupten, es macht sie nur zu einer der teuersten Ermittlungen der letzten zehn Jahre. Als ich darauf hinwies, dass wir ein paar Verdächtige haben, meinten sie: ›Prima, dann kann jetzt ja jemand anders die Fälle übernehmen und die weiteren Schritte einleiten.‹ Sie wollen uns auseinander reißen, mich wieder ins Morddezernat stecken und euch beide zurück auf euer Revier verfrachten.«

Steve ließ sich auf seinen Stuhl fallen.

»Das können sie doch nicht tun«, sagte Ashley flehend. »Harri, du musst noch mal hingehen. Wir wissen, wer es ist. Steves Typ war bei jedem Angriff in der Gegend. Wir sind so nah dran! Du darfst ihnen das nicht durchgehen lassen.«

Harri blieb wie angewurzelt stehen. »Steve, haben wir den Kerl wirklich festgenagelt?«

»Es sieht gut aus, Harri. Wir sind nah dran.«

»Scheiße, ich kann nicht fassen, dass sie so blöde sind, aber ich glaube nicht, dass ich noch irgendwas ausrichten kann. Es geht ihnen nur darum, wie viel verdammtes Geld es kostet. Ich habe es schon mit jedem Argument versucht, aber sie sind nicht umzustimmen.«

Niemand sagte ein Wort. Eine Weile später lächelte Steve plötzlich, lehnte sich auf seinem Stuhl zurück und nahm erneut seine großspurige, selbstzufriedene Haltung ein. »Ihr beide überrascht mich, besonders du, Harri.«

Harri starrte ihn aus ihrer Ecke heraus wütend an und fragte sich, worauf er hinauswollte.

Steve fuhr fort: »Du selbst hast mich über die Stärke eurer Szene belehrt, und jetzt schlägst du die Schlacht allein, statt das ganze Potenzial zu nutzen.« Er zog einen Stapel Visitenkarten hervor, die er auf dem Treffen eingesammelt hatte.

Harri sah zu, wie er sich an die Arbeit machte. Seine Worte, die Worte, die sie so oft gesagt hatte, kamen ihr fremd vor. Sie hätte sich ohrfeigen können dafür, dass sie an das Offensichtliche nicht gedacht hatte, an diese entscheidende Verbindung, die sie selbst so oft genutzt und diesmal übersehen hatte. Diesmal war es an ihr, sich beschämt zu fühlen.

Nach etwa dreißig Minuten legte Steve den Telefonhörer auf und warf Ashley und Harri ein boshaftes Grinsen zu. »Nach diesen drei Anrufen sollte die Angelegenheit bereinigt sein. Wo ist das Büro deines Captains? Ich will nichts verpassen.«

Harri führte ihn durchs Revier zum Eckbüro. Die Sekretärin hing bereits am Telefon, nahm Nachrichten entgegen und legte Anrufer in die Warteschleife. Leuchtsignale zeigten an, dass jede externe Leitung besetzt war. Durch die offene Tür hörten sie die Beteuerungen des Captains, die Polizei habe nicht die Absicht, bei der Aufklärung dieser fürchterlichen Serienvergewaltigungen auch nur einen Deut nachzulassen, und werde ganz sicher alles tun, um den Täter zu fassen.

Steve wandte sich Harri und Ashley zu. »Eure Szene ist nicht nur stark, sondern auch gut vernetzt. Ich würde zu gern die Namen in diesem Stapel Telefonnotizen sehen und hören, mit wem er gerade spricht. Jedenfalls sollte das unser kleines Managementproblem lösen. Jetzt können wir wieder daran arbeiten, dieses Arschloch zu kriegen.«

Ihre Arbeit dauerte bis in den Abend. Keinem von ihnen schien es etwas auszumachen. Sie gingen alles noch einmal von Anfang an durch, in der Hoffnung, dem Kerl auf die Spur zu kommen. Er musste mit jedem Opfer irgendeinen persönlichen Kontakt gehabt haben, genug zumindest, um die Frauen als Lesben zu identifizieren.

Harri würde am nächsten Tag anfangen, die Opfer in der Bay Area zu befragen. Ashley würde am frühen Morgen nach Hause fliegen und mit den Frauen in ihrem Gerichtsbezirk sprechen. Steve würde dem Verdächtigen am Nachmittag folgen, wenn er die Kreditanstalt verließ. Sie konnten nicht sicher sein, dass er in sein Hotel eincheckte, bevor er etwas Verdächtiges oder Illegales tat. Steve musste da sein, wenn es geschah. Harri hatte darauf bestanden, die kalifornische Highway-Patrouille zu benachrichtigen, und dort hatte man großzügig angeboten, Steve bei seiner mobilen Überwachung zu unterstützen, wenn der Verdächtige den Staat durchquerte.

Steve rief sein Revier an und ließ die Überwachung von Palo Verde Avenue 113 durch zwei weitere Beamte aufstocken. Was immer dieser Arsch versuchen würde, sie wären vorbereitet.

Harri meinte, ein so langer Tag könnte Steve zu viel werden. Doch er flehte fast: »Harri, das ist unser Mann, ich weiß es, und ich weiß, er wird kurz nach seiner Ankunft aktiv werden. Ich will dort sein, wenn er etwas unternimmt. Gib mir so viel Verstärkung, wie du willst, aber ich werde ihm persönlich auf den Fersen sein.«

Ashley schmollte. »Ich weiß, dass meine Aufgabe wichtig ist, aber ich will dabei sein, wenn die Handschellen zuschnappen.«

»Das wissen wir, aber wenn wir ihn wegen einer verdammten Ordnungswidrigkeit wie Spannen drankriegen, werden wir mehr Beweise gegen ihn brauchen. Wir müssen unbedingt wissen, was es ist, das die Opfer gemeinsam haben.« Steve wusste, dass Ashley es gewöhnt war, die Handschellen anzulegen. Jetzt würde sie sich daran gewöhnen müssen, die ganze Arbeit zu machen, damit jemand anders die Festnahme durchführen konnte.

Harri hatte den langen Tag damit beendet, eine Liste mit Fragen für jede Frau zu erstellen. Außerdem hatte sie mit dem örtlichen FBI und der Zweigstellenleiterin der Kreditanstalt abgesprochen, dass sie einen kleinen elektronischen Sender in die Unterlagen des Verdächtigen schmuggeln würden. So könnte Steve ihm folgen, ohne Sichtkontakt halten zu müssen. Mit den Kollegen von der

Highway-Patrouille und dem Sender war Harri zuversichtlich, dass sie ihn weder vorwarnen noch aus den Augen verlieren würden.

»Ich bin am Verhungern. Wann essen wir was?« Ashley verstaute die Berichte in ihrer Aktentasche.

Steve war schon fast aus der Tür. »Ich weiß nicht, was mit euch ist, Ladys, aber ich hab ein Date, und sie darf das Restaurant aussuchen.«

Steve sah sie nicht mal kommen. Mit zwei Riesensätzen war Ashley an der Tür und warf sich auf ihn. Ehe er sich versah, hatte sie ihn in festem Polizeigriff.

Harri lachte, als Ashley Steve zurück ins Büro schleifte und die Tür schloss. »Glaubst du, wir lassen dich einfach so gehen? Wir wollen die Story.«

»Welche Story? Ich bin verabredet, das ist alles.«

»Wann hattest du Zeit, hier oben jemanden kennen zu lernen?«, hakte Harri sofort nach.

»Steve hat ein Date. Steve hat ein Date.« Ashley mimte überzeugend eine Jugendliche.

»Ich hab sie gestern Morgen kennen gelernt, als ich zu Cassey Dillons Büro gefahren bin, um mit ihr über den Fall zu sprechen.«

Harri sah überrascht drein. »*Die* Cassey Dillon? Was hast du in ihrem Büro gemacht?«

»Hab ich doch schon gesagt. Sie wollte was über den Fall hören. Sie findet, sie sollte sich outen und mit ihrem Einfluss und etwas politischem Druck zu unserer Ermittlung beitragen.«

»Sich outen? Ich hatte keine Ahnung. Wow, ich meine, ich hatte manchmal meine Zweifel, aber sie lebt so zurückgezogen.« Harri war konsterniert.

»Jedenfalls war sie die Erste, die ich heute angerufen habe, und wahrscheinlich hat dein Captain mit ihr gesprochen, während wir diskret gelauscht haben. Ich glaube nicht, dass sie ihr Privatleben noch lange verheimlichen kann. Aber sie war bereit, für sich und ihresgleichen Position zu beziehen. Ich kann euch sagen, sie ist eine dynamische Frau.«

Ashley unterbrach: »Aber du hast nicht mit ihr ein Date.«

»Nein, mit ihrer Sekretärin. Während ich gewartet habe, haben wir über den Fall gesprochen. Sie hat richtig Angst um viele ihrer Freundinnen und ist wegen Cassey besorgt. Sie ist eine extrem intelligente Frau und wir haben nach meiner Besprechung einen Kaffee zusammen getrunken. Sie war beeindruckt, wie einfühlsam ich bin.«

In dem Lachen der beiden Frauen schwang Sarkasmus mit. »Oh ja, deine Einfühlsamkeit hat mich auch sofort fasziniert.« Harri schüttelte ungläubig den Kopf.

»Schätze, ich bin einfach ein neuer Mann.«

Das Lächeln schwand von Harris Gesicht. »Ach, wirklich? Wenn deine Kumpel vom Revier das nächste Mal ihre groben Witze reißen, wirst du sie also zurechtweisen und ihnen sagen, sie können sich ihre Sprüche sonst wohin stecken?«

Stille überflutete das Zimmer wie eine plötzliche Welle Realismus. Alle drei Ermittler kannten die Antwort auf Harris Frage. Steve musste an jenen Abend im Kraftraum denken und konnte seinen Partnerinnen nicht in die Augen schauen.

Ashley brach das angespannte Schweigen. »Wir verstehen das, Steve. Es ist nicht leicht, anders zu sein. Noch schwerer ist es, anderen ihre Vorurteile auszutreiben. Wir wissen, dass es dir nicht gleichgültig ist, und das reicht.«

Harri sagte nichts. Sie hatte Menschen so satt, die ihre persönlichen Überzeugungen ständig ihrer Umgebung anpassten. Wie sollte man Vorurteile effektiv bekämpfen, wenn Menschen nicht mal in der Lage waren, sich ihre eigenen Urteile und Meinungen zu bilden und dabei zu bleiben, egal, in wessen Gesellschaft sie sich gerade befanden?

»Du warst ein bisschen hart mit Steve. Er bemüht sich wirklich.« Ashley hatte gewartet, bis sie sich an einem Tisch niedergelassen hatten, ehe sie das Thema zur Sprache brachte.

Harri sah sie an. Ihr ausdrucksloses Gesicht verursachte Ashley Unbehagen. Schließlich antwortete sie: »Du hast Recht, ich bin nur manchmal so frustriert. Steve ist klasse gewesen, wie es viele Leute sind, wenn sie sich mal mit den Menschen befassen, die sie allein aufgrund ihrer Hautfarbe oder so was zu hassen glaubten. Aber ich hab diese kleinen Schritte so satt. Ich will, dass Hunderte Menschen verstehen lernen, nicht nur Steve.«

»Besser kleine Schritte als gar keine.«

»Ah, solche Weisheit von einer jungen Frau.« Harri neigte in gespielter Ehrfurcht den Kopf und lächelte Ashley unter ihren Ponyfransen hervor an.

»Okay, Ms. Beharrlichkeit, sag mir eins. Wo du doch die Weisheit für dich gepachtet hast, warum bist du immer noch Mordkommissarin und nicht Captain, obwohl du es, den Gerüchten zufolge, sein könntest?«

»Hm, du wirst ganz schön persönlich. Vielleicht habe ich einfach nicht die Fähigkeiten, die man für eine Führungsposition braucht.«

»Schwachsinn!«

Harri setzte sich auf ihrem Stuhl zurecht, legte den Kopf schief, schürzte die Lippen und verengte die Augen zu Schlitzen. Zum Teufel, dachte sie, sag dieser Frau, was sie wissen will. Zum ersten Mal seit langem hast du so etwas wie eine Freundin.

»Ich bin vom FBI weggegangen, weil man dort alles andere als einverstanden damit war, mit wem ich ins Bett ging, und ich hatte es satt, mein wahres Ich ständig zu verstecken. Also beschloss ich, in ein Großstadtrevier zu wechseln, wo man mich akzeptieren würde, wie ich bin, und wo ich mich durch die Ränge nach oben arbeiten könnte. Ich hatte die entsprechende Ausbildung und alle sagten mir, ich hätte das nötige Talent, und so landete ich hier mit dem Plan, schnell Karriere zu machen. Ich musste ganz unten anfangen, auf der Straße, aber ich wusste, es wäre nicht für lange. Allerdings hatte ich vorher nie im Streifendienst gearbeitet und sollte eine Überraschung erleben.«

Ashley war ganz Ohr. Jetzt, wo Harri bereit war, etwas von sich preiszugeben, wollte sie nichts verpassen.

»Ich habe mich in den Job der Streifenpolizistin verliebt. Der intensive Kontakt mit Menschen, positiv wie negativ. Das findest du sonst in keinem Beruf und keiner Stellung. Die Leute in meinem Bezirk waren mir wichtig, und die Polizeiarbeit bekam für mich eine ganz neue Relevanz. Auf Tuchfühlung mit den Menschen und der wirklichen Welt, das machte die Arbeit erstrebenswert. Ich bin nie dazu gekommen, mich um eine Beförderung zu bemühen. Ich gehöre auf die Straße.«

Ashley merkte, dass Harri ihr nicht mehr in die Augen sehen mochte. Gedankenverloren starrte sie auf ihr Weinglas. Ashley dachte an die Bilder in Harris Haus. »Ich hab auch gehört, dass es eine Geschichte zu deinem Spitznamen gibt. Verrätst du sie mir?«

»Es ist keine lustige Geschichte, ich spreche nicht gern darüber.« Die Mauern um Elizabeth Mendoza fuhren krachend nach oben. Ashley war ihr wieder einmal zu nahe getreten, doch die Distanz zwischen ihnen verringerte sich zusehends.

Während des Essens fasste sich Ashley ein Herz. »Ich muss dir was gestehen«, sagte sie und wartete Harris Antwort nicht ab. »Seit ich dich zum ersten Mal gesehen habe, grüble ich über deinen ethnischen Hintergrund, und jetzt geb ich's auf und frage dich direkt.«

»In der Hinsicht hat man mir schon alles nachgesagt, also bin ich, was immer du willst.«

Ashley war klar, dass Harri sie aufzog. »Ich möchte gern deine Freundin sein«, fuhr sie unbeirrt fort und brachte Harri zum Erröten. »Sprich mit mir. Ich werde nicht locker lassen, und du rennst nicht mehr weg. Einverstanden?«

Harri dachte an all diejenigen, die während der letzten beiden Jahre versucht hatten, sich mit ihr anzufreunden. Sie sah in Ashleys Augen, smaragdgrün und durchscheinend wie der Kamm einer Welle im Sonnenlicht. Das Meer hatte Harri schon immer beruhigt. Es war Zeit, wieder zu vertrauen.

»Ich bin halb schwarz und halb mexikanisch. Meine Eltern haben sich 1952 kennen gelernt, als meine Mutter am College war. Mein Dad arbeitete in einer Apotheke vor Ort. Den Job hatte er nur bekommen, weil er eher europäisch als mexikanisch aussah. Die Familie meiner Mutter bekam einen Anfall, als sie herausfanden, dass sie mit ihm verlobt war. Sie hatten so hart gearbeitet, um ihr allen Komfort der Kindheit in einer Mittelschichtsfamilie zu bieten und ihr zu erleichtern, sich in die weiße Kultur einzufügen. Dass sie das alles für einen ›Bohnenfresser‹ wegwerfen wollte, machte sie rasend. Aber weder die Drohungen noch die Verbannung aus der Familie konnten meine Eltern auseinander reißen. Sie haben uns beigebracht, dass es nicht darum geht, *was* du bist, sondern *wer* du bist. Wenn du mit dem, was du bist und was du zu bieten hast, im Reinen bist, geht dir der Rest der Welt am Arsch vorbei.«

»Klingt, als wären sie nette Menschen.«

»Die besten. Sie haben mich immer unterstützt, egal was war. Ich habe Glück, in meiner Familie halten wir wirklich alle zusammen.«

Tränen stiegen Ashley in die Augen. Harri fragte sich, wie sie ohne die Liebe ihrer Familie leben konnte.

»Hast du deine Mutter je wiedergesehen, seit du zu Hause ausgezogen bist?«

Ashleys ganzer Körper spannte sich an in dem Bemühen, die Tränen zurückzuhalten. Sie griff nach dem Anhänger an ihrer Kette. Sie wollte darüber reden, aber nicht hier, wo alle ihren Schmerz sehen konnten.

»Können wir gehen?«

»Natürlich.«

Sie verließen das Restaurant und spazierten in Richtung Bucht. Ashley spielte immer noch mit ihrem Kettenanhänger.

»Was hat es mit deinem Anhänger auf sich?« Harri kannte die Doppelaxt, das alte griechische Symbol für Amazonen. Es stand für die Macht und Stärke von Frauen, wenn sie in der Schlacht zusammenstanden, doch für Ashley schien es eine ganz persönliche Bedeutung zu haben.

»Meine Mutter hat ihn mir mal geschenkt, als Symbol für unsere eigene Stärke, obwohl wir ganz allein waren.« Sie hielt einen Moment inne. »Ich bin nie zurückgegangen. Ich meide sogar das ganze Stadtviertel. Ich könnte die Verletzung und die Ablehnung kein zweites Mal ertragen. Aber ich denke dauernd an sie. Auf der Arbeit prüfe ich ständig im Computer, dass ihr bloß nichts passiert ist.«

»Woher weißt du, dass es dich verletzen würde?«

»Wenn sie mich wieder in ihrem Leben haben wollte, würde sie zu mir kommen.«

Harri blieb stehen. Ashley wandte sich zu ihr um.

»Wie sollte sie dich finden?«, fragte Harri. »Weiß sie, dass du Polizistin bist? Stehst du im Telefonbuch? Oder meinst du, weil sie eine Mutter ist, kann sie deine Schwingungen aufspüren?«

Tränen rannen Ashleys Wangen hinunter. »Verdammt noch mal, Harri!«, schnauzte sie. »Nach meinen Festnahmen waren mein Foto und mein Name Dutzende Male in der Zeitung. Sie liest Zeitung. Sie *könnte* mich finden, wenn sie wollte.«

Harri fühlte sich schrecklich. Sie legte einen Arm um Ashley und zog sie an sich. »Es tut mir Leid. Aber falls es ein Trost für dich ist, meine Eltern werden dich adoptieren. Sie adoptieren alle meine Freundinnen. Allerdings bedeutet das, dass meine Mutter jede Woche anruft.«

Ashley lachte in Harris Armen, als sie den Sinn ihrer Worte begriff. Sie fühlte sich geborgen und froh. Harri war ihre Freundin.

Sie gingen weiter und Harri wechselte das Thema.

»Wie stellst du dir die Zukunft vor, mit dir und Margo?«

Ashley warf ihren Kopf zurück und die Arme in die Luft. »Verdammt, Mendoza, du verstehst es wirklich, die richtigen Themen anzuschneiden.«

»Hey, ich versuche nur, deine Freundin zu sein.« Harri grinste.

»Ich weiß nicht, wie ich mir die Zukunft vorstelle. Von Tag zu Tag mit ihr zu leben lief prima, bis du daherkamst.«

Harri sah Ashley fragend an.

»Sie glaubt, ich steh auf dich, Ms. Beharrlichkeit.«

»Du meinst, das tust du nicht?« Harri versuchte, geknickt auszusehen.

»Sehr witzig. Aber das musste ich tatsächlich erst feststellen, um zu kapieren, dass ich Margo wirklich liebe. Aber mit diesem Beziehungs-Festigungs-Kram komm ich trotzdem nicht klar.«

»Vielleicht hast du Angst davor, noch eine Person zu verlieren, die du liebst. Solange du überzeugt bist, dass euch nichts Besonderes verbindet, riskierst du nichts.«

Sie sprachen darüber, wie Liebe sich anfühlt und woran man erkennt, dass es Zeit ist, sich lebenslange Treue zu versprechen. Sie sprachen über Margo und darüber, wie sehr Ashley sie liebte. Sie sprachen darüber, was Ashley wollte und sich erträumte – und all das schloss Margo ein. Schließlich blieb Ashley stehen und starrte hinaus auf die Bucht. »Weißt du, ich liebe Margo wirklich. Du hattest Recht gestern Abend, ich muss meine Liebe mehr ausdrücken. Ich weiß nicht, wovor ich solche Angst hatte, vielleicht wirklich davor, eine weitere Person, die ich liebe, zu verlieren. Aber wenn ich mich auf meine Liebe nicht ganz und gar einlasse, verliere ich sie auf jeden Fall. Warum ist die Liebe bloß so kompliziert?«

»Weil wir sie so machen. Folge deinen Instinkten und deinem Herzen. Gott hat uns ein Hirn gegeben, um damit zu denken, nicht, um damit zu lieben.« Harri drehte sich einmal um sich selbst und schaute in alle Richtungen. »Verdammt, Mädel, dein liebe-volles Herz hat uns weit von zu Hause weggetrieben. Dreimal die Hacken zusammenschlagen wird uns wohl nicht heimbringen, oder?«

Ashley fühlte sich plötzlich von allen Zweifeln befreit. Überschäumend vor Freude packte sie Harri und umarmte sie ungestüm, dann machte sie auf dem Absatz kehrt und ging davon. Dieser Abend war perfekt. Sie hatte sich endlich die volle Tragweite ihrer Liebe zu Margo eingestanden, sie hatte es geschafft, dass Ms. Beharrlichkeit dastand und *ihr* hinterhersah, und sie war diesem Arschloch von Vergewaltiger auf der Spur.

14

Ashley kam am nächsten Tag um die Mittagszeit zurück nach Hause und ging direkt aufs Revier. Sie hatte mit mehreren Opfern Gespräche zu führen und wollte keine Zeit verlieren. Und doch gab es etwas, das sie zuerst machen musste.

Sobald sie im Büro war, rief sie im Gericht an. »Abteilung fünfzehn, bitte. Hallo Teddy, hier ist Ashley, kann ich Margo sprechen?«

»Tut mir Leid, sie bearbeitet heute nicht die Fälle. Soll ich dich nach unten stellen?«

»Ja, danke, Teddy.«

Der Polizeibericht lag aufgeschlagen auf Margos Schreibtisch. Sie lehnte sich auf ihrem Stuhl zurück und stützte das Kinn leicht auf das Radiergummi an ihrem frisch angespitzten Bleistift. Wenn jemand an ihrem Büro vorbeikäme, würde er denken, sie bearbeite einen wichtigen Fall und sei tief in Gedanken. Doch dieser Jemand würde sich irren.

Margo war wie besessen. Sie hatte eine lange Nacht allein im Dunkeln gesessen und versucht, Ashley zu erreichen, beziehungsweise darauf gewartet, von ihr zu hören. Heute Morgen hatte sie zum ersten Mal in ihrer Laufbahn einen anderen Mitarbeiter der Staatsanwaltschaft gebeten, ihre Fälle zu übernehmen. Als jetzt das Telefon klingelte, nahm sie nur widerstrebend ab.

Es gab eine lange Pause, ehe Margo sich meldete. Sie klang müde und tonlos. »Hallo, Süße, alles klar mit dir?« Ashley vermisste sie mehr als je zuvor.

»Mir geht es gut. Wo bist du?« Margo verhörte sie wie eine unkooperative Zeugin.

»Ich bin wieder da, das heißt im Büro. Komm gerade rein. Ich wollte dich überraschen.«

»Wie hast du es geschafft, dich von deiner neuen *Freundin* loszureißen?«

Margos Sarkasmus ließ Ashleys Geduldsfaden reißen. »Hey, das habe ich nicht verdient.«

»Oh, natürlich, wahrscheinlich steht sie gerade neben dir. Schließlich seid ihr *Partnerinnen.*«

»Was soll diese kindische Eifersucht?«, fuhr Ashley sie an.

»*Du* nennst *mich* kindisch? Das soll wohl ein Witz sein. *Du* bist diejenige, die Harri wie ein Teenager anschwärmt. Du sprichst nur von ihr, du denkst nur an sie. Ach, übrigens, wie war's gestern Nacht? Offenbar konnte keine von euch ans Telefon gehen.«

Das also waren die drei Anrufe auf Harris Anrufbeantworter, bei denen aufgelegt wurde.

»Margo, bitte hör auf«, bat Ashley. »Ich liebe dich, ich hab gestern den ganzen Abend nur davon gesprochen, wie wahnsinnig viel du mir bedeutest. Ich hab dich vermisst.«

Margo ging nicht darauf ein. »Ich kann so nicht weitermachen. Du willst die Freiheit, deine Zeit mit irgendwem und irgendwas zu verbringen, wie es dir gerade passt, und gleichzeitig willst du behaupten, dass du mich liebst. Ehrlich, das ist mir zu wenig.«

Ashley hatte die Nase voll. »Ich kann nicht mit dir reden. Du willst dauernd über *für immer* sprechen, aber es gibt nichts für immer, Süße, auch mich nicht.« Sie knallte den Hörer auf die Gabel, raffte ihre Fallakten zusammen und ging. Sie hatte Wichtigeres zu tun als ihre Zeit mit Margo zu verschwenden.

Später am Nachmittag, nachdem sie alle Frauen befragt hatte, stellte Ashley fest, dass sie nichts erreicht hatte. Einige ihrer Opfer hatten nie irgendwelchen Kontakt mit dem Institut für Collegekredite gehabt, und keine hatte jemanden aus der kalifornischen Zweigstelle getroffen oder gesprochen. Ashley würde Harri anrufen müssen, um zu hören, was sie inzwischen hatte. Vielleicht stellten sie die falschen Fragen. Andererseits hatte Harri inzwischen vielleicht schon alles gelöst. Auf jeden Fall würde Steve den Täter in dieser Nacht wahrscheinlich auf frischer Tat ertappen und festnehmen. Ashley konnte immer noch nicht akzeptieren, dass sie das Ende verpassen würde.

Sie beschloss, Harri am nächsten Morgen anzurufen. Heute Abend hatte sie Wichtigeres vor. Ihr alberner Streit mit Margo war ihr den ganzen Tag nicht aus dem Kopf gegangen. Als sie jetzt nach Hause fuhr, konnte sie an nichts anderes denken als an ihre Entschuldigung. Ashley war nervös, doch das hielt sie für ein gutes Zeichen. Margo war ihre große Liebe, und das sollte sie auch spüren.

Als sie in die Auffahrt bog, war Margos Wagen nicht da. Es war nach acht und Ashley wusste, dass Margo nicht mehr bei der Arbeit war. Sie war enttäuscht, aber nicht überrascht. Margo ging oft mit Kolleginnen aus, wenn sie eine unschöne Situation vermeiden wollte oder wütend war. Nachdem Ashley mitten im Gespräch aufgelegt hatte, würde sie vermutlich bis spät in die Nacht wegbleiben.

Ashley hielt sich so lange wach, wie sie konnte, und wartete, dass Margo nach Hause kam. Sie aß etwas, packte aus und schwelgte in den Gedanken, wie sie für den Rest ihres Lebens gut zu Margo sein würde. Ihr Streit hatte ihre Liebe nicht länger als eine Stunde gedämpft. Sie würden es schaffen, für immer zusammenzubleiben. Als Ashley einschlief, war sie sich ihrer Zukunft so sicher wie seit Jahren nicht mehr.

»Oh Gott, nicht schon wieder.« Harri war schweißgebadet und mit ihrem Kissen im Würgegriff aufgewacht. Jeder Muskel in ihrem Körper schmerzte. Der gleiche Traum, der Traum, der sie seit Jahren verfolgte und immer kam, wenn etwas Schreckliches geschah. Diesmal war er so echt gewesen. Irgendetwas lief entsetzlich schief, und es war ganz nah.

Sie hatte ihre Teddyunterhose an und das pinkfarbene abgeschnittene Sweatshirt, das sie immer trug, wenn sie allein schlief. Der Boden unter ihren nackten Füßen war kühl, und von der Waffe in ihrer Hand liefen Schauer durch ihren Arm. Sie hatte ein Geräusch gehört und war aufgestanden, um nachzusehen. Ihre Waffe hatte sie mehr aus Gewohnheit dabei als aus Besorgnis. Wahrscheinlich war es Margo, die endlich nach Hause kam.

Sie kam an den Fuß der Treppe und ging ans vordere Fenster, um in die Auffahrt zu sehen. Margos Auto war nicht da. Ashley kehrte dem Fenster den Rücken zu, um das Haus zu inspizieren. Irgendetwas stimmte nicht. Ihr Magen zog sich zusammen, der Griff um ihre Waffe spannte sich und ihr Verstand zwang sie zur vertrauten Wachsamkeit der Polizistin. Da war ein Geräusch gewesen, so viel wusste sie.

Ashley erinnerte sich an Harris Beschreibung, wie eins der Opfer sich eingeredet hatte, das Geräusch hätte nichts zu bedeuten gehabt. Ashley wusste es besser. Sie beschloss, das ganze Haus zu überprüfen. Die Waffe immer noch in der Hand, schaltete sie nach und nach die Lichter ein und arbeitete sich durch das untere Stockwerk. Sie machte das Flurlicht an und ging zur Küche. Dann erstarrte sie, die Waffe schussbereit vor ihr ausgestreckt, ein wenig unterhalb ihrer Augenhöhe.

Eine Scheibe in der Küchentür war eingeschlagen und die Tür stand halb offen. Ashley warf sich mit dem Rücken an die Wand, sodass sie in beide Richtungen schauen konnte. Er war es. Der Bastard war in ihrem Haus.

Schnell wog sie ihre Möglichkeiten ab. Ein Telefon erreichen und Verstärkung rufen oder verdammt noch mal verschwinden. Sie fluchte. Egal, wie sie sich entschied, hier musste sie weg. Vorsichtig glitt sie an der Wand entlang in Richtung Küche. Sie versuchte angestrengt, in der Dunkelheit die ganze linke Hälfte der Küche zu erkennen, dann warf sie sich quer über den Flur, um die rechte Hälfte zu sehen. Das Zimmer war leer.

Jetzt war die Speisekammer in ihrem Rücken. Der einzige Ort, wo man sich noch verstecken konnte. Ashley musste nachsehen. Vielleicht war er bereits geflohen. Ihr Herz raste und pumpte das Blut zu schnell in ihren Kopf, sodass ihr schwindelig wurde. Sie holte tief Luft und versuchte, ihre zitternden Hände ruhig zu halten.

Mit einem Sprung war Ashley in der Küche und wirbelte zur Speisekammer herum. Ein schwarzer Arm griff nach ihrer Waffe.

Er richtete ihren eigenen Schwung gegen sie, riss ihr die Arme hoch und schmetterte sie in ganzer Länge an die Wand neben der Speisekammer. Sie spürte, wie die Waffe am Ende ihres ausgestreckten Arms feuerte. Dann schlug ihr Handgelenk gegen die Wand und explodierte. Der Schmerz war unerträglich. Angst überwältigte sie. Entwaffnet, fest umklammert, wurde ihr klar, dass es so nicht funktionieren würde. Sie hatte nicht mehr die Oberhand, und Verstärkung war nicht unterwegs. Doch Ashley wollte nicht einfach ein weiteres Opfer werden. Sie *war Polizistin,* dazu ausgebildet zu überleben – koste es, was es wolle.

Ashley riss die Beine hoch und stieß sich von der Wand ab. Die Bruchteile von Sekunden, die sie flogen, schienen Minuten zu dauern. Seine Umklammerung brach in dem Moment auf, als sie auf den Boden schlugen. Ashley stieß ihn hart in die Rippen und wand sich los.

Keine Zeit, die Waffe zu suchen. Ashley stürzte sich wieder auf ihn, packte seinen linken Arm und wollte ihn in den Polizeigriff nehmen, doch ihr Handgelenk versagte. Der Kampf war verloren.

Als sei sie gar nicht da, richtete er sich auf, warf sich nach hinten und ließ Ashley gegen die Küchentheke krachen. Sie fühlte ihre Kräfte weiter schwinden, als die Kante der Theke ihr mehrere Rippen brach.

Er schnellte zu ihr herum und zerrte an ihren Kleidern. Ashley rang um Atem, um die Kraft zu kämpfen, darum, bei Bewusstsein zu bleiben. Er riss ihr die Hose runter. Mit seinem Gewicht stemmte er sie gegen die Theke, hielt sie mit einem Arm fest, griff mit der anderen Hand zwischen ihre Beine und berührte sie. Dann öffnete er den Reißverschluss seiner Hose und presste sich an sie.

Außer sich versuchte Ashley ihn aufzuhalten. Sie bekam ihre Arme frei und zerrte an seiner Maske, stach mit ihrer geschwächten Hand nach seinen Augen. Mit ihrer heilen Hand griff sie in seinen Nacken, tastete nach dem Klebeband und riss mit aller Kraft daran. Sie wollte zumindest das Gesicht dieses Bastards sehen. Hierfür würde er bezahlen, es sei denn, er brachte sie vorher um.

Er schrie auf und wich zurück, als sie ihm das Klebeband von der Haut riss. Die Maske glitt ihm über den Kopf. Ashley schnappte nach Luft. »Ich kenne dich. Ich kenne dich!«

Er rammte ihr die Faust in den Magen, dann ins Gesicht. Die Schläge warfen sie zu Boden, doch Ashley weigerte sich, das Bewusstsein zu verlieren. Sie würde kämpfen. Sie fühlte einen kurzen, scharfen Schmerz im Nacken und wusste, es war noch nicht vorbei. Sie drückte sich vom Boden ab, doch er war fort. Im Haus war es still. Nichts war mehr da außer der Maske.

Er war geflohen, doch sie hatte ihn gesehen und sie kannte ihn. Ashley griff nach dem Telefon, obwohl jeder Körperteil gegen die Bewegung protestierte. Sie ignorierte ihre Schmerzen. Der Kampf hatte gerade erst begonnen.

Steve verlor allmählich die Geduld. Der Kerl, den er verfolgte, hatte nichts auch nur ansatzweise Verdächtiges getan. Vielleicht hatte Harri Recht, vielleicht war es der Falsche. Sie hatte immer noch keine Informationen gefunden, durch die er die Opfer als Lesben hätte identifizieren können. Keine der Frauen erinnerte sich an irgendeinen persönlichen Kontakt mit ihm.

Dabei schien alles so perfekt. Die richtige Blutgruppe, die passende Statur, der richtige Aufenthaltsort zu den richtigen Zeiten. Steve glaubte an Zufälle, doch dies war zu viel. Dieser Typ war einfach besser, als sie vorausgesehen hatten.

Was war schief gelaufen? Vielleicht wusste der Verdächtige, dass er heiß war. Vielleicht hatten die Kollegen vor Ort es versaut, und er hatte etwas gemerkt. Er *musste* der Richtige sein.

Es war eine lange Fahrt gewesen und dann eine lange Nacht der Beobachtung von gar nichts. Der Verdächtige war am frühen Abend in sein Hotel gegangen und nicht wieder herausgekommen. Sie hatten alle Ausgänge besetzt und mehrere Polizisten in Zivil im Hotel postiert. Sie hatten für diese kleine Operation wirklich den Etat gesprengt, und Steve wusste, wenn dabei nichts herauskam, würde man ihr Ermittlungsteam auflösen.

»Was zum Teufel ist los, verdammt?« Plötzlich klingelte das Handy, und Steve rutschte das Herz in die Hose. »Dieser verflixte Spielkram. Wo zum Teufel haben sie das Teil versteckt?« Er sah unter die Sitze und ins Handschuhfach und fand das Telefon schließlich hinter dem Beifahrersitz. »Ganz schön schlau, das werde ich mal meinem Captain vorschlagen.«

Er fuhr abermals zusammen, denn die unerwartete Stimme aus dem Apparat gehörte ausgerechnet seinem Captain. »Steve, bewegen Sie Ihren Arsch sofort hierher. Der Wahnsinnige, dem

Sie angeblich auf der Pelle hocken, hat heute Nacht wieder zugeschlagen. Diesmal hat er es zu einer persönlichen Sache zwischen ihm und unserem Revier gemacht.« Die Stimme des Captains schwankte zwischen Weinen und Schreien. »Der Bastard hat Ashley überfallen. Hat sie total zusammengeschlagen. Ich will das nicht am Telefon besprechen. Kommen Sie her!« Das Gespräch brach ab. Der letzte Befehl hatte mehr wie ein Flehen geklungen.

Steve steckte das Handy zurück und griff nach dem Zündschlüssel. In seinem Kopf rotierte es, sein Herz hämmerte vor Wut. Warum Ashley?

»Weil sie anders ist. Sie ist eine Lesbe.« Jetzt, da er das Wort zum ersten Mal laut aussprach, ging ihm die grausame Absurdität des Verbrechens auf, und er lachte. Dann weinte er vor Scham, vor Schmerz und vor Angst. Aller Hass und alle Gewalt, die er während seiner Laufbahn gesehen hatte, strömten auf ihn ein. Er fürchtete sich. Jetzt hatte sich der Hass in sein eigenes Leben gedrängt, und das Opfer war eine Freundin.

15

Er knallte die Tür zu und verbarrikadierte sie mit seinem Körper. Seine Haut war klamm von kaltem Schweiß, trotz der Hitze draußen. Sein Magen zog sich krampfhaft zusammen. Er zitterte.

»Scheiße, ich kann nicht glauben, dass diese Nutte mein Gesicht gesehen hat. Ich hab sie gewinnen lassen. Verdammt, warum bin ich weggelaufen? Ich hätte ihr eine Lektion verpassen können, die sie nie vergessen hätte.«

Er ging durch seine Wohnung ins Badezimmer und klammerte sich am Waschbecken fest. Der Schmerz in seiner Schulter war heftig. Er hatte sie sich während des Kampfes teilweise ausgekugelt. Erneut verfluchte er seine Schwäche. Er drehte den Hahn auf und spritzte sich kaltes Wasser ins Gesicht. Dann hob er den Kopf und sah direkt in den Spiegel.

»Oh Gott, oh Gott, sie hat mein Gesicht gesehen. Du verdammter Idiot, sie hat dein *Gesicht* gesehen.« Der Spiegel zersplitterte, als er hineinschlug, um sein Bild auszulöschen. Das Bild, das ihr Gedächtnis jetzt ganz bestimmt gespeichert hatte. Er trat aus dem Badezimmer und begann, seine Frustration und Angst an den leblosen Gegenständen in seiner Wohnung auszulassen.

»Warum bin ich weggerannt? Ich hätte sie umbringen können. Gott, ich hätte sie umbringen sollen, diese großspurige Fotze. Ich hätte es ihr nett und langsam besorgen und dann ihr elendes, verdrehtes Leben beenden sollen. Und jetzt, was soll ich tun? Sie hat mein Gesicht gesehen! Sie wird sich erinnern, und dann dauert es nicht lange, bis sie mich haben.«

Er rief sich zur Räson und presste die Faust gegen die Brust. Kontrolle, das war der Schlüssel, er musste die Kontrolle wiedererlangen. Entweder zurückgehen und die Nutte umbringen oder fliehen. Das Land verlassen, dieses Durcheinander, das er angerichtet hatte, zurücklassen. Es gab andere Frauen in anderen Ländern, die seiner Aufmerksamkeit bedurften. Er wusste, dass diese gottlose Liebe, die manche amerikanischen Frauen verspürten, nicht nur ein Fluch dieses Landes war. Vielleicht sollte er ins Ausland gehen und die anderen lehren. Bei diesem Gedanken lächelte er.

Er zog Ashleys Doppelaxt aus seiner Tasche und drehte sie langsam in seiner Hand. Er würde beweisen, wer wirklich die Macht hatte. »Ich werde nicht zulassen, dass diese Nutte mich schlägt!« Er dachte voll Wut an seine Mutter.

Der einzige Triumph lag darin, sie zu besiegen, sie dazu zu bringen, ihn zu lieben, oder sie unfähig zu machen, je wieder jemand anderen zu lieben. Jetzt wusste er, was er tun würde.

16

Bis Steve den Flughafen erreichte, hatte Harri schon einen Flug gen Süden ergattert und war gelandet. Als sie ihn warten sah, zeigte sie keinerlei Emotionen. Steve respektierte ihr Schweigen. Bei ihrer Ankunft im Krankenhaus blieb Harri zurück, sie zögerte, Ashleys Zimmer zu betreten. Steve ging zuerst hinein. Ashleys rechtes Handgelenk steckte in einem Gipsverband, zu dessen adrettem Weiß die Finger, die daraus hervorschauten, einen schockierenden Kontrast bildeten, tiefrot und violett und stark angeschwollen. Ashleys anderes Handgelenk war zwar unverbunden, sah aber genauso schlimm aus. Im Gesicht hatte sie blaue Flecken und ihre Lippen waren aufgeplatzt. Der Bastard hatte sogar Würgemale an ihrem Hals hinterlassen, als er versuchte, sie gefügig zu machen. Steve war dankbar, dass er nicht noch mehr sehen konnte.

Er nickte Margo zu, die am Bett saß, und streckte dann die Hand aus, um Ashleys Gesicht sanft zu berühren. Sie hatte geradeaus gestarrt, sich ihrer Umgebung nicht bewusst. Als Steve sie berührte, drehte sie den Kopf ein wenig, und ihr ausdrucksloser Blick begegnete seinem. Sie lächelte kurz, doch ihre Augen suchten Harri.

Die war inzwischen hereingekommen, hielt sich jedoch weiter im Hintergrund. Ihre Erinnerungen stürmten auf sie ein. Sie hatte erneut jemanden hängen lassen. Sie hatte bei dieser Ermittlung etwas übersehen, etwas, das diesen Angriff hätte verhindern können. Es gab nichts zu sagen. Sie war es leid, immer nur Worte aufbieten zu können. Sie wollte diesen Bastard kriegen.

Harri hörte zu, wie Ashley Steve beruhigte, und stellte fest, dass dieser Angriff sich für sie von den übrigen unterschied. Ashley war Polizistin und sie hatte gekämpft wie eine Polizistin. Kein Cop will je zum Opfer werden. Harri wusste, dass Ashley alles in ihrer Macht Stehende getan hatte, um den Albtraum in ihrem eigenen Heim zu beenden.

Sie trat an ihr Bett. »Mädchen, du siehst beschissen aus, aber er genauso, das weiß ich. Jetzt sag mir, wie wir diesen Perversen schnappen können.«

Ashley war erleichtert, dass Harri sie noch respektierte. Sie streckte ihren gipsbeschwerten Arm nach ihr aus und bekam als Antwort einen Kuss auf die Wange. Da ließ sie ihren Arm auf Harris Rücken fallen und zog sie an sich.

Harri flüsterte ihr ins Ohr: »Jetzt kriegen wir ihn, Süße. Ich weiß es.« Als Ashley sie losließ, sah sie in deren Augen brennende Entschlossenheit, wie sie sie bisher nur an einem einzigen anderen Ort gesehen hatte – im Spiegel.

Ashley brummelte etwas, doch weder Steve noch Harri verstanden es. Sie wiederholte: »Ich hab ihm seine Maske abgerissen und sein Gesicht gesehen. Ich *kenne* den Bastard. Ich habe ihn schon mal gesehen, aber ich kann mich nicht erinnern, wo.« Ashley fing an zu weinen.

»Ashley, du bemühst dich zu sehr. Du musst dich ausruhen, dann fällt es dir wieder ein«, redete Steve ihr zu.

»Ich kann mich nicht ausruhen. Jedes Mal, wenn ich die Augen schließe, sehe ich sein Gesicht, aber ich kann mich nicht erinnern. Es macht mich schier wahnsinnig. Wenn er noch mal zuschlägt, ist es allein meine Schuld.«

»Also gut, sprechen wir über ihn, über den Angriff und dein Leben. Vielleicht hilft dir das auf die Sprünge.« Steve war selbst erpicht darauf, ihr Gedächtnis anzukurbeln.

Harri entschuldigte sich, als Steve und Ashley begannen, den Angriff durchzugehen. Draußen versetzte sie der gegenüberliegenden Wand einen vernichtenden Schlag, wirbelte herum und begann, den Flur auf und ab zu gehen. Wie konnte dieses Arschloch schon wieder so viel Glück haben? Sie hatten so hart gearbeitet und waren so nah dran. Wie konnte das passieren? Sie wusste, dass Ashley gekämpft hatte wie eine Löwin. Verdammt, man musste sie nur ansehen. Doch nach all ihren Mühen, dem Kampf und der Entschlossenheit schützte das Schicksal ihn erneut, indem es Ashleys Erinnerungen stahl.

In der Anonymität des Krankenhausflurs ließ Harri ihrer Wut noch immer freien Lauf, als Margo vor sie trat. Dies war ihre erste Begegnung, nachdem sie so viel voneinander gehört hatten.

Margo hatte still mit angesehen, wie Harri und Ashley zusammen

Kraft gefunden hatten, in einer rührenden Geste, die sie als öffentliche Zurschaustellung ihrer Liebe deutete. Ihre Eifersucht machte es ihr unmöglich, darin einen Ausdruck beständiger Freundschaft zu erkennen. Sie sah nichts als eine Bedrohung, und sie betrat den Gang in der Absicht, diese Affäre sofort zu beenden.

»Detective Mendoza, ich sage Ihnen das nur ein Mal. Halten Sie sich von Ashley fern. Wenn Sie nicht versucht hätten, sich zwischen uns zu drängen, wäre das hier nie passiert. Dann wäre ich gestern Abend da gewesen. Ich bin nicht jung und leicht zu beeindrucken wie Ashley. Ich lasse mich von Ihnen nicht zum Narren halten oder in Ehrfurcht versetzen und ganz bestimmt nicht einschüchtern. Also, warum fliegen Sie nicht einfach dahin zurück, wo Sie hingehören. Unsere Polizei wird diese Ermittlung zusammen mit der Bezirksstaatsanwaltschaft zu Ende führen, da die große Ms. Beharrlichkeit ja bis jetzt nutzlos war.«

Harri machte einen Schritt auf sie zu. »Sie dämliche Kuh! Alles, wovon Ashley je spricht, sind Sie. Ihre Liebe für Sie ist so groß, dass sie es selbst kaum begreift. Was ihr im Weg steht, sind nur Ihre Unsicherheit und Ihre besitzergreifende Art. Sie war bereit, sich ganz auf Sie einzulassen, aber Sie in Ihrer Verblendung haben das natürlich nicht bemerkt. Nach allem, was ich von Ashley gehört habe, habe ich nichts als Respekt für Sie empfunden, aber jetzt widern Sie mich an.« Harri stürmte an ihr vorbei Richtung Ausgang. Sie gönnte der Anwältin nicht die Befriedigung eines Kreuzverhörs oder eines Streits.

Margo sah ihr nach, wie sie davoneilte.

Von der Straße unten sickerte Licht durch das offene Fenster des dunklen Krankenzimmers. Hätte sie sich die Mühe gemacht hinzuschauen, hätte Ashley die Blumenvase auf dem Ecktisch schemenhaft erkennen können. Doch in diesem Moment schaute sie gar nichts an. Ihr Blick war nach innen gerichtet, sie ließ ihr Leben Revue passieren, seit sie Polizistin geworden war, Tag für Tag. Wo hatte sie dieses Gesicht gesehen?

Das Telefon unterbrach ihre Suche.

»Hallo.«

»Ich will, dass du aufhörst zu grübeln und jetzt sofort ein bisschen schläfst. Das ist mein erster und letzter Befehl als Leiterin dieses Ermittlungsteams.«

Jetzt bemerkte Ashley die Blumen, die Harri geschickt hatte. Sie lächelte, es war schön, ihre Stimme zu hören.

»Ich weiß, dass Steve und du den ganzen Nachmittag daran gearbeitet habt – ohne Erfolg, aber das heißt nicht, dass die Erinnerung für immer verloren ist.«

Ashley jammerte: »Das hat Steve auch gesagt.«

»Was hat er noch gesagt?«

»Dass die Antwort wahrscheinlich in meinem Unterbewusstsein feststeckt und, sobald ich einschlafe, in meinen Träumen auftauchen wird.«

»Es wird ein Albtraum sein, aber der Mann hat Recht. Also, warum wusste ich wohl, dass du noch wach bist?« Harri versuchte, beiläufig zu klingen.

Ashleys Stimme bekam einen eindringlichen, fast verzweifelten Ton. »Harri, ich *kann* nicht schlafen. Ich muss dahinter kommen, sonst wird dies der größte Fehler meines Lebens. Er muss aufgehalten werden, und ich bin jetzt die Einzige, die das kann. Ich werde nie wieder ruhig schlafen, wenn er noch eine Frau verletzt.«

»Er hat inzwischen wahrscheinlich das halbe Land durchquert und rennt wie der Teufel.«

»Das glaubst du doch selbst nicht. Wir wissen nicht, *woher* ich ihn kenne. Er weiß vielleicht nicht, dass ich Polizistin bin. Vielleicht fühlt er sich sicher, weil er kein Vorstrafenregister hat, so dass ich sein Gesicht in keiner Kartei finden werde. Außerdem, selbst wenn er flieht, was sollte ihn davon abhalten, in einer anderen Stadt von vorn anzufangen? Du selbst hast das doch längst befürchtet. Komm schon, Harri, er ist nicht dumm, und ich bin es auch nicht.«

Harri erkannte, dass Ashley als Ermittlerin schon viel gelernt hatte. All die kleinen Informationsschnipsel, die sie hatten ergattern können, hatte sie zusammengesetzt und richtig interpretiert. »Du hast Recht, er ist immer noch da draußen. Aber du irrst dich in etwas anderem. Wenn er wieder zuschlägt, bevor wir ihn finden, ist es nicht deine Schuld. Viele unkontrollierbare Faktoren haben ihm schon geholfen. Dass du dich nicht erinnern kannst, ist nur ein weiterer. Aber das geht vorüber, Ashley. Bald wird sich das Blatt wenden.«

»Ich weiß, dass du Recht hast, aber ich fühle mich trotzdem, als hätte ich es versaut. Es *wird* allein meine Schuld sein. Verstehst du das nicht?«

Ein langes Schweigen entstand. Ashley konnte sich Harris zusammengebissene Zähne und ihre im Zimmer herumwandernden Augen vorstellen.

»Harri? Erzähl mir von der alten Frau. Der in deinem Wohnzimmer. Ich weiß, dass sie was mit deinem Spitznamen zu tun hat.«

Harri begann zu sprechen, doch sie klang anders, verletzlich. »Sie ist die Schuld, die auf *mir* lastet. Ich war neu auf dem Revier und stellte gerade fest, wie wichtig mir die Menschen bei meiner Arbeit waren. Eines Tages sah ich die drei auf einer Straße beim Park. Aus irgendeinem Grund rührten sie mich, daher hielt ich an, um mit ihnen zu sprechen.

Ihr Name war Pearl, und eine wie sie musst du lange suchen. Die Mädchen waren ihre Enkelinnen. Pearl war aus dem Osten hergezogen, um ihrer Tochter mit den Kindern zu helfen, nachdem der Vater abgehauen war. Für die Familie gab sie alles auf, was sie hatte. Doch bald stellte Pearl fest, dass ihre Tochter sich verändert hatte. Sie lebte mit häuslicher Gewalt, und die Mädchen wurden von ihrem Freund, der bei ihnen wohnte, sexuell missbraucht. Da waren Drogen im Spiel, es gab dauernd Streit und nie genug Geld.

Schließlich nahm Pearl die Kinder und ging. Sie lebten seit etwa drei Monaten auf der Straße, als ich sie fand. Pearl glaubte inzwischen, sie hätte einen schrecklichen Fehler gemacht. Woche für Woche suchten und fanden wir eine Bleibe für sie, doch das war nicht genug.«

Harri zwang sich fortzufahren. »Die gute Mutter beschloss, dass sie die Kinder zurückhaben wollte. Nicht aus Liebe – sie brauchte sie, um ihre Sozialhilfe zu kriegen. Na, inzwischen hatte Pearl viel Rückhalt im Viertel, und alle suchten mit ihr zusammen nach einem Weg, wie sie die Kinder behalten könnte. Pearl sorgte für sie, so gut sie konnte. Sie gingen in die Schule. Sie hatten immer etwas zu essen und etwas zum Anziehen. Aber vor allem hatten sie und ihre Großmutter sich sehr lieb.«

Harri holte tief Luft. »Ich versuchte, Pearl vor ihrer Tochter zu schützen. Dann sah ich sie eines Tages in einer kleinen Gasse sitzen, den Rücken an eine Mauer gelehnt, zusammen mit den Mädchen, in der Kälte. Der Freund ihrer Tochter hatte sie im Obdachlosenheim gefunden, und sie hatte Angst. Sie war ihm nur knapp entkommen und wollte in dieser Nacht auf der Straße bleiben. Ich bot ihr an, mit zu mir zu kommen, doch sie weigerte sich. Ihr Stolz ließ es nicht zu.«

Noch ein tiefer Atemzug und Harris Stimme begann zu zittern. »Sie nahm meine Hand und sagte, ich solle aufhören, mir so viele Sorgen zu machen. Ich konnte sehen, dass sie verängstigt war und Hilfe brauchte, doch sie lächelte und wies mich ab. Ich wollte sie nicht zurücklassen, aber ich wusste nicht, was ich stattdessen tun sollte. Ich wusste nicht, wie weit ich in meiner Pflichterfüllung gehen sollte.«

Wieder langes Schweigen. Ashley wusste, was kommen würde. Sie hörte, wie Harri die Tränen zurückhielt, und ihre eigenen begannen zu fließen.

»Pearl wurde in derselben Nacht umgebracht und die Kinder verschwanden. Die Tochter und der Freund schienen unschuldig zu sein, der Fall ist immer noch ungelöst. Niemand beschuldigte mich. Alle meinten, ich hätte alles getan, was von einer Polizistin erwartet wird, und mehr. Aber ich weiß, ich hätte mehr tun können, nicht als Polizistin, sondern als Mensch. Es hat mein Leben verändert. Ich habe mein Selbstvertrauen verloren. Ich habe meine Liebste verloren. Verdammt, es hätte mich fast zerstört.«

Plötzlich trat Stärke in Harris Stimme. »Seitdem hatte ich keine ungelösten Fälle mehr, und dieser hier wird nicht mein erster werden. Schlaf jetzt.« Sie legte auf.

17

Am nächsten Morgen kamen Harri und Steve früh ins Krankenhaus. Ashley hatte kaum geschlafen, und auf den Gesichtern der anderen erkannte sie ebenfalls Zeichen von Stress und Erschöpfung.

Ashley griff sich an den Hals, doch ihr Kettenanhänger war fort. »Was ist passiert? Scheiße! Er hat erneut zugeschlagen, oder?« Genau davor hatte Ashley die ganze Nacht Angst gehabt, während sie hilflos in ihrem Krankenhausbett saß und sich quälte.

Harri erzählte Ashley, dass der Mann zurück in den Norden gefahren war und in der vergangenen Nacht eine weitere Frau vergewaltigt hatte. Dann senkte sich Stille über das Zimmer. Harri wusste nicht, wie sie weitermachen sollte. Ihr war nur allzu bewusst, was die Neuigkeiten bei ihrer Partnerin auslösen würden. Sie gab Steve ein Zeichen, er möge zu Ende erzählen.

Er sprach leise. »Ashley, wir haben ein echtes Problem. Diesmal hat er sein Muster durchbrochen. Vielleicht war es ein Trittbrettfahrer, aber ich glaube, dass er uns etwas mitteilt.« Steve zögerte und musterte Ashleys Gesicht. »Er hat sein Opfer umgebracht.«

Ashley begann zu zittern. Steve stand hilflos da, als Harri sich an ihm vorbeischob. Schluchzend beugte sie sich zu Ashley hinunter, und sie umschlangen einander und weinten.

Fast eine Stunde lang saßen sie still zusammen. Dem Frust, dem Schmerz und der Trauer freien Lauf zu lassen half, ihren Kopf zu klären. Alle hätten sie am liebsten aufgegeben, doch sie wussten, dass ihre Arbeit die einzige Antwort auf das Problem war.

»Wir müssen in den Norden, halten dich aber auf dem Laufenden. Der Arzt hat gesagt, du kannst in ein paar Tagen raus«, sagte Harri schließlich.

»Ich komme mit! Ich *muss* mitkommen, schließlich bin ich die heißeste Spur, die wir bis jetzt haben. Ich kann nicht einfach nur dasitzen. Bitte, ich muss ihn finden.« Ashley stand bereits auf.

»Ashley, du kannst dich kaum bewegen«, erwiderte Harri, »und ich bin sicher, dass dein Revier dich, wenn überhaupt, im Innendienst einsetzen wird.«

Ashley wandte sich hilfesuchend an Steve. »Was glaubst du, bin ich zum Innendienst eingeteilt?«

»Auf keinen Fall, du musst schon im Koma liegen, damit dieses Revier Rücksicht auf deine Gesundheit nimmt. Und überhaupt, du siehst gut aus.« Sie warfen sich ein kurzes Lächeln zu.

Harri versuchte es noch einmal. »Schau, deine Entlassung wird Ewigkeiten dauern, und du hast nicht mal deine Waffe da.«

Steve zog eine Halbautomatik und Ashleys Dienstmarke aus seiner Tasche. »Wer braucht eine Entlassung? Bis zum Mittagessen werden sie ihr Fehlen nicht mal bemerken. Lasst uns los.«

Ashley zog sich die Kleider an, die Margo ihr am Tag zuvor mitgebracht hatte. Auf dem Weg zur Tür frotzelte Steve: »Hoffe, du hast Schießübungen mit deiner schwachen Hand gemacht.«

Ashley schoss zurück: »Wenn ich eine schwache Hand hätte ... so wie du.«

Harri fand die Neckereien zwischen ihren Partnern erfrischend. Leider würden sie nicht lange anhalten.

Schnell, aber ohne Hast bewegten sie sich durch den Flughafen. Ashley bemühte sich, mit Steve und Harri Schritt zu halten. Der Schmerz in ihren Rippen erschwerte ihr das Atmen. Außerdem kämpfte ein beunruhigendes Gefühl in ihrer Brust um ihre Aufmerksamkeit. Als sie langsamer ging und mehr auf ihre Umgebung achtete, kroch eine Eiseskälte durch ihren Körper. Harri hatte Recht. Sie hätte im Krankenhaus bleiben sollen.

Ashley war schwindelig. Was war bloß los? Während sie zu Harri und Steve am Check-in-Schalter aufschloss, spürte sie, wie ihr Körper außer Kontrolle geriet.

Die Erinnerung kam so unerwartet, dass Ashley fast in die Knie ging. Steve fing sie im letzten Moment auf.

»Es war hier«, sagte sie keuchend. »Er hat mit mir geflirtet. Der Bastard arbeitet hier.«

18

Steve war als Erster am Schalter und fiel über die Frau am Computerterminal regelrecht her. Keine Einleitung, keine Erklärung, kein Zögern. In seiner rasenden Hast hatte er jegliche Umgangsformen vergessen.

»Ich will jemanden sprechen, der bei TRANS-CAL fürs Personal zuständig ist, sofort.«

Die Angestellte der Fluglinie hatte keine Ahnung, worum es ging, doch der Tresen zwischen ihnen gab ihr Mut.

»Tut mir Leid, Sir, aber Sie werden mir Ihr Problem schildern müssen.«

Die Frau und Steve standen sich wie Streithähne gegenüber, als Harri ruhig hinzutrat. »Hallo, lassen Sie mich das bitte erklären.« Sie wies sich aus und fuhr fort: »Ich bin Detective Mendoza, und wir suchen einen Ihrer Kollegen. Er steckt nicht in Schwierigkeiten, aber wir müssen ihn dringend sprechen. Wahrscheinlich kennen Sie ihn sogar. Das Problem ist, dass wir nur seine Beschreibung haben. Demnach ist er ziemlich attraktiv, über einsachtzig groß und hat braune Haare. Und er soll sehr charmant sein.«

Die Angestellte musterte Harri, die ihr Zögern bemerkte.

»Ich weiß, die Umstände sind ungewöhnlich, aber in seiner Familie gab es einen Notfall, und die einzige Information, die unser Kollege auf dem Weg ins Krankenhaus bekommen konnte, war die Arbeitsstelle des jungen Mannes. Die Personenbeschreibung haben wir einem Foto entnommen. Der arme Mann – vermutlich sein Vater – wir konnten keinen Ausweis bei ihm finden.«

Ziemlich schwache Geschichte, dachte Harri, doch die Frau schien sie zu schlucken.

»Oh, das muss Thomas Whittington sein. Er ist ein total süßer Typ. Ich hoffe, es ist alles in Ordnung.«

»Das hoffen wir auch. Können Sie uns sagen, wo wir ihn finden?«

»Da muss ich meinen Vorgesetzten fragen. Einen Moment, bitte.« Sie benutzte ein weißes Telefon, das neben ihr stand. »Er ist in ein paar Minuten hier.«

Ashley und Steve tigerten auf und ab. Ihre Ungeduld passte nicht zu Harris Geschichte, aber sie beschloss, den Mund zu halten. Die Frau hinter dem Schalter war sowieso zu beschäftigt, um auf sie zu achten.

Harri sah einen Mann in TRANS-CAL-Uniform auf sie zueilen. Ehe einer ihrer Partner ihr zuvorkommen konnte, wiederholte sie ihre Geschichte und fragte, ob Thomas heute arbeitete.

»Um das zu prüfen, müssen wir in mein Büro.«

Als der Vorgesetzte sich umwandte, um vorauszugehen, gab Harri Steve einen kräftigen Rippenstoß. »Entspann dich. Du wirst die Leute misstrauisch machen.«

Sie schloss zu dem Vorgesetzten auf und warf über die Schulter immer wieder mütterliche Blicke auf Ashley und Steve, die sich sehr bemühten, den armen Mann nicht niederzutrampeln. Der Vorgesetzte wollte genauer wissen, wozu sie die Auskunft brauchten, und bombardierte Harri mit Fragen. Sie wich ihnen geschickt aus, denn sie erkannte schnell, dass ihn die Polizeiarbeit im Allgemeinen mehr interessierte als die spezielle Situation, die sie zu ihm geführt hatte. Sie erfreute ihn mit einer detailreichen Story, wie sie einmal am Flughafen eine aufregende Festnahme durchgeführt hatte.

Im Büro drückte der Vorgesetzte auf ein paar Tasten an seinem Computer. »Hmm, das ist ungewöhnlich. Thomas hat gestern seinen Dienstplan geändert, aber heute sollte er wieder die normale Schicht übernehmen. Ja, er ist in einer Maschine eingesprungen, die gerade an Flugsteig 39 gelandet sein müsste. Ich rufe kurz an und sage Bescheid, dass Sie ihn sprechen wollen.«

Steve hatte genug von der Komödie. Seine riesige Hand schoss über den Schreibtisch und legte sich auf das Telefon. »Wenn Sie diesen Apparat berühren, nehme ich Sie wegen Behinderung der Polizeiarbeit fest.«

Der Vorgesetzte schrak zurück und sah von einem zur anderen.

Steve und Ashley rannten schon aus dem Zimmer, als Harri noch fragte: »Was ist der schnellste Weg zu diesem Flugsteig?«

Harri spurtete aus dem Büro und an den anderen beiden vorbei, die noch auf dem Gang standen und stritten, in welche Richtung sie laufen sollten. Als sie durch den Flughafen hasteten, war Steve felsenfest davon überzeugt, dass sie dieses Arschloch jetzt endlich kriegen würden. Sie hatten alles, was sie brauchten: seinen Namen, seinen Aufenthaltsort und, das Wichtigste, den Überraschungseffekt.

Harri hatte immer noch Zweifel. Dieser Irre hatte schon so oft Glück gehabt. Sie würden Unterstützung brauchen, doch Harri wollte keine wertvolle Zeit damit verschwenden, der Flughafenpolizei die Situation zu erklären. Alles, was sie wollte, war jedes bisschen Kraft, das ihr Körper hervorbringen konnte. Sie musste schneller laufen. Sie konnten nicht zulassen, dass er ihnen noch einmal entwischte.

Ashley weinte fast vor Wut. Diese verzweifelte Jagd durch den Flughafen war allein ihre Schuld. Sie erinnerte sich, wie der Kerl eine instinktive Alarmreaktion bei ihr ausgelöst hatte. Unfähig, mit ihren Partnern Schritt zu halten, verfluchte Ashley ihre Gedächtnislücke und ihren Schmerz. Wäre sie gesund gewesen, wäre sie vorweggerannt.

Steve kam Sekunden vor Harri am Flugsteig an, doch diesmal verhielt er sich ganz vorschriftsmäßig. Seine Marke war bereits auf Augenhöhe, ehe er den Schalter erreichte. »Polizei. Wo ist Thomas Whittington? Er war einer der Flugbegleiter im letzten Flug.«

Der Mann am Schalter wollte keinen Streit mit den Cops, besonders nicht mit diesem Terminator-Typ. »Sie sind schon alle weg, aber ihn habe ich nicht hier durchkommen sehen. Er muss durch die unteren Türen gegangen sein.«

Harri schlug so fest auf die Platte des Check-in-Schalters, dass der Mann zusammenfuhr. »Verdammt, warum kriegen wir nicht mal eine verfluchte Chance?«

Die drei Ermittler steckten schnell die Köpfe zusammen, um ihr weiteres Vorgehen zu planen. Whittington war entweder noch im Flughafen oder er würde irgendwann in seiner Wohnung auftauchen. Wusste er, dass sie ihn suchten? Wenn ja, würde er beim Anblick uniformierter Polizeihorden im Flughafen nur in Panik geraten und verschwinden. Es gab zu viele Möglichkeiten, sich aus diesem Gedränge von Menschen und Fahrzeugen herauszuschleichen. Wenn sie es ruhig angehen ließen, konnten sie ihn vielleicht während seines normalen Tagesablaufs erwischen.

Steve ließ ihnen sein tragbares Polizeifunkgerät da und machte sich auf den Weg zu Whittingtons Wohnung, denn er war sicher, dass der Verdächtige als Erstes dorthin fahren würde. Er wollte derjenige sein, der den Irren festnahm. Außerdem machte er sich Sorgen um seine Partnerinnen. Dieser Wahnsinnige hatte genug Frauen verletzt, und Steve fand es an der Zeit, dass das Arschloch es mit einem Mann zu tun bekam.

Harri und Ashley folgten einem hilfsbereiten Flugbegleiter, der sie durch das Labyrinth der Flughafengänge zum Aufenthaltsraum für Angestellte führte. Seine Wegbeschreibung war ihnen zu kompliziert gewesen, und so waren Harri und Ashley zu dem Schlenderschritt von jemandem gezwungen, der keine Ahnung hatte, dass sie einen Mörder jagten.

Ashley überblickte den Aufenthaltsraum schnell. Kein Glück. Eine Frau saß in der Nähe des Fensters, die Morgenzeitung vor sich auf dem Tisch ausgebreitet, eine Tasse Kaffe an ihrem Ellbogen.

»Entschuldigen Sie«, sprach Harri sie an. »Wir sollen Thomas Whittington hier treffen. Haben Sie ihn gesehen?«

Die Frau blickte kaum von ihrer Zeitung auf und fragte: »Wo arbeitet er?«

Harri sagte ihr, er sei gerade mit TRANS-CAL-Flug an Flugsteig 39 angekommen.

»Also, *ich* kenne ihn nicht. Aber Cynthia hat denselben Dienstplan, fragen Sie sie.« Die Frau wies mit dem Kinn auf eine Gruppe, die in der Ecke saß.

»Warum hast du ihr nicht gesagt, wer wir sind?«, fragte Ashley, als sie den Raum durchquerten.

»Das brauchte ich gar nicht. An einem Ort wie diesem gehen die Leute davon aus, wer da ist, gehört dazu. Sie beantworten Fragen, weil sie dich für eine von ihnen halten. Warum sollten noch mehr Leute wissen, dass wir ihn suchen?«

Ashley war beeindruckt von Harris Gründlichkeit. Wie konnte sie in einem solchen Moment an derlei Details denken?

»Hey, habt ihr Thomas gesehen? Er sollte mich hier treffen«, sagte Harri, als sei sie seine beste Freundin.

Cynthia beäugte Ashleys übel zugerichtetes Gesicht. »Wer sind Sie?«

Harri zog ihre Marke heraus.

Cynthia sah erneut Ashley an. Was immer hier vor sich ging, sie wollte nichts damit zu tun haben. »Er ist vor etwa fünf Minuten los zum internationalen Terminal. Will einen kleinen Urlaub in Europa machen.« Die letzten Worte sagte Cynthia zu Harris Rücken.

Sie schossen aus dem Aufenthaltsraum, Ashley vorneweg. Wie ein Bluthund, der Witterung aufgenommen hat, folgte sie den Schildern zum internationalen Terminal.

Harri packte sie bei der Jacke und bremste sie auf normales Schritttempo ab. »Hör zu, Ashley, wir wissen nicht, wann er abfliegt oder wie weit er schon in Richtung Terminal gegangen ist. Vergiss nicht, er weiß auch, wie du aussiehst. Wenn er dich hier durchrasen sieht, bevor du ihn siehst, verschwindet er. Lass uns keine Aufmerksamkeit erregen. Halt einfach nach ihm Ausschau.«

Ashley spürte, wie ihre Brust sich zusammenzog. Er konnte sie gerade jetzt beobachten. Sie drehte sich einmal um ihre Achse und suchte nach seinem Gesicht, seinen Augen, die sie beobachteten, die erneut auf sie warteten. Während sie weiter Richtung Terminal lief, dachte sie an das Versprechen, das sie sich in der Nacht des Überfalls gegeben hatte.

»Das ist er! Oh Gott, er ist es wirklich.«

Harri hörte das Flüstern ihrer Partnerin kaum. Als sie sich dann nach ihm umdrehte, zog Ashley mit der Linken bereits ungeschickt ihre Waffe, stolperte auf Whittington zu und schrie, er solle stehen bleiben.

Harri blieben nur Augenblicke, um diesen Fehler zu korrigieren. Für eine Festnahme war Ashley zu weit von Whittington entfernt. Aus über fünfzig Metern Entfernung waren ihre selbstsicheren Befehle nur eine Warnung für ihn. Wie Harri erwartet hatte, begann er sofort nach einem Fluchtweg zu suchen.

Harri tat dasselbe. Hier, am Ende des Terminals, konnte er nur entkommen, indem er an Ashley vorbeilief oder durch eine Tür auf der Westseite floh. Harri und er spurteten auf die Tür zu. Whittington hatte freie Bahn, und Ashley konnte ihm nicht den Weg abschneiden. Harri war näher an der Tür, doch sie musste an mehreren Sitzreihen vorbei, um sie zu erreichen.

Alles um Harri herum verschwand, als sie auf Whittington und die Tür zurannte. Der Flughafen erschien ihr leer. Sie konnte Ashley nicht hören, die immer noch »Stehen bleiben« brüllte und Herumstehende anwies, aus dem Weg zu gehen. Sie sah nicht ihren Hindernislauf um Gepäckstücke, Sitze und überraschte Menschen. Alles, was sie sehen konnte, war Whittington. Dieses Mal musste das Glück auf ihrer Seite sein.

Sie übersprang die letzte Sitzreihe. Whittington hatte Harri beim Laufen nicht angesehen, aber er drehte sich um, als sie mitten in der Luft war. Ihre Blicke trafen sich, und anders als sonst bei fliehenden Verdächtigen, sah Harri keine Angst. Sie sah Gelassenheit. Einen Moment lang glaubte sie sogar, ein Lächeln zu sehen.

Whittington duckte sich vor ihr weg, ohne seinen Schritt zu verlangsamen, lief aber etwas taumelnd weiter. Harri verkrallte sich in seine Jacke, als sie neben ihm landete. Beim Versuch, ihn festzuhalten, krachte sie auf den Boden. Whittington trat nach ihr und stieß ihre Hand weg. Dann war er durch die Tür und außer Sicht.

Harri fühlte sich besiegt. Sie war so nah dran gewesen. So viele Chancen, und immer wieder hatte er Glück. Es war nicht fair. Es war nicht richtig.

Jemand rannte an ihr vorbei und durch die offene Tür. Die Sonne brannte Harri direkt in die Augen und entzündete ihre Beharrlichkeit erneut. Sie drückte sich vom Boden ab wie ein Läufer vom Startblock und war durch die Tür, ehe sie wieder zufallen konnte.

Weiter vorn sah sie Ashley eine Treppe hinunterstolpern. Whittington rannte etwa fünfzig Meter vor ihr über das Pflaster. Auf den Stufen zog Harri das Funkgerät heraus. Es war eingeschaltet – sie hörte routinemäßiges Geplapper im Kanal, als sie unterbrach.

»Verfolgung am Flughafen! Wir brauchen Hilfe!« Harri war bewusst, dass sie brüllte.

Der Polizeifunker war professionell und ruhig. »Bitte identifizieren Sie sich und wiederholen Sie.«

»Detective Mendoza, wir verfolgen zu Fuß einen 1-87/2-61-Verdächtigen am Flughafen.«

Der Funker wiederholte: »10-4, an alle einsatzbereiten Teams, am Flughafen wird zu Fuß ein 1-87/2-61-Verdächtiger verfolgt. Melden Sie sich zur Unterstützung. Detective Mendoza, was ist Ihre ungefähre 10-20?«

»Wir laufen zum Hangar von United.« Harri gab dem Polizeifunker ihren Standort durch, doch sie befand sich in einem Funkloch. Jeder einzelne Cop im Umkreis von sechs Meilen war auf dem Weg hierher, doch einmal im Flughafen, wüsste keiner von ihnen mehr, wohin.

Steve hatte über sein Autofunkgerät Harris aufgeregte Durchsage gehört, und er wusste, mit wem seine Freundinnen es aufnahmen. Alles, was er jetzt tun konnte, war, zum Flughafen zu rasen und zu hoffen, er würde Harri und Ashley finden, ehe sie ihre Beute in die Ecke trieben. Er trat das Gaspedal durch.

Whittington schoss durch den Hangar auf ein paar überraschte Mechaniker zu. Einer von ihnen erkannte, dass die beiden Verfolgerinnen des Mannes Polizistinnen waren, und versuchte, Whittington abzufangen. Das Ergebnis war jedoch nur ein etwas verlangsamter Whittington und ein eingeschlagenes Gesicht. Doch immerhin konnten Ashley und Harri ihren Abstand etwas verringern.

Whittington war ihnen immer noch etwa zwanzig Meter voraus, als er durch eine weitere Tür lief. Harri, die vorne lag, folgte ihm und stoppte so abrupt, dass Ashley sie fast umrannte.

Sie standen am Anfang eines langen Ganges. Auf der anderen Seite war eine verschlossene Tür. Zwischen ihnen und dieser Tür lagen etwa zwanzig Büros. Whittington war verschwunden.

19

Vorsichtig, die Waffe an ihrer Seite, schlich Harri in den Gang. Sein Glück hatte ihn verlassen, und sie war bereit, dieser Jagd ein Ende zu setzen.

Ashley steckte ihre Waffe ins Halfter. »Was zum Teufel soll das?«, flüsterte sie, griff nach Harris Arm und zwang sie stehen zu bleiben. »Wir gehen da nicht ohne Verstärkung rein. Gib mir das Funkgerät.« Sie zerrte ihre Partnerin zurück zur Tür.

Harri wirbelte herum, ihr Gesicht so angespannt, dass Ashley dachte, es würde bei der geringsten Berührung bersten. »Das Scheißfunkgerät funktioniert nicht in diesem verfluchten Abschnitt, sonst hätten wir längst Verstärkung. Ich gehe hier nicht ohne ihn weg, und es gibt kein Telefon, außer vielleicht in diesen Büros, und dort lauert er.« Sie zeigte herausfordernd den Gang hinunter.

Ashley war verwirrt. Ihre Ausbildung sagte ihr, sie sollte den Gang überwachen und auf Verstärkung warten, doch ihre Gefühle waren die gleichen wie Harris. Und sie spürte noch etwas: Angst.

Als hätte Harri Ashleys Gedanken gelesen, entspannten sich ihre Züge, doch ihre Bestimmtheit blieb. Sie streckte die Hand aus und berührte Ashleys Gesicht. »Dieses Mal bist du nicht allein. Ich bin hier, und zusammen können wir es zu Ende bringen.«

Ashley rief sich in Erinnerung, wie viele Arschlöcher sie schon ins Gefängnis gebracht hatte, und dieser hier war nichts anderes. Sie vertraute Harri wie nie einer Partnerin zuvor.

»Okay«, sagte sie, »aber dann machen wir es richtig. Zuerst schaltest du das verdammte Funkgerät aus, damit er nicht hört, wo wir sind. Verwende nur Handzeichen und behalte immer eine Wand im Rücken. Ich hab nur eine brauchbare Hand, also gehe ich vor und geb dir Deckung, während du die Türen ausprobierst. Hier ist ein Taschenspiegel. Überprüf jedes Zimmer, bevor du reingehst. Noch Fragen?« Ashley zog einen kleinen Spiegel aus dem Etui mit ihrer Dienstmarke.

»Keine.« Harri war beeindruckt. Sie hatte Ashley noch nie in solcher Weise die Kontrolle übernehmen sehen.

Ashley brachte ihre Waffe in der linken Hand in Schussposition und ging auf die erste Tür zu. Die Tür fest im Blick, folgte Harri ihr. Sie hielt die Waffe auf den Fußboden gerichtet, bereit, sie in Sekundenschnelle hochzureißen. Sie würde selbst die kleinste Bewegung des Türknaufs sehen.

Sobald sie an der Tür waren, wechselte Ashley auf die andere Seite des Gangs und sicherte den vor ihnen liegenden Teil. Ohne ihren Blick abzuwenden, wies sie Harri durch ein Winken mit ihrem Gips an, die Tür zu probieren. Eine Sekunde lang hielten beide den Atem an. Dann streckte Harri langsam die Hand aus und berührte den Türknauf. Sie drehte ihn und fragte sich, was als Nächstes passieren würde.

Verschlossen!

Harri wollte sich gerade entspannen, als hinter ihnen plötzlich Whittingtons Stimme erschallte. »Hey, ihr dummen Bullenlesben, bald werdet ihr von einem Mann gefickt!«

Ashley spürte, wie Panik in ihr aufstieg und ihr den Kopf vernebelte. Harri, die verteidigungsbereit herumfuhr, sah einen Lautsprecher an der Wand. Sie berührte Ashleys Arm und wies nach oben.

»Nehmt den Hörer vom nächsten weißen Flughafentelefon, dann erzähle ich euch, wie ich den übrigen Fotzen gezeigt hab, wo's langgeht. Mit euch Nutten werde ich das Gleiche machen.«

Whittington hatte ein Telefon aufgetrieben und sich zur Anlage für öffentliche Durchsagen Zugang verschafft. Er verhöhnte sie und versuchte verzweifelt, das Glück wieder auf seine Seite zu ziehen, indem er sie nervös machte. Doch diesmal würde es nicht funktionieren. Unter der Flut von Beleidigungen und Provokationen, die ihnen entgegengeschleudert wurden, bewahrten sie mutig die Ruhe. Harri bewegte sich vorsichtig auf die nächste Tür zu, während Ashley ihre Position beibehielt, um die verschlossene zu decken.

»Was soll das heißen, Sie können mir nicht sagen, wo das herkommt?« Steve verlor die Beherrschung. Die provozierende Stimme dieses Wahnsinnigen machte ihn verrückt. »Dann drehen Sie ihn eben ab!«

»Dazu müsste man die ganze Anlage runterfahren, und ich weiß nicht, wie das geht«, sagte der Flughafenangestellte hilflos.

Der ganze Flughafen war in hellem Aufruhr. Die Angestellten waren schockiert und bestürzt, weil sie nicht wussten, wie sie die bösartigen Drohungen abstellen sollten. Polizisten liefen hin und her wie abgerichtete Kampfhunde, die darauf warten, dass man sie loslässt. Passagiere versuchten, der Stimme zu entkommen. Alle spürten die Gefahr und rechneten fest damit, dass es Verletzte geben würde.

Steve fühlte sich wie gelähmt. Seine Partnerinnen hatten Whittington irgendwo in diesem Durcheinander in die Enge getrieben, und diesmal würde der Irre nicht entkommen. Dieses Mal ging es um alles oder nichts, und drei Leben standen auf dem Spiel.

Der Flughafenpolizist neben Steve hörte mit, als der Polizeifunker meldete: »Achtung, an alle Mitarbeiter, ein Mechaniker hat vor etwa fünf Minuten zwei Polizistinnen gesehen, die einen Mann durch den Hangar von United verfolgten. Bis jetzt ist es uns nicht gelungen, zu den Frauen Kontakt aufzunehmen.«

Flughafenpolizisten rannten los und den Korridor hinunter, die Cops und Steve dicht auf den Fersen.

»Bitte mach, dass alles in Ordnung ist«, betete Steve mit einem Knoten im Magen und einem Kloß im Hals. »Wir kommen, wir kommen!«

Langsam streckte Harri die Hand nach dem Knauf der nächsten Bürotür aus. Es war schwer, sich auf die Tür zu konzentrieren, während aus dem Lautsprecher Obszönitäten auf sie niederprasselten. Sein Ton war so gefährlich, so grausam, fast unmenschlich. Sie drehte den Knauf: unverschlossen.

Die letzten drei Büros waren alle unverschlossen gewesen. Als Harri an dem ersten, verschlossenen Büro vorbeigeschlichen war, hatten sie ein Kreuzfeuer riskiert, doch es gab keine sichere Alternative. Inzwischen hatten sie ein System, nach dem sie vorgingen, und als Harri ihr das Zeichen für unverschlossen gab, winkte Ashley sie zum ersten Büro zurück.

Harri blieb bei Ashley stehen. Sie sprachen in normaler Lautstärke, um sich über Whittingtons Beschimpfungen hinweg verständlich zu machen. Dabei ließ Ashley die Tür nicht aus den Augen, und Harri überwachte unablässig den Gang.

Ashley übernahm das Kommando. »Ich gehe links unten in Position. Du trittst die Tür ein und beziehst dann hinter mir oben Stellung. Gib mir den Spiegel, ich kann das Zimmer mit meiner rechten Hand überprüfen.« Sie wollte schon in die Hocke gehen, richtete sich aber noch mal auf. Die Angst in ihrer Stimme war unverkennbar. »Ich weiß, dass er in diesem Büro ist. Ich kann ihn spüren.«

»Ich auch«, versicherte Harri. »Gleich werden wir es beenden, zusammen.«

Ashley kniete sich links von der Tür auf den Boden und richtete ihre Waffe genau auf die Tür. Wenn sie sich mit einem Ruck öffnen würde, wäre sie bereit.

Harri nahm sich einen Augenblick Zeit, um ihre Strategie zu planen. Wenn sie die Tür eintrat, würde sie den Blick einen Moment lang vom Korridor abwenden müssen. Danach würde sie neben Ashley an die Wand schnellen und den Gang wieder ins Visier nehmen. Wenn er ihnen eine Falle stellte und vorhatte, aus einem anderen Büro zu springen, wäre sie bereit. Sie ermahnte sich, neben den Knauf zu treten, um die Tür beim ersten Versuch aufzubekommen. Dann stürzte sie los.

Unter der Wucht ihres Tritts sprang die Tür sofort auf. Die Stimme aus dem Lautsprecher verstummte. Der Telefonhörer fiel zu Boden. Ashley hörte Whittingtons Bewegungen im Büro, und Harri hörte dasselbe über Lautsprecher. Dann herrschte Stille.

Der ganze Flughafen hörte, wie die Bürotür aufflog und das Telefon herunterfiel. Alle hielten inne und lauschten gebannt, was als Nächstes käme, erstarrt durch die Intensität des Augenblicks und die Erkenntnis, dass sie das Ende miterleben würden.

Steve packte den Flughafenpolizisten am Arm. »Wie weit ist es noch?«

Der Beamte zeigte auf einen Hangar direkt vor dem Fenster. »Da ist es.«

Ashley versuchte, den Spiegel höher zu halten, doch ihre geschwollene Hand in dem schweren Gipsverband zitterte stark. Sie wurde wütend. Erneut spürte sie Harris Hand auf ihrer Schulter, fest und beruhigend. Diesmal würde es anders sein.

Sie hob den Spiegel und bewegte ihn langsam zur Türöffnung, um das Büro zu überblicken. Sie suchte nach einer weiteren Tür. Wenn Whittington in der Falle saß, wollte sie Harri dazu bringen, sich zurückzuziehen und auf Verstärkung zu warten. Es gab keine sichere Möglichkeit, das Büro zu betreten, und keinen Grund, das Risiko einzugehen, wenn er wirklich nicht mehr fliehen konnte.

Harri überwachte den Gang und die linke Seite des Büros. Whittington war nicht zu sehen, doch der größte Teil des Büros lag hinter der Wand, die sie und Ashley abschirmte.

Zuerst war Harri überrascht gewesen, wie leicht die Tür aufflog, doch jetzt verstand sie, warum. Das Innere des Büros war noch im Bau, nur die Außenwände standen schon. Mit einem Schaudern erkannte sie, dass sich zwischen ihr und Whittington nichts als eine anderthalb Zentimeter dicke Leichtbauwand befand.

Sie spürte, wie Ashleys Schulter sich anspannte. In dem kleinen Spiegel konnten sie nur ein Paar Beine sehen, das an der Innenseite der Wand entlang auf die Tür zukroch. Ashley kippte den Spiegel weiter nach oben.

»Axt! Er hat eine Axt!«

Harri warf einen Blick zu der ersten Tür, durch die sie gekommen waren. Daneben hing ein verglaster Kasten für Notfälle. Komplett ausgestattet, mit Alarmknopf, Schlauch und sogar einem Halter für die Axt. Warum hatte sie ihn nicht früher bemerkt?

»Scheiße!« Harri blieben nur Sekunden. Ashley war in einer schrecklichen Lage. Sie konnte nur in Schussposition gelangen, indem sie in das Büro vordrang und sich dabei zu einem leichten Ziel machte. Auch Harri hatte keine Möglichkeit zu schießen. Sobald Whittington die Türöffnung erreicht hätte, würde er die Axt gegen Ashley schwingen, und sie hätten nur den Bruchteil einer Sekunde, um ihn zu Fall zu bringen. Selbst wenn sie beide trafen, würden ihre Kugeln vielleicht nicht ausreichen, um die tödliche Bewegung der Axt zu stoppen. Sie saßen in der Falle ohne einen passenden Plan.

Harri griff nach Ashleys Schulter. Sie zog sie zurück und nach unten, weg von der Tür und der Wand, und feuerte acht ihrer fünfzehn Schuss rechts und links, oben und unten, auf einen Quadratmeter der Leichtbauwand. Danach knieten sie beide auf dem Boden, zielten auf die Bürotür und warteten.

Steve rannte verzweifelt auf die neuen Büros zu, er wagte nicht, darüber nachzudenken, was er über die immer noch angeschalteten Lautsprecher hörte. Nicht einmal als Ashley ihre Warnung schrie, hielt er inne. Er erreichte gerade die entscheidende Tür, als die Explosion von Schüssen sein Herz zerriss.

20

Die Tür am anderen Ende des Ganges öffnete sich. Ashley schwenkte ihre Waffe in Richtung der möglichen Gefahr. Als sie Steve erkannte, richtete sie sie erneut auf die Bürotür und teilte ihm so mit, wo die wirkliche Gefahr lag.

Mit gezogener Waffe rannte Steve auf sie zu, erleichtert, seine Partnerinnen unversehrt vorzufinden. Als er an der Tür war, bedeutete er Ashley und Harri, ihre Waffen zu senken, und hob seine eigene mit beiden Händen und gestreckten Armen. Direkt hinter der Bürotür sah er eine Blutlache und meinte, der Verdächtige sei außerhalb ihres Sichtfelds zusammengebrochen. Er horchte auf Stöhnen oder schweren Atem. Da er nichts hörte, setzte er sich in Bewegung.

»Was machst du denn?«, zischte Ashley.

»Er ist tot.« Steve wusste, dass sie das Blut nicht sehen konnten. Er betrat den Raum, um die Leiche zu suchen, die Waffe baumelte an seiner Seite.

»Scheiße.« Blitzartig erkannte er, dass er einen schrecklichen Fehler begangen hatte.

Whittington stand direkt vor ihm. Alles, was Steve sehen konnte, war die Person, dann das Blut, dann das Lächeln auf Whittingtons Gesicht. Steves Waffe hob sich in Schussposition, doch aus dem Augenwinkel erhaschte er das Glänzen einer Axt, die links von seinem Kopf durch die Luft geschwungen wurde.

Ehe Steve begriff, in welcher Gefahr er schwebte, hob er instinktiv den linken Arm. Bruchteile eines Augenblicks vor dem Aufschlag fing seine Hand die Axt ab und rettete sein Leben. Durch die Wucht des gewaltigen Schlags biss sich die Axt tief in Steves linke Schulter und er wurde an die Wand geschleudert, so dass sein rechter Arm mit der Waffe zwischen ihr und seinem Körper eingeklemmt war.

Ashley und Harri hörten seinen wütenden Schmerzensschrei, doch keine von ihnen konnte sehen, was im Büro vor sich ging. Ashley glitt durch die Tür, sah jedoch nur Steve, der an der Wand lehnte. Sie wusste, dass Whittington auf der anderen Seite lauerte.

Sie hätte einen guten Schusswinkel, wenn Steve aus dem Weg ginge.

»Runter, Steve! Runter!«, schrie Ashley wie rasend.

Sie sah, wie die Axt herumschwang und zu einem weiteren tödlichen Hieb auf seinen Kopf ausholte. Doch Steve dachte nicht mehr an Polizeitaktik. Sein Verstand war nur noch auf Überleben gepolt.

»Duck dich! Runter mit dir!«

Stattdessen versuchte Steve, sich von der Wand abzustoßen und seine eigene Waffe zu heben.

Hilfesuchend blickte Ashley zu Harri, die erneut auf die Wand zielte. Ashley wusste, dass Harri die Positionen der Menschen im Büro nicht sah und daher nicht schießen konnte.

Sie schrie: »Schieß nach rechts! Nach rechts!«

Schüsse krachten, und die Axt begann ihre tödliche Bahn. Teile der Wand spritzten in einem Schwall um Whittington herum. Er taumelte zurück, die Axt schwang unbeholfen an Steves Körper vorbei. Blind von den Partikeln, die aus der Wand gesprengt wurden, hob Steve seine Waffe und feuerte. Ashleys Befehle, sich auf den Boden zu werfen, hörte er immer noch nicht.

Ein scharfer Schmerz in seiner rechten Hand schlug ihm die Waffe aus der Hand. Dann rammte sich ein stumpfer Gegenstand in seinen Bauch. Steve griff danach und zwang seine Augen, sich zu öffnen. Whittington stand vor ihm. Keiner der Schüsse hatte ihn getroffen.

Steve entwand Whittington die Axt und schleuderte sie weg. Als er sich auf ihn stürzte, merkte er, dass er weder im linken Arm noch in der rechten Hand viel Kraft hatte. Whittington wich ihm mit Leichtigkeit aus und warf sich dann gegen Steves Knie. Durch die Wucht des Zusammenpralls fielen beide Männer in die Türöffnung.

Durch seinen Schmerz hindurch hörte Steve Ashleys und Harris Anweisungen, in Deckung zu gehen. Seine Partnerinnen hatten beide die Möglichkeit zu schießen, wenn er sich nur losreißen konnte. Er wand sich hin und her und setzte all seine verbliebene Kraft ein, um hochzukommen.

Sie schlingerten in den Gang, Whittington hartnäckig an Steve geklammert. Harri, immer noch in der Hocke, sprang auf, um nicht zerquetscht zu werden. Beide Männer krachten gegen die Wand, taumelten zurück und kamen, ineinander verschlungen, in der Mitte des Ganges zum Stehen. Trotz des lähmenden Schmerzes schaffte es Steve, die Arme zu heben und Whittington wegzustoßen.

Whittington flog durch die Luft und landete gut drei Meter weiter. Steve stand da und wartete auf die Schüsse, die dies alles beenden würden.

Nichts geschah. Whittington rappelte sich auf und rannte davon. Steve war verwirrt und desorientiert. Wo waren seine Partnerinnen? Er drehte sich um und starrte in zwei Pistolenläufe. Er stand direkt in der Schusslinie.

»Scheiße!« Steve ließ sich zu Boden fallen und hörte die Schüsse über ihn wegpfeifen. Füße streiften seinen geschundenen Körper und rannten den Gang hinunter. Er stieß sich vom Boden hoch, um sich an der Verfolgung zu beteiligen. Seine Verletzungen waren schlimm, doch nichts wäre so schlimm wie aufgeben.

Harri konnte es nicht fassen. Während Steve als Schutzschild vor ihm stand, war Whittington geflohen. Die sich schließende Tür hatte ihre Kugeln abgelenkt. Doch als sie sich an die Verfolgung machte, wusste Harri, es konnte nicht mehr lange dauern. In diesem Moment mussten Dutzende von Polizisten das Netz um sie zusammenziehen. Der Täter konnte auf keinen Fall entkommen.

Langsam und vorsichtig folgten sie einer Blutspur durch das Labyrinth von Büros. Sicherlich wimmelte der ganze Flughafen von Polizisten. Er musste ein paar von ihnen in die Arme laufen, und das Blut, das ihn überströmte, wäre jedem Beamten Hinweis genug, um ihn festzunehmen. Doch während sie die Treppe hinauf zum Hauptterminal rannten, befiel Harri ein schrecklicher Verdacht.

»Ashley, da stimmt was nicht. Wo bleibt unsere Verstärkung? Hier ist niemand!«

Sie erreichten das obere Ende der Treppe, drückten die Tür auf und betraten den Terminal.

Alle Menschen im Flughafen waren zu Stein erstarrt, als sie die Jagd über das interne Kommunikationssystem verfolgten. Aber beim Krachen der Schüsse hatte sich die Panik in Hysterie verwandelt. Eine einzige zum Ausgang rennende Person, mehr war nicht erforderlich gewesen, um die geordnete Routine in eine tödliche Stampede zu verwandeln. Die Polizisten vergaßen die Verfolgungsjagd. Das Wichtigste war jetzt, die Ruhe wiederherzustellen und ein katastrophales Chaos zu verhindern. Ihre Mühen waren vergeblich.

Harri traute ihren Augen nicht. Tausende von drängelnden, schubsenden Menschen bahnten sich gewaltsam einen Weg in Richtung der Ausgänge, die nur ein paar Leute zur Zeit hinauslassen konnten. Polizisten brüllten Ermahnungen zur Ruhe, doch die wiederholten Schüsse hatten die Panik weiter angeheizt. Menschen wurden eingequetscht. Kreischen, Gebrüll und Weinen fachten die auflodernde Hysterie weiter an.

Schließlich stolperte Steve durch die Tür. »Oh, mein Gott«, keuchte er.

Harri erlangte ihre Fassung wieder. »Er ist irgendwo da drin.«

Alle drei suchten die Menge mit Blicken ab. Verängstigte Menschen im hinteren Teil der Massen stifteten zusätzliche Verwirrung und Furcht.

»Da! Da!«, brüllte Ashley plötzlich und zeigte über die Menschen hinweg. Whittington schob sich zentimeterweise vorwärts, in Richtung Freiheit. Er hatte sichtlich Mühe, sich auf den Beinen zu halten.

In Steves Fahrwasser, der verzweifelt versuchte, sich wie ein Rammbock einen Weg zu bahnen, tauchte Ashley in die Menge ein. Niemand wollte auch nur einen mühsam erkämpften Zentimeter zurückweichen. Alle waren so auf ihr eigenes Entkommen fixiert, dass keiner auf Ashleys Polizeimarke oder Steves blutdurchtränktes Hemd reagierte.

Harri sprang auf einen Ticketschalter und versuchte, die Aufmerksamkeit der Polizisten, die sich an die Ausgänge klammerten, auf den Verdächtigen zu lenken. Steve und Ashley würden Whittington niemals erreichen, bevor er in der sich verlaufenden Menge vor den Ausgängen verschwand. Die Beamten an den Türen waren ihre einzige Hoffnung, doch der Lärm der fliehenden Masse ertränkte ihre Rufe.

Harri nahm das Funkgerät, das noch an ihrem Gürtel klemmte. »Funkspruch Code 3! Funkspruch Code 3!«

Ein Funkspruch Code 3 konnte bedeuten, dass ein Polizist in Lebensgefahr war.

Eine aufmerksame Polizeifunkerin sprang ihr prompt zur Seite. »Alle Einheiten, unterbrechen Sie Ihren Funkverkehr für einen Funkspruch Code 3. An alle, unterbrechen Sie Ihren Funkverkehr.«

Ihre Bemühungen stießen auf taube Ohren. Die unzusammenhängende Kommunikation über Funk ging weiter.

Ein langer, hoher Ton pfiff aus Harris Funkgerät, gefolgt von der aufgebrachten Stimme der Funkerin. »Alle Einheiten, unterbrechen Sie Ihren Funkverkehr! Unterbrechen Sie Ihren Funkverkehr für einen Funkspruch Code 3.« Stille trat ein. »Einheit mit Code-3-Funkspruch, kommen.«

»Hier ist Detective Mendoza. Ich bin im Haupttermінal. Der 1-87-Verdächtige versucht, mit der Menge durch einen der Ausgänge zu entkommen. Warten Sie auf genauen Standort.«

Harri hatte Whittington aus den Augen gelassen. Jetzt konnte sie ihn nicht wiederfinden. Mit rasendem Herzen suchte sie den Abschnitt ab, in dem sie ihn zuletzt gesehen hatte. Nichts. Er war verschwunden.

Harri hörte, wie die Funkerin nach dem Standort fragte, und Steves Stimme, die ihren Namen schrie. Sie entdeckte ihn in der Menge, seine blutige rechte Hand wies weiter nach vorn, auf die linke Seite. Harri schaute in die Richtung und entdeckte Whittington.

»Er ist fast an Ausgang sechs! Ausgang sechs!«

Der Beamte dort hatte den Türgriff umklammert gehalten, um nicht weggeschwemmt zu werden. Jetzt drängelte er sich brüllend durch die Menschenmenge, doch die zusammengedrängten Körper gaben nicht nach. Als er erkannte, dass der Verdächtige knapp außerhalb seiner Reichweite durch die Tür gehen würde, zog er seine Dienstwaffe. Beim Anblick der Pistole preschte die Menge an Ausgang sechs vorwärts und trug Whittington mit sich hinaus.

Kurz vor dem letzten Schub schaute Whittington zurück, seine Augen trafen Harris Blick und er lächelte über ihre Hilflosigkeit und über sein bevorstehendes Entkommen.

Harri konnte es nicht fassen. Der Bastard lachte. Er hatte gewonnen und jetzt verhöhnte er sie erneut. Sie konnte ihn nicht aufhalten. Es war vorbei.

Dann hatte Harri einen Geistesblitz. Sie hob die rechte Hand, krümmte langsam drei Finger und gab ihm das internationale Zeichen der Geringschätzung. Sie provozierte ihn. Das Lächeln verschwand aus Whittingtons Gesicht. Das Letzte, was Harri sah, als er durch die Tür geschwemmt wurde, war der Ausdruck reiner Wut. Er hatte die Herausforderung angenommen.

21

Außer Ashley und Steve erkannte Harri niemanden in dem Raum voller Leute. Steve sah aus, als fühle er sich unwohl, nicht nur wegen seiner Verletzungen, sondern auch wegen der vielen hohen Tiere um ihn herum. Als er Harri entdeckte, lächelte er und stupste Ashley an, die Harri daraufhin zuzwinkerte und ihr ihr wunderschönes Lächeln zuwarf.

Die drei hatten einander seit dem Vorfall am Flughafen nicht mehr gesehen. Sie waren alle in den Innendienst versetzt worden, während die Reviere gemeinsam eine interne Überprüfung der Schießerei durchführten und untersuchten, wie Steve seine Verletzungen erlitten hatte und – das Wichtigste – was die Panik verursacht hatte, durch die einige Menschen schwer und viele weitere leicht verletzt worden waren. Gestern war Harri, Ashley und Steve bescheinigt worden, dass sie nicht unbotmäßig gehandelt hatten.

Während der letzten beiden Wochen hatten Ashley und Harri auf ihren jeweiligen Revieren ehrenamtliche Mitarbeiterinnen und Mitarbeiter angeleitet, die telefonische Hinweise aus der Bevölkerung entgegennahmen. Unmittelbar nach Whittingtons Entkommen hatten die beiden Polizeichefs beschlossen, die Ermittlung öffentlich zu machen. Whittingtons Name und Personenbeschreibung wurden an die Presse gegeben, außerdem eine Zusammenstellung aller Straftaten, die er während der letzten Monate mutmaßlich begangen hatte. Nicht preisgegeben wurde die tatsächliche Gemeinsamkeit der Opfer. Stattdessen wurde den Medien suggeriert, das Einzige, was die Frauen verband, seien ihre Wohnorte.

Harri folgte ihrem Captain und dem Chief auf ihrem Weg zu den Kaffeekannen und setzte sich auf einen leeren Stuhl. Sie entdeckte Margo, die ihr genau gegenübersaß, in diskreter Distanz zu Ashley. Margo lächelte Harri an und formte dann mit dem Mund die Worte: »Tut mir Leid.« Harri erwiderte das Lächeln und nickte.

»Also, wenn das nicht Detective ›Beharrlichkeit‹ Mendoza ist!«

Diane Barker stand vor ihr. Harri hatte keinen ihrer Anrufe erwidert. Jetzt war sie in die Enge getrieben und man erwartete von ihr, dass sie mit der Presse zusammenarbeitete.

Sie versuchte höflich zu sein. »Ja, ich war eine der Hauptermittlerinnen in diesem Fall.«

In der Hoffnung auf Verstärkung warf Harri einen Blick hinüber zu Ashley, doch die hatte Harris Chief mit Beschlag belegt. Dafür fing Steve ihr Notsignal von der anderen Seite des Raums auf.

»Ich möchte immer noch wissen, warum eine Mordkommissarin zur Aufklärung einer Vergewaltigungsserie hinzugezogen wurde.«

»Es ist nicht nur eine –«

»Ich war auf ihre Sachkenntnis angewiesen«, kam Steve zu Hilfe. »Hallo. Ich bin Steve Carson. Ich war der leitende Kommissar bei dieser Ermittlung«, sagte er und hinderte Harri daran auszuplaudern, dass es inzwischen eine Mordermittlung war. Diese Information war nicht für die Presse freigegeben worden.

»Ach ja?«, fragte Barker genervt. »Also, was war Ihre Rolle, Detective Mendoza?« Sie würde Mendoza nicht aus diesem Gespräch entwischen lassen.

Noch bevor Barker die Frage ganz ausgesprochen hatte, antwortete Steve: »Alle an diesem Fall beteiligten Kommissare haben gleichrangig zusammengearbeitet ...« Während Steve seine lange, aber nutzlose Beschreibung ihrer Ermittlung vom Stapel ließ, schob er sich leicht zwischen Barker und Harri. Die trat den Rückzug an.

Sie waren beide überrascht, als Barker an Steve vorbei die Hand ausstreckte und Harri am Arm berührte, wo sie doch wissen musste, dass man eine Polizistin nicht einfach anfasste.

»Ich möchte mit Ihnen reden, Detective. Ich versuche schon lange, ein Interview mit der großen Detective Beharrlichkeit zu bekommen. Ihre Mitarbeit an diesem Fall wäre der perfekter Aufhänger für eine Story.«

Steve warf einen kurzen Blick über die Schulter auf Harri und erkannte die Miene der »Eisfrau«. Die Atmosphäre verschlechterte sich rapide. Er schaute sich nach zusätzlicher Verstärkung durch

Ashley um, doch die war von den hohen Tieren beider Reviere umgeben und hatte Steve den Rücken zugewandt.

Mit einer Stimme so kalt und scharf wie Eisregen setzte Harri zum Sprechen an, doch Steve ging dazwischen. »Warum wollen Sie eine Story über sie machen? Sie ist langweilig. Und über diesen Fall ist sowieso schon so viel berichtet worden, dass ich glaube, alle haben ihn satt.«

»Detective, Sie und ich wissen, dass der Bockmist, der an die Presse weitergegeben wurde, rein gar nichts bedeutet. Ich möchte wissen, warum Detective Mendoza und Detective Johnson dem Fall zugewiesen wurden. Ich möchte wissen, wie der Verdächtige identifiziert wurde. Ich möchte wissen, warum Sie in einem Flughafen voller Menschen eine Festnahme versucht haben. Ich möchte mehr über die mysteriöse Ms. Beharrlichkeit wissen, die sich weigert, mit Journalisten zu sprechen. Und wenn sie keinen Termin mit mir vereinbaren will, werde ich mit ihrem Chief reden!«

Margo kam auf sie zu, und Harri wusste, dass sie ihr diese Reporterin elegant vom Hals schaffen konnte, doch sie war zu wütend, um sich darum zu scheren. »Ich spreche nicht mit Journalisten, weil ich sie nicht mag, und ich mag *Sie* nicht. Es ist mir scheißegal, ob mir mein Chief befiehlt, mit Ihnen zu reden. Ich werde es nicht tun!« Harri drehte sich um und ging davon, gerade als Margo zu ihnen stieß. Diese Barker würde nicht locker lassen.

»Also, Leute, lasst uns anfangen.« Ashleys Chief trat in die Mitte des Raums. »Ich habe Sie alle hierher gebeten, weil wir diskutieren müssen, wie lange wir unsere Bemühungen, den Verdächtigen Thomas Whittington zu fassen, noch weiterführen wollen. Mitarbeiter der Presse sind anwesend, weil wir der Auffassung sind, dass Sie alle in diesem Fall zu Partnern der Polizei geworden sind.«

Diane Barker unterbrach. »Chief, wenn wir Partner sind, warum nennen Sie uns dann nicht die wahren Gründe für den Versuch, einen aktenkundigen, gefährlichen Verbrecher in einem Flughafen voller Menschen festzunehmen?«

Der Chief sah seinen Pressesprecher an, der ihm versprochen hatte, derartiges zu verhindern. Der Pressesprecher sprang augenblicklich ein, um seinen Chief abzuschirmen und seine Karriere zu retten.

»Diane, wie ich Ihnen und Ihrem Produzenten erklärt habe, ist dies keine Pressekonferenz. Die hat bereits stattgefunden. Der einzige Zweck dieses Treffens ist zu entscheiden, was als Nächstes unternommen werden soll.«

Eine andere Journalistin erkannte, dass Diane auf etwas gestoßen war. »Ich sehe es eher als einen neuerlichen Versuch, den Medien eine Entscheidung zu verkaufen, die Sie längst getroffen haben, und das wird nicht funktionieren, solange nicht alle Fakten des Falls offen gelegt sind.«

Der Pressesprecher wandte sich um und warf Harri einen Blick zu. Er hatte ihren Streit mit Diane beobachtet und war überzeugt, dass er ihr dieses heraufziehende Desaster zu verdanken hatte.

»Also, das ist nicht wahr«, versuchte der Chief zu beschwichtigen. »Bislang wurde keine Entscheidung gefällt. Dazu wollen wir jetzt kommen. Die relevanten Fakten dieses Falls wurden den Medien mitgeteilt, einschließlich der Information, dass eine interne Untersuchung des Vorfalls am Flughafen durchgeführt wurde, die ergeben hat, dass die drei ermittelnden Detectives sich nichts haben zuschulden kommen lassen. Im Gegenteil, sie haben in einem heldenhaften Versuch, den Verdächtigen festzunehmen, ihr Leben riskiert.«

Barker ließ sich von diesen Worten nicht einlullen. Sie war wild entschlossen, diese Story zu bekommen, koste es, was es wolle. »Entschuldigen Sie, Chief, aber keine der Pressemitteilungen oder Pressekonferenzen hat erklärt, warum die Festnahme am Flughafen versucht wurde, und ich denke, die Leute haben ein Recht darauf, es zu erfahren.«

Margo wurde allmählich wütend. Sie wusste, dass beide Reviere einfach nur versuchten, Ashley vor den Medien zu schützen. Wie bei allen anderen Opfern waren ihr Name und die konkreten Umstände ihres Angriffs nicht veröffentlicht worden. Doch der Angriff gegen sie war der Schlüssel zur Identifikation des Verdächtigen. Ihr Gedächtnisverlust war es, der zu der Situation am Flughafen geführt hatte.

Margo blickte sich um und sah, wie Harri der Mitarbeiterin einer Opfervertretung etwas zuflüsterte. Sie hatte sich zu Beginn der Diskussion neben sie gesetzt, und jetzt erkannte Margo den Grund. Sie hatte bemerkt, dass sich auf Ashleys Gesicht Angst, Beschämung und Schmerz zeigten.

Schließlich stand die Opfervertreterin auf. »Hören Sie, ich habe genug von diesem Gezänk! Ich bin nicht hier, um noch mal durchzukauen, was bereits geschehen ist, obwohl ich eine von denen bin, die Ihrer Meinung nach das Recht hätten, es zu erfahren.« Sie starrte Barker wütend an. »Ich bin hier, um sicherzugehen, dass dieser Wahnsinnige nie wieder jemanden verletzt und dass alles unternommen wird, um ihn zu fassen. Es gefällt mir nicht, dass Sie diesem Ziel im Weg stehen, und ich mag Ihre anschuldigende Art nicht. Ausnahmsweise lässt uns die Polizei an ihrem Entscheidungsprozess teilhaben. Dazu ist sie nicht verpflichtet, und Sie machen alles kaputt! Wenn Sie an der Diskussion, zu der wir alle hier sind, nicht teilnehmen wollen, sollten Sie besser gehen!«

Margo lehnte sich zufrieden auf ihrem Stuhl zurück und lächelte Harri zu. Niemand von den Presseleuten war scharf darauf, sich mit der von ihnen ständig beschworenen Öffentlichkeit anzulegen.

Die Versammlung diskutierte die Ermittlungsergebnisse der letzten beiden Wochen. Die meisten Fachleute glaubten, Whittington sei nach Mexiko geflohen und dort aller Wahrscheinlichkeit nach seinen Verletzungen erlegen.

Alle waren übereingekommen, dass die Ermittlung momentan ausgesetzt werden sollte, doch sobald irgendwelche neuen Erkenntnisse ans Tageslicht kämen, würde das Ermittlungsteam sofort wieder zusammenkommen, um ihnen nachzugehen.

Mehreren Leuten fiel auf, dass Detective Mendoza keine Spekulationen darüber angestellt hatte, was mit dem Verdächtigen geschehen war. Ja sie hatte während der gesamten Diskussion kein Wort gesagt, nicht einmal, als ihr Captain sie indirekt dazu aufforderte. Sie saß still da, mit ihren Gedanken offenbar ganz woanders.

Während Ashley sich Sorgen machte, dass Harri sich erneut die Verantwortung für Whittingtons Entkommen aufbürdete, war Diane Barker überzeugt, dass Harri nicht alles weitergab, was sie wusste. Sie war entschlossen herauszufinden, was sie verbarg.

Die drei Mitglieder des Ermittlungsteams verließen das Treffen schnell. Keiner von ihnen wollte von einem Chief, einem Reporter oder sonst jemandem abgefangen werden. Alles, was sie wollten, war etwas Zeit für sich.

Harri fuhr den Mietwagen auf den öffentlichen Parkplatz am Strand, stieg aus und ging zurück Richtung Straße. Steve wollte sie gerade fragen, was sie vorhatte, als er spürte, wie Ashley ihn am Ärmel zupfte.

»Komm, sichern wir uns gute Plätze. Sie kommt gleich wieder.«

»Gute Plätze? Wovon sprichst du?« Steve sah verwirrt aus. »Es ist ein riesiger Strand und im Umkreis von hundert Metern ist außer uns keine Menschenseele.«

»Komm schon.« Ashley zog Steve bis hinunter an den Rand des trockenen Sandes. Sie setzten sich. »Die besten Plätze des Hauses«, verkündete Ashley stolz.

Binnen weniger Minuten war Harri zurück und setzte sich zwischen sie. Sie hatte eine Flasche Wein und Sektkelche aus Plastik dabei. Ashley lächelte.

»Diese Plätze sind prima, du hast einiges von mir gelernt«, lobte Harri.

Steve genoss die frische Luft und die Wärme des Sandes. Er sah den Wellen zu, die sachte an den Strand schwappten, und fragte sich, wie weit sie wohl gereist waren. Harri gab Ashley und Steve ein Glas Wein und sie erhoben sie zu einem Toast. »Darauf, einem kleinen Stück Hass in der Welt ein Ende zu bereiten.«

Ashley sah Steve und Harri an. »Ich bin froh, dass ich euch kennen gelernt habe, und ich hoffe, unsere Freundschaft wird lange halten.« Sie tranken einen Schluck und schauten wieder aufs Meer.

Einen Augenblick später erhob Steve, mit gequältem Grinsen, sein Glas noch einmal. »Auf zwei Frauen, deren Mut, Stärke und Liebe nicht nur einem Wahnsinnigen das Handwerk legten, sondern auch einen unwilligen Schüler lehrten, Menschen so zu akzeptieren, wie sie sind, und nicht nur so, wie er sie gern hätte. Ihr sollt wissen, dass ihr immer auf mich zählen könnt.«

Erneut hoben sie die Gläser zu einem Toast. Jetzt war die Reihe an Harri.

»Auf das Meer, den Sand, den Wind und den Himmel, die uns stets an die Unermesslichkeit des Lebens erinnern. Ich bin bloß froh, dass wir alle am Leben sind und uns jetzt daran freuen können.«

Sie saßen eine Weile schweigend da. Schließlich fragte Ashley: »Steve, alles in Ordnung mit dir?«

Steve sah mit starrem Gesichtsausdruck in ihre Richtung. »Mir geht's bestens.« Nervös spielten seine Finger mit dem Sand.

Harri sagte: »Weißt du noch, vor ein paar Minuten hast du gesagt, dass du immer für uns da bist. Würdest du uns also bitte dasselbe für dich tun lassen?«

Steve sah hinab auf den Sand und versuchte, eine Hand voll zu greifen, doch seine Finger gehorchten nicht. Er sah auf seine andere Hand, die so starr in der Gipsschiene lag, dass er kaum sein Weinglas halten konnte.

»Ich habe starke Nervenschäden im linken Arm davongetragen, außerdem wurden Muskeln und Sehnen zerstört. Die Ärzte meinen, mit Krankengymnastik kann ich zu dreißig oder vierzig Prozent wiederhergestellt werden. Die rechte Hand wird wohl fast wieder wie früher, obwohl Dinge wie Schreiben viel schwieriger sein werden.«

Steve holte tief Luft, seine Kehle war wie zugeschnürt. Er wusste nicht, wie er weitermachen sollte. Weder mit seiner Rede noch mit seinem Leben. Er sah Harri an und sie nahm seine linke Hand in ihre beiden und hob seinen hilflosen Arm auf ihr Knie.

Schmerz stahl sich in seine Stimme. »Ich war nie etwas anderes als ein Cop. Wollte nie etwas anderes sein. Es ist ein Teil dessen, woran ich glaube, ein Teil von mir.« Er sah Harri und Ashley an, und mit der Wahrheit kamen die Tränen. »Ich werde nie mehr Polizist sein.«

Ashley sagte mit zusammengebissenen Zähnen: »Verdammt, Steve, du wirst immer Polizist sein. Vielleicht arbeitest du nicht mehr bei der Polizei, aber was wir tun, ist mehr als die tägliche Arbeit. Du wirst immer diese besondere Fähigkeit in dir tragen, das zu tun, was wir tun.«

Harri nahm Ashleys Hand und legte sie auf Steves und ihre eigene. »Wir werden das hier gemeinsam durchstehen und den Untergang dieses Arschlochs ein für alle Mal besiegeln.«

Sie schwor sich, das nächste Mal, wenn sie Thomas Whittington gegenüberstand, würde sie die Sache beenden.

22

Harri rückte von ihrem Schreibtisch ab und stand langsam auf. Sie war so in ihre Arbeit vertieft gewesen, dass sie die kleinen Signale ihres Körpers ignoriert hatte. Jetzt durchdrang sie der Schmerz vom Nacken bis in die Zehen. Die internen Mitteilungen der Polizei waren interessant gewesen, doch für ihre Zwecke irrelevant. Nach Whittingtons Flucht waren alle ausschließlich darauf fixiert, seinen Aufenthaltsort zu ermitteln, und die Informationen in den Berichten spiegelten diese Priorität wider.

Das war es nicht, was Harri interessierte. Sie musste wissen, *warum.* Warum griff er ausschließlich Lesben an? Warum sagte er die Dinge, die er sagte? Warum hatte er sein letztes Opfer getötet? Harri hatte eine Liste seiner Familie samt Freundinnen und Freunden zusammengestellt. Ab morgen würde sie mit all diesen Leuten reden.

Sie legte die Liste in ihre Schublade und wollte gerade das Büro verlassen, als das Telefon klingelte. »Mordkommission, Detective Mendoza.«

»Hey, Mädel, wie läuft's?«

Ashleys freudige Stimme ließ Harris Sorge und Beklommenheit verpuffen. Sie konnte nicht anders als lächeln. »Worüber freust du dich so?«

»Ich sage dir, allmählich glaube ich an Schicksal und den ganzen Kram. Wäre Steve nicht so außer sich vor Erleichterung, hätte er dich selbst angerufen, aber ein Haufen glücklicher Kollegen hat ihn zu einer Riesenparty entführt. Hey, warum fliegst du nicht her und feierst mit uns?«

»Du hast mir noch gar nicht gesagt, was es zu feiern gibt.« Harri fragte sich, ob Steve in der Lotterie gewonnen hatte.

»Steve ist zum Sergeant befördert worden.«

»Wie das? Ich dachte, er geht wegen seiner Verletzungen in Ruhestand.«

»Pech gehabt, nein.« Ashley war überglücklich.

»Erzähl.« Harri lachte ebenfalls, obwohl sie immer noch nicht wusste, was los war.

»Er ist zum Sergeant befördert worden, weil er sowieso der Nächste auf der Liste war. Es gibt eine spezielle Ausbilderstelle, die im kommenden Geschäftsjahr eingerichtet werden sollte. Jetzt haben Stadtrat und Bürgermeister beschlossen, die Stelle sofort zu schaffen, und sie Steve gegeben. Er ist verantwortlich für ein neues Ausbildungsprogramm der Ortspolizei. Ist das Schicksal, oder was?«

»Also ist er noch Polizist?«

»Jahaa. Soweit ich weiß, hat die Stadt nach dem Behindertengesetz Polizisten, die bei der Arbeit bleibende Schäden erleiden, neu eingestuft. Er bekommt weiterhin die volle Versicherungsleistung und behält den Status als Polizeibeamter, aber er darf keine Verhaftungen mehr durchführen. Es ist merkwürdig, aber das Wichtigste ist, dass er noch ein Cop ist und bei uns bleibt.«

Harri führte in ihrem Büro einen kleinen Freudentanz auf und rief: »Ja, ja, ja!«

»Ziemlich klasse, was? Du hättest Steves Gesicht sehen sollen, als sie es ihm gesagt haben, es war toll. Also, kommst du her?«

»Ich kann nicht, aber sag dem Kasperkopf, er soll mich anrufen, wenn er von Wolke sieben wieder runter ist.«

»Alles klar, wir sprechen uns. Mach's gut.« Ashley legte auf.

Harri war so aufgeregt, dass sie den Flur rauf und runter lief auf der Suche nach jemandem, dem sie es erzählen könnte. Sie wollte feiern. Sie wollte vor Freude schreien. Sie wollte Steve drücken. Stattdessen ging sie zurück in ihr Büro und suchte ihre Sachen zusammen, um nach Hause zu gehen.

Das Telefon klingelte erneut. »Harri, können Sie bitte auf dem Weg nach draußen in meinem Büro vorbeischauen?«

Wenn der Captain sie sprechen wollte, stand Harri zur Verfügung. »Klar. Ich bin sofort da.«

»Kommen Sie rein, Harri.« Sobald sie an seiner Tür auftauchte, winkte der Captain sie in sein Büro und zu einem Stuhl. »Wie geht es Ihnen? Ich hatte seit der Sache am Flughafen noch keine rechte Gelegenheit, mit Ihnen zu sprechen. Zumindest nicht auf einer persönlicheren Ebene.«

Der Captain hatte einiges auf sich genommen, um Harri ständig über den Verlauf und die Ergebnisse der internen Untersuchung zu informieren.

»Mir geht's ziemlich gut, aber ich wünschte natürlich, die Dinge hätten sich anders entwickelt.«

»Ja, machen Sie sich bloß keine Sorgen darüber. Jeder hier weiß, dass Sie alles getan haben, was Sie konnten, um dieses Arschloch zu kriegen.«

Die Worte »alles, was Sie konnten« ließen Harri zusammenzucken. Sie dachte an Pearl.

Der Captain fuhr fort: »Ich glaube, Sie müssen so schnell wie möglich Ihre gewohnten Pflichten wieder aufnehmen. Ich würde Ihnen gern eine Weile freigeben, wenn Sie wollen, und dann will ich Sie wieder in der Mordkommission haben.«

»Ich glaube, der Innendienst während der internen Untersuchung war genug freie Zeit. Aber ich bin mit dieser Ermittlung noch nicht fertig, Captain.« Harri versuchte, lässig zu klingen.

»Ich bin nicht sicher, ob ich weiß, was Sie meinen. Die Ermittlung wurde zu den Akten gelegt. Wir nehmen an, der Verdächtige hat das Land verlassen. Vielleicht ist er tot. Was gibt es noch zu tun?«

Harri sah, dass der Captain, wie alle anderen, die sich mit diesem Fall befasst hatten, einfach froh war, dass es vorbei war. Das reichte ihm. Harri würde es niemals reichen.

Sie sagte eindringlich: »Captain, wir wissen beide, dass der Fall, nur weil er eingestellt wurde, nicht abgeschlossen ist. Für mich jedenfalls ist er damit nicht erledigt. Ich will wissen, warum dieser Irre Lesben verletzt hat. Ich finde, ich schulde es den Opfern, das herauszufinden.«

Der Captain begegnete Harris sturem Blick. Einen Moment lang erinnerte er sich daran, wie es war, an ihrer Stelle zu sein. Wieder und wieder gefragt zu werden, warum. Er hätte wissen müssen, dass Harri an diesem Punkt nicht einfach aufhören konnte. Nicht, wenn es eine Chance gab, die Antwort zu finden.

»Sind zwei Wochen genug?«

Harri lächelte halb und nickte dankbar. »Reichlich.« Sie stand auf und wollte gehen.

»Noch eins. Was ist mit dieser Reporterin, dieser Barker?«

Harri sank zurück auf ihren Stuhl. Offensichtlich hatte Diane Barker ihre Drohung wahr gemacht. »Warum? Was soll mit ihr sein?«

»Sie hat angerufen und behauptet, Sie seien unkooperativ. Sie wollte, dass ich Ihnen befehle, ihr über die Ermittlung in den Vergewaltigungsfällen ein Interview zu geben.«

Harri zog eine Grimasse. »Ich kann nicht mit ihr sprechen. Sie versucht, irgendeinen Skandal ans Tageslicht zu bringen und eine Sensationsgeschichte aus diesen Angriffen zu machen. Daran will ich mich nicht beteiligen.«

Der Captain sagte gönnerhaft: »Hören Sie, Harri, meiner Erfahrung nach laufen die Dinge immer besser, wenn Sie mit den Medien kooperieren, als wenn Sie es nicht tun. Ich glaube, wenn Sie richtig mit ihr umgehen, können Sie ihr genug sagen, um sie glücklich zu machen, ohne etwas wirklich Wichtiges preiszugeben. Lenken Sie sie einfach in die Richtung, in der Sie sie haben wollen.«

Harri schüttelte den Kopf. »Ich glaube nicht, dass das bei dieser rasenden Reporterin funktioniert. Sie schnüffelt jetzt schon in eine Richtung, die sie direkt zu Ashley führen würde. Ich werde nicht mit ihr sprechen.«

Der Captain beugte sich vor. »Was, wenn ich es Ihnen befehle?«

»Dann wäre es an der Zeit, mir einen neuen Job zu suchen.«

Er lächelte, er hatte gewusst, dass sie seinen Bluff durchschauen würde. »Dann werde ich mich wohl selbst um sie kümmern müssen.«

»Dafür kriegen Sie ja schließlich die viele Kohle.« Harri lachte und verließ sein Büro.

Diane Barker lehnte lässig an dem riesigen Chevy Suburban, ihrer mobilen TV-Einheit, und nippte an ihrem Tee, um die morgendliche Kälte abzuwehren. Mendoza zu beschatten garantierte einen langen und anstrengenden Tag. Verärgert trommelte sie mit den Fingern an ihren Becher. Cops fanden immer einen Weg, sich gegenseitig zu schützen.

Diane wusste, diese Ermittlung barg eine Story. Als sie die Zusammensetzung des Teams herausbekommen hatte, das mit den Serienvergewaltigungen befasst war, hatten ihre Reporterinneninstinkte aufgeschrien. Nicht jeden Tag wurde ein weiblicher Grünschnabel aus dem Streifendienst abkommandiert und einer wichtigen, von mehreren Stellen durchgeführten Ermittlung zugeteilt. Noch dazu hatte ein anderes Revier seine Top-Frau aus der Mordkommission abberufen, um sie in derselben Sache einzusetzen. Warum?

Den beiden Revieren war es in beeindruckender Manier gelungen, die Ermittlung aus den Medien herauszuhalten. Diane hatte Unterlagen über alle Vergewaltigungsfälle der letzten vier Monate angefordert, doch sie wusste, dass Namen und Adressen der Opfer darin gelöscht sein würden. Es war nicht einmal klar, wann die Vergewaltigungen begonnen hatten. Daher wusste niemand genau, wie viele Opfer es gegeben hatte. Niemand kannte die Reihenfolge der Angriffe. Niemand kannte das Motiv. Alle kannten den Verdächtigen.

Und man erwartete von Diane, dass sie sich mit der Theorie, der Verdächtige sei außer Landes geflohen oder gestorben, zufrieden gab: Ende der Geschichte. Na, sie würde diese Ermittlung nicht stillschweigend ad acta legen. Sie wollte die Wahrheit, und wenn sie dafür Ms. Beharrlichkeit wochenlang verfolgen müsste.

»Scheiße!« Harris Morgen fing schlecht an. Da stand Barker, direkt an der Einfahrt zum Angestelltenparkplatz. Sie schoss am Fahrzeug des Fernsehsenders vorbei und fuhr ganz bis ans andere Ende des Platzes. Dann sprang sie aus dem Auto und marschierte schnurstracks auf die Tür zu den Arrestzellen zu.

Harri warf einen Blick zurück zur Einfahrt und sah, wie Barker über eine abgesperrte Fläche rannte, um sie abzufangen. Trotz ihres Ärgers über Barkers Arroganz wollte sie keine Auseinandersetzung mit ihr. Sie unterdrückte den Impuls, zur Tür zu spurten, und zwang sich, ihren Schritt zu verlangsamen, so dass Barker ein paar Sekunden warten musste.

Diane sah zu, wie die Kommissarin selbstsicher über den Asphalt schritt. Seit sie Mendoza vor ein paar Jahren zum ersten Mal gesehen hatte, fand sie sie attraktiv. Ihr gefiel die Unnahbarkeit der Frau und ihre geradezu magische Art, Situationen zu beherrschen, ohne dominant zu wirken. Obwohl die Fähigkeiten von Ms. Beharrlichkeit ihr Reporterinnendasein oft erschwert hatten, konnte Diane nicht anders als diese Frau zu respektieren. Schade, dass sie ein Cop war.

»Guten Morgen, Detective. Ich habe ein paar Fragen an Sie, wenn Sie nichts dagegen haben.«

Harri blieb direkt vor der Reporterin stehen und starrte sie wütend an. Diane spürte, wie dieser brennende Blick sie durchdrang.

»Ich habe etwas dagegen. Ja, ich habe schon etwas dagegen, Ihnen heute Morgen überhaupt zu begegnen.«

Sie wollte um Barker herumgehen, doch die Reporterin vertrat ihr den Weg. Blitzschnell ging Harri in Abwehrstellung, überrascht, dass sie tatsächlich jemand daran hindern wollte, das letzte Wort zu haben.

»Oh, bitte tun Sie mir nichts, Detective!« Diane versuchte, ihre Angst hinter Sarkasmus zu verstecken.

Harri sagte nichts, sah Barker nur mit einem Blick an, den die gleichzeitig einschüchternd und aufregend fand.

»Ich verstehe nicht, warum Sie so ausweichend sind. Was verbergen Sie?« Diane klang fast entschuldigend.

»Und ich verstehe nicht, warum Sie so hartnäckig sind. Ich habe Ihnen gesagt, dass es hier keine Story gibt. Warum wühlen Sie nicht in den Angelegenheiten anderer Leute herum? Diese Stadt ist voll von pikanten Geschichten. Sie verschwenden Ihre Zeit mit dieser Ermittlung, die aus und vorbei ist.« Harris Wut war nicht zu überhören.

»Wenn das stimmt, warum wollen Sie dann nicht mit mir sprechen?«

»Es gibt nichts, worüber wir sprechen könnten.«

»Ich glaube, Sie irren sich, und ich habe vor, Ihnen überallhin zu folgen, bis ich weiß, was Sie wissen.«

Harri reichte es. Sie schob sie grob zur Seite, ging an ihr vorbei und öffnete die Tür. »Machen Sie, was Sie wollen, aber Sie werden alle lohnenden Storys versäumen.«

Harri hörte kaum, wie Barkers letzte Worte durch die sich schließende Tür huschten: »Ich glaube, ich habe sie schon gefunden.«

»Margo, diese Reporterin macht mich noch verrückt. Gibt es keine rechtliche Möglichkeit, sie von meinem Fall fern zu halten?«

Harri war direkt in ihr Büro marschiert und hatte es geschafft, Margo telefonisch zu erreichen, ehe sie in den Gerichtssaal ging. Als Pressebeauftragte des Bezirksstaatsanwalts war sie Expertin im Umgang mit den Medien.

»Hör zu, Harri, ich habe mir diese Barker näher angeschaut, weil ich mir um Ashley Sorgen mache. In ihrer Nähe solltest du dich lieber in Acht nehmen. Diane Barker genießt einen ziemlich beeindruckenden Ruf. Wie es aussieht, kriegt sie auf die eine oder andere Weise immer ihre Story, und mit juristischen Mitteln kannst du ihr nicht beikommen.«

»Scheiße! Was soll ich tun? Du meinst doch nicht, ich sollte ihr einfach alles erzählen, oder?«

»Nein, nein, auf keinen Fall! Du kannst dich immer noch auf die gesetzliche Schweigepflicht berufen. Aber wir wissen beide, wenn sie weitersucht, wird sie irgendwann jemanden finden, der redet. Bis jetzt hatten wir einfach Glück. Vielleicht solltest du ihr ein bisschen was geben. Versuch, ihr nur so viel zu sagen, dass es sie in die falsche Richtung weist.«

Harri seufzte. Allmählich fühlte sie sich fast besiegt. »Das habe ich schon einmal riskiert. Meinst du, wenn sie merkt, dass ich sie für nichts und wieder nichts durch die Gegend jage, wird sie das Ganze einfach vergessen?«

»Nein, aber bis ihr das klar wird, hat ihr Produzent das Spielchen vielleicht satt, oder eine größere Story kommt ans Licht. Du musst es versuchen.«

Harri konnte die Sorge in Margos Stimme hören. »Hey, keine Angst. Wenn alle Stricke reißen, mache ich sie so wütend, dass sie einen gesalzenen Artikel über mich schreibt. Das wäre nicht das erste Mal.«

»Ruf mich an und halt mich auf dem Laufenden. Vielleicht kann ich dir irgendwie helfen. Ich kenne ein paar Leute in ihrer Branche, die mir den einen oder anderen Gefallen schulden.«

»Mach ich. Danke schon mal, und sieh zu, dass die Cops heute im Zeugenstand gut aussehen.«

»Oh, jetzt bittest du also um Wunder?«

Sie lachten beide.

Harri legte auf und ging hinunter ins Besprechungszimmer. Sie lehnte sich in den Türrahmen, während der Lieutenant den Einsatzkräften den Schluss eines revierinternen Memos vorlas. Er sah auf und entdeckte sie. »Oh, was führt die reisende Detective Beharrlichkeit zu unserer Besprechung? Sie haben in letzter Zeit keine Morde gelöst, also können Sie nicht hier sein, um meine Beamten für das Durcheinanderbringen Ihres Tatorts herunterzuputzen.«

Harri lächelte und schüttelte den Kopf. Der Lieutenant hatte Recht. Normalerweise kam sie nur zu einer Besprechung des Streifendienstes, wenn jemand an einem Tatort oder während einer Ermittlung einen dummen und schwerwiegenden Fehler gemacht hatte.

»Keine Probleme heute, Lieutenant, bin bloß zu Besuch.«

»Blödsinn! Was wollen Sie hier?«

»Na ja, wenn Sie einen Ihrer großartigen Beamten entbehren können, ich könnte eine Streife brauchen, für etwa fünfzehn Minuten, um mir mit einer hartnäckigen Reporterin zu helfen.«

Bei der Aussicht auf eine Gelegenheit, die Presse ein wenig zu schikanieren, wurden alle Streifenpolizisten im Raum munter. Der Lieutenant lächelte und wedelte mit seinem erhobenen Zeigefinger. »Aber, aber, wir alle wissen, wie wichtig die Vertreter der Medien für uns sind. Wenn wir sie respektvoll behandeln, werden sie diese Anerkennung erwidern.« Er sah sich im Besprechungszimmer um. »Lee, wären Sie so freundlich, Detective Mendoza beim Abschütteln dieser Barker behilflich zu sein?«

»Ich schätze, sie ist immer noch da draußen.« Harri zeigte auf den Eingang bei den Arrestzellen, durch den die meisten Beamten das Gebäude betraten.

Lee war ein schlanker, jungenhaft aussehender Polizist mit etwa zwei Jahren Diensterfahrung, doch er hatte bereits eine Abneigung gegen die Presse entwickelt. »Und *wie* sie da draußen ist. Bittet jeden, sie mit reinzunehmen und ihr einen Pass zu besorgen.«

»Prima! Lee, komm rauf in mein Büro, wenn du so weit bist.« Harri winkte und ging wieder an ihre Arbeit.

Als Harri in ihrem Zivilwagen vom Parkplatz fuhr, rammte der Suburban sie fast, denn der Fahrer raste los, um sich direkt hinter ihr einzuordnen. Lee verschmolz in seinem Streifenwagen lässig mit dem fließenden Verkehr hinter dem Suburban, denn die Fahrer in der Nähe taten ausnahmsweise alles, um das Polizeifahrzeug vorzulassen.

Barkers Kameramann wurde mulmig, als er sah, wie sich der Streifenwagen hinter ihnen einordnete. »Ich glaube nicht, dass wir weit kommen werden, Diane«, sagte er und zeigte in den Rückspiegel.

Sie sah über ihre Schulter und winkte dem Polizisten zu, erhielt jedoch keine Reaktion. »Er kann uns nichts, solange wir nichts falsch machen. Bleib einfach dran.«

Etwa fünf Blocks weiter hielt der Caravan an einer roten Ampel. Harri wartete ein paar Sekunden, dann schaltete sie ruhig das rote Signallicht in ihrer Windschutzscheibe ein. Plötzlich war der Morgen mit dem Schrillen einer Sirene erfüllt.

»Das kann sie nicht machen.« Diane wusste genau, was jetzt kommen würde.

»Ich glaube, sie kann, und ich weiß, sie wird es tun.« Der Kameramann erkannte eine Niederlage, wenn er sie sah.

Harri wartete, bis alle Fahrer an der Kreuzung erkannt hatten, dass ihr Cherokee tatsächlich ein Polizeifahrzeug war. Dann trat sie das Gaspedal durch, raste los und verschwand hinter der nächsten Biegung.

»Hinterher, verdammt noch mal. Na los!« Diane hämmerte aufs Armaturenbrett.

Der Kameramann vergaß das Streifenfahrzeug direkt hinter ihm und schoss Harri hinterher über die rote Ampel. Kaum hatte er die Kreuzung überquert, da wiesen Lees Sirene und Blaulicht ihn schon an, am Straßenrand zu halten.

Lee ließ sich Zeit, ging gemächlich zur Fahrertür und versuchte, sein Grinsen zu unterdrücken, als er den Kameramann um seinen Führerschein bat.

Diane kochte vor Wut. »Sie werden ihm doch nicht im Ernst eine Strafe aufbrummen? Ihr hattet doch euren Spaß. Sie haben Ihre Aufgabe erfüllt, die Kommissarin ist weg.«

Das fand Lee nicht mehr witzig. »Wie kommen Sie darauf, dass Sie von der Straßenverkehrsordnung ausgenommen sind? Das war ein krasser Verstoß, und Sie können sicher sein, dass ich das aufnehme.« Lee ging zurück zu seinem Auto und füllte langsam den Strafzettel aus. Ja, dies würde der ordentlichste Strafzettel werden, den er je eingereicht hatte.

23

Die Haustür war mehr als ein Gegenstand mit der Funktion, die Welt auszuschließen – sie war ein Kunstwerk. In das dicke, schwere Holz war eine Szene aus dem Weinanbau geschnitzt, mit Arbeitern zwischen Reihen von Rebstöcken und Bergen im Hintergrund. Das Glas im oberen Teil der Tür spiegelte den Himmel, so dass sich über der Szene der raffinierte Effekt eines echten, offenen blauen Raums ergab.

Harri streckte die Hand nach der Schnitzerei aus. Ihre Finger glitten über die Tür, als lese sie Blindenschrift. Sie konnte sich nicht vorstellen, wie man Holz dazu brachte, dermaßen lebendige Formen abzubilden. Über ihre Schulter sah sie zurück auf den atemberaubenden echten Ausblick, den Mr. Whittington senior genoss.

Thomas Whittingtons Vater war offenbar ein erfolgreicher Anwalt gewesen. Harri wusste, dass er vor mehreren Jahren in Pension gegangen und ins Weinland gezogen war. Der vor ihr liegende Weinberg war nicht seine Lebensgrundlage, sondern ein teures Hobby. Ein paar Informationen hatte sie aus Polizeiunterlagen entnommen. Jetzt wollte sie mehr, viel mehr.

Harri konnte sich nicht überwinden, an das Kunstwerk zu klopfen, und der volle Ton der Türklingel schallte durchs ganze Haus. Ein paar Minuten später wurde die Tür geöffnet.

Henry Whittington war ein großer Mann mit gepflegtem, grauem Haar, das so weich aussah wie Kaninchenfell. Harri musste den Impuls unterdrückten, es zu berühren. Er war kräftig und hatte die gleichen eindrucksvollen Gesichtszüge wie sein Sohn. Auch das ruhige Auftreten war das gleiche, und Harris Herz begann zu rasen. Sie konnte hinter dieser ausgeglichenen, gelassenen Erscheinung noch etwas anderes spüren. Es war derselbe Blick, dem sie am Flughafen begegnet war, und er bereitete ihr eine Gänsehaut.

Harri zog die Polizeimarke aus ihrem Gürtel. »Mr. Whittington, ich bin Detective Mendoza und ich hoffe, Sie haben ein paar Minuten Zeit, um mit mir über Ihren Sohn Thomas zu reden.«

Whittingtons Ausdruck blieb unverändert. »Ich habe bereits mit der Polizei gesprochen und alle Informationen weitergegeben, die ich habe. Ich stehe meinem Sohn schon seit vielen Jahren nicht mehr nahe.«

»Sir, ich weiß, dass Sie mit einem Kollegen gesprochen haben, aber ich bin nicht hier, um Ihren Sohn ausfindig zu machen. Ich war eine der Ermittlerinnen der Serienvergewaltigungen, und ich versuche zu verstehen, warum er es getan hat.«

Sie bemerkte die Überraschung in Whittingtons Augen, als sie das Wort »Vergewaltigungen« aussprach. Es war eine ganz leichte, kurzfristige Veränderung, die den meisten Cops bestimmt entgangen wäre. Der Kollege hatte ihm offenbar nicht erzählt, weshalb sie seinen Sohn suchten. Doch mit Sicherheit sah dieser Mann fern und las Zeitungen. Er musste davon gehört haben. Vielleicht war es ja doch nicht Überraschung, was Harri hatte aufschimmern sehen.

Whittington wich nicht von seinem Wachposten an der Tür. Harri fuhr unbeirrt fort: »Die Zeitungen haben nicht wirklich das ganze Ausmaß der Straftaten dargestellt und der andere Beamte hat Ihnen sicherlich nicht viel erzählt, aber Thomas' Angriffe waren brutal und hassmotiviert.«

Plötzlich klang Whittington defensiv. »Mein Sohn hat Frauen nicht gehasst. Die Frauen haben sich ihm ständig an den Hals geworfen. Warum sollte er es nötig haben, irgendwen zu vergewaltigen? Nach allem, was ich weiß, ist mein Sohn unschuldig, und Sie beschuldigen ihn fälschlicherweise. Ich habe keinerlei Absicht, mit Ihnen zu sprechen.«

Die große Tür begann sich vor Harris Nase zu schließen, aber sie beschloss, das nicht zu verhindern. Stattdessen versuchte sie etwas Gewagtes. »Er hat nicht *irgendwelche* Frauen vergewaltigt, sondern ausschließlich Lesben, und sein Motiv war der Hass, den er von Ihnen gelernt hat.«

Die Tür ging zu und schnitt ihr das Wort ab. Harri wettete, Whittingtons Unbehagen bezog sich auf sie, nicht auf die Taten seines Sohnes. Sie hoffte, es gründete sich inzwischen nicht mehr auf Hass, sondern eher auf eine Art schlechtes Gewissen.

Die Tür ging wieder auf. Henry Whittington sah völlig verändert aus, als er zurücktrat und Harri in sein Haus winkte. Er stand nicht mehr ganz so gerade und in seinem Blick lag Kraftlosigkeit.

Harri wartete kaum, bis sie im Wohnzimmer saßen. »Thomas hat den Opfern erzählt, sie würden Männern die Frauen stehlen.«

Whittington fuhr sich mit der Zunge über die Unterlippe und schaute weg.

»Er hat sie auch beschuldigt, Familien zu zerstören.«

Whittington begann, mit seinem Fuß auf den Holzfußboden zu tippen und sah aus, als könnte er jede Minute Reißaus nehmen.

»Wenn die Frauen seinen Worten und seinem Vorspiel nicht nachgaben, schlug er sie, bis sie ihn anflehten, sie zu ›lieben‹. Er wollte, dass sie darum baten, vielleicht sogar darum bettelten.«

Whittington schaute aus dem großen Panoramafenster. Seine Hände zitterten und langsam bewegte sich sein Kopf von einer Seite auf die andere, wie um Ungläubigkeit auszudrücken. Schließlich sprach er. »Seine Mutter hat mich wegen einer Frau verlassen. Zumindest habe ich ihm das erzählt. Er war noch ein Junge, als sie ausgezogen ist. Er hat sie so sehr vermisst. Ich konnte ihm nicht erzählen, dass es meine Schuld war, oder ihm erklären, warum ich sie schlug und ihr das Gefühl gab, mein Besitz zu sein statt eine wunderschöne Frau. Ich konnte sie nicht als das Opfer darstellen, das sie war, denn ich konnte nicht zulassen, dass er weiterhin bei ihr sein wollte. Er war mein Sohn. Ich wollte ihn *bei mir* haben.«

Er hielt einen Augenblick inne, hin- und hergerissen zwischen dem Wunsch, sein Handeln zu rechtfertigen und es einfach endlich zu akzeptieren. Als er fortfuhr, war das Zittern seiner Hände in seine Stimme gewandert. »Da war eine andere Frau, und sie war eine Lesbe. Er kannte sie, also klang meine Geschichte für ihn plausibel. Glaubwürdig. Eine perfekte Entschuldigung meiner eigenen Unzulänglichkeiten. Aber es war nicht wahr. Die beiden waren nur befreundet. Ich habe nie darüber nachgedacht, wie sehr es ihn beeinflussen könnte. Wir haben nicht einmal viel darüber gesprochen, und ich habe nie irgendwem gegenüber offenen Hass gezeigt.«

»Warum hat seine Mutter ihm nicht die Wahrheit erzählt?«, fragte Harri.

»Detective Mendoza, ich bin ein ausgezeichneter Anwalt. Ich habe das System auf jede erdenkliche Weise manipuliert, um sie von ihm fern zu halten.« Er sprach wie in Trance. »Er hätte ihr sowieso nicht geglaubt. Dafür habe ich gesorgt.«

Sie saßen still da. Harri hatte ihre Antwort und ihr war übel davon. So viele Menschen hatten so viel Schmerz erleiden müssen, und das nur wegen der Unsicherheit eines Mannes. Er konnte sie immer noch nicht ansehen. Harri wollte zu ihm gehen und ihn schütteln, ihn schlagen, ihn für das, was er getan hatte, bezahlen lassen. Stattdessen ging sie. Dieser Mann war nicht mehr gefährlich. Aber sie wusste, es gab noch viele wie ihn. Sie waren die wirkliche Gefahr.

Harri zog ihre Waffe, als sie auf ihr Auto zuging. Von der obersten Treppenstufe vor Whittingtons Haustür aus hatte sie gesehen, dass die Fahrertür offen stand. Etwas bewegte sich auf dem Vordersitz. Wer zum Teufel war in ihrem Auto? Whittingtons Haus lag weit ab vom Schuss.

Tief auf den Boden gekauert schlich sie sich an ihren Wagen heran. Sie wusste, wer immer da drin war, war auf der Fahrerseite eingedrungen, wahrscheinlich mit dem Kopf zuerst, und lag deshalb vermutlich quer auf dem Sitz, den Kopf an der Beifahrerseite. Sollte die Person bewaffnet sein, wäre es für sie schwieriger, über Kopf Richtung Beifahrertür zu schießen. Harri kroch zu dieser Seite und hockte sich neben die Hintertür. Sie zählte still bis drei, dann sprang sie auf, die Waffe in den Wagen gestreckt.

»Polizei! Keine Bewegung, sonst blase ich Ihren verdammten Kopf weg.«

Diane Barker setzte sich auf. Ihr war nicht klar, wie sehr sie ihr Leben gefährdet hatte.

Harris Wut brach aus ihr heraus. »Was machen Sie in meinem Wagen, verdammt? Raus da! Raus da, verflucht noch mal. Sofort!«

Sie steckte ihre Waffe ins Halfter und rannte zur Fahrerseite, um sich Barker zu schnappen. Bevor die Reporterin protestieren konnte, warf Harri sie gegen das Auto und legte ihr Handschellen an.

»Sie sind verhaftet, verdammt. Was zum Teufel soll das? Was glauben Sie, wer Sie sind, verfluchte Scheiße?« Harri gestattete Barker nicht, sich zu ihr umzudrehen.

»Ich versuche, meinen Job zu machen. Wenn Sie mit mir kooperieren würden, müsste ich das hier nicht tun. Weshalb bin ich verhaftet, Detective?« Barker war extrem ruhig.

Harri zögerte. »Sie sind festgenommen wegen Einbruchs.«

Barker verfolgte die Polizeiarbeit seit Jahren und kannte sich im Strafrecht genauso gut aus wie die Cops. »Es war nicht abgeschlossen und ich habe nichts weggenommen.«

»Na gut, dann nehme ich Sie wegen Landfriedenbruch fest.«

»Werden Sie Whittington dazu bringen, Anzeige zu erstatten? Ich glaube nicht, dass es durchgeht, weil ich in Ihrem Auto war.«

Harri wurde immer nervöser. Sie wollte es schon in Behinderung einer polizeilichen Ermittlung abändern, aber sie wusste, dass auch das schwach war.

»Hören Sie, Detective, wenn Sie mir die Handschellen jetzt abnehmen, werde ich Sie nicht wegen ungerechtfertigter Festnahme verklagen.«

Das war's. Harri musste diese Frau sofort loswerden, sonst würde sie ihren Job wegen gerechtfertigten Totschlags verlieren. Sie entfernte die Handschellen und stieß sie von der Tür weg.

Barker wurde wieder zur Reporterin. »Was hat Whittington Ihnen erzählt? Haben Sie herausgefunden, warum?«

Harri startete den Wagen, doch als sie gerade in den Rückwärtsgang schalten wollte, zog Barker einen der Handzettel hervor, die Harri vor Wochen für das Szenetreffen gemacht hatte. »Das hier habe ich gefunden, als ich heute Morgen versucht habe, Sie aufzutreiben. Was für ein Zufall, dass Sie ein Treffen abhielten, als ich nicht in der Stadt war. Sie sind gut, Detective, aber ich fange an, die Teile zusammenzusetzen.« Barker fuhr eilig fort: »Ich weiß, dass er Lesben vergewaltigt hat. Das muss der Grund dafür sein, dass Sie und die andere Kommissarin mit dem Fall betraut wurden. Ich weiß auch, dass sie nur zufällig am Flughafen auf ihn gestoßen sind. Sie waren nicht darauf vorbereitet und hatten daher weder Ihr Vorgehen geplant noch ausreichend Verstärkung dabei. Ich werde mir diese Story zusammenreimen, und zwar die ganze. Und dann veröffentliche ich sie, ob alles stimmt oder nicht. Aber Sie *könnten* sicherstellen, dass sie korrekt ist.«

Harri war hin- und hergerissen. Würde diese Frau wirklich mit unbestätigten Informationen ins Fernsehen gehen? Würde Sie eine Möglichkeit finden, sie zu bestätigen? Sie riss den Schaltknüppel in den Rückwärtsgang und begann, die Auffahrt hinunterzufahren.

Barker trabte neben ihr her. »Das ist eine wichtige Story. Darüber muss berichtet werden!«

Harri wurde schneller und ließ Barker allmählich hinter sich.

Die Reporterin machte einen letzten, verzweifelten Versuch. »Ich bin auch eine Lesbe, Mendoza. Ich glaube, es ist wichtig, dass die Öffentlichkeit die ganze, hässliche Wahrheit über diesen Fall erfährt.«

Harri trat auf die Bremse. Barker kam ans Fenster, wich ihrem Blick aber aus. Harri nahm an, es war das erste Mal, dass sie *es* je ausgesprochen hatte.

»Warum ist diese Story so wichtig? Was macht es für einen Unterschied, ob die Opfer Lesben waren oder nicht? Sie sind hinter einer Sensation her, das ist alles.«

»Die Menschen müssen erfahren, wie jedermanns subtile, manchmal versteckte Diskriminierung dazu beitragen kann, die Brutalität eines Mannes zu unterstützen. Sie müssen erfahren, dass Lesben *nicht* anders sind.«

Barker schien es ernst zu meinen, aber Harri nahm es ihr trotzdem nicht ab. »Wenn das so wichtig ist, warum beginnen Sie dann nicht mit der Wahrheit über sich selbst?«

Sie nahm ihren Fuß von der Bremse und ließ Diane Barker in Whittingtons Auffahrt stehen. Vielleicht hatte sie diese Frau endlich zum letzten Mal gesehen.

»Habt ihr zwei mich auf diesen verdammten Lautsprecher geschaltet?« Harri saß in der Küche, vor ihr lagen Schreibarbeiten ausgebreitet. Morgen würde sie anfangen, sich auf Thomas Whittingtons Rückkehr vorzubereiten. Aber jetzt musste sie die anderen wissen lassen, was sie heute entdeckt hatte.

Steves Stimme dröhnte durch die Leitung: »Klar haben sie das, Harri. Diese beiden haben jeden technischen Spielkram, den du dir vorstellen kannst. Ich kann nicht mal den verdammten Fernseher anschalten, da sind keine Knöpfe an dem blöden Teil. Alles funktioniert über doofe Fernbedienungen.«

Harri lachte. »Was machst du denn bei den beiden? Du wirst deinen Ruf ruinieren.«

»Margo kocht heute Abend, da dachte ich, wenn Steve zum Dinner kommt, bekomme ich nicht die ganze übrige Woche Reste zu essen.« Ashley musste direkt neben dem Telefon sitzen, denn ihre Stimme klang deutlicher als Steves.

»Na, ich bin froh, dass ihr alle da seid, ich habe nämlich heute mit Whittingtons Vater gesprochen und dabei interessante Informationen erhalten.«

Steve, Margo und Ashley warteten gespannt an ihrem Ende der Leitung. Harri erzählte ihnen alles, und als sie fertig war, konnte sie Ashleys leises Weinen hören. Zu wissen, *warum*, half den Opfern nicht immer, sich besser zu fühlen.

»Ich hoffe, sein Vater verbrennt in der Hölle«, sagte Steve leise.

Harri fuhr fort: »Ich habe auch mit den meisten Opfern gesprochen. Anscheinend ist jede von ihnen schon einmal mit ihrer Liebsten geflogen und sie gehen mit ihrem Lebensstil alle ziemlich offen um. Es ist irgendwie ein schlechter Witz, dass er ausgerechnet durch ihren Stolz und ihre Stärke die Frauen identifizieren konnte, die er für schwach und fehlgeleitet hielt.« Sie hielt inne. »Ashley, du und Margo, ihr seid nicht zusammen geflogen, oder?«

»Nein«, antworteten sie wie aus einem Mund.

»Dann passt das Profil nicht auf dich. Wie hat er dich erkannt?«

»Ich weiß nicht. Vielleicht war es einfach Glück.«

Vor ihrem geistigen Auge sah Harri Ashley im Krankenhausbett liegen und ihr wurde klar, dass etwas gefehlt hatte.

»Ashley, was ist mit dem Anhänger von deiner Mutter passiert?«

»Der Bastard hat ihn geklaut. Er hat ihn mir vom Hals gerissen, ehe er floh. Er war alles, was ich noch hatte …« Ashley konnte ihren Satz nicht beenden.

Steve überlegte laut: »Warum sollte er sich die Zeit nehmen, ihn abzureißen, wenn er ihn nicht schon früher bemerkt hätte? Ihr glaubt nicht im Ernst, dass er sein Urteil aufgrund eines simplen Anhängers fällen würde, oder?«

»Wir haben es nicht gerade mit einer rationalen Person zu tun«, warf Margo ein.

»Es gibt noch mehr interessante Neuigkeiten von meiner Fahrt heute. Barker fängt an, die Teile zusammenzufügen. Sie will die Story jetzt unbedingt, so sehr, dass sie mich heute abgefangen hat und meine Aufzeichnungen durchgegangen ist, während ich mit Mr. Whittington sprach.«

»Wie zum Teufel hat sie das geschafft?«, fragte Steve.

»Irgendwie hat sie mich mitten im Weinanbaugebiet entdeckt und ist in meinen Wagen eingestiegen.«

»Ich hoffe, du hast ihren Arsch einkassiert.«

Harri lächelte bei dem Gedanken, was Ms. Barker widerfahren wäre, wenn Steve sie erwischt hätte.

»Hatte ich, aber ich musste sie gehen lassen. Ich hatte nicht wirklich etwas gegen sie in der Hand. Aber als ich gefahren bin, hat sie erzählt, was sie sich schon alles zusammengereimt hat, und versucht, mich zu überzeugen, wie unendlich wichtig die Story ist und wie dringend die Leute sie erfahren müssen. Weil dieser Ansatz nicht zog, hat sie die Bombe platzen lassen – sie ist eine Lesbe.«

Margo schnauzte: »Blödsinn! Sie würde alles sagen, nur um die Story zu bekommen.«

Daran hatte Harri noch gar nicht gedacht. Würde irgendjemand versuchen, ihr derart etwas vorzumachen? »Das glaube ich nicht, Margo. Ich denke, sie hat mir die Wahrheit gesagt. Aus irgendeinem Grund glaube ich ihr, und ich nehme auch an, dass sie die Story tatsächlich für wichtig hält. Ich weiß nur nicht, ob ich ihr zustimme. Was meint ihr?«

»Sag ihr gar nichts, Harri. Sie ist eine zu gute Journalistin, um ohne jegliche Bestätigung mit einer Story an die Öffentlichkeit zu gehen.« Margo beschützte Ashley und würde keine andere Handlungsweise in Erwägung ziehen.

»Steve?«

»Ich weiß nicht, Harri.« Er klang verwirrt. Er wusste, wie viel er bei dieser Ermittlung gelernt hatte, und vielleicht könnte es anderen auch so gehen. Doch er wollte Ashley und die anderen Opfer nicht gefährden.

»Ashley?« Ihre Meinung war für Harri entscheidend.

»Ich möchte das alles hinter mir lassen. Es ist jetzt vorbei, und ich will einfach nur versuchen, den ganzen Schmerz und Hass zu vergessen.«

»Du hast Recht. Eigentlich glaube ich nicht, dass es ein Problem sein wird. Ich hab ihr eine ziemliche Nuss zu knacken gegeben. Ich habe ihr gesagt –«

Harris Anrufmelder piepste. »Bleibt mal einen Moment dran.« Sie schaltete um und nahm den anderen Anruf entgegen.

»Harri, mach den Fernseher an, Kanal Sieben.«

»Hallo Mom. Was gibt es so Wichtiges auf Kanal Sieben?«

»Tu's einfach.« Harris Mutter legte auf.

Was immer heute Abend in den Nachrichten kam, es musste etwas Besonderes sein, wenn ihre Mutter sie extra deswegen anrief. Sie schaltete zurück zu den dreien und ging zu ihrem Fernseher.

»Hey, meine Mutter hat mich angerufen, weil gerade etwas im Fernsehen kommt.« Sie stellte den Fernseher an und schaltete auf Kanal Sieben. »Na, super, es ist Barker.« Harri wollte sie schon zum Schweigen bringen, als sie hörte, was da gesagt wurde.

»Mein Berufsethos beruht auf dem grundlegenden Wert des Wissens. Ich arbeite hart, um unserem Publikum die Fakten mitzuteilen, weil ich glaube, dass die Menschen erfahren müssen, was vor sich geht. Nur mit dem nötigen Wissen können Menschen optimal reagieren und handeln.«

Barker sah nervös und verzagt aus. Sie ging auf und ab und verletzte damit Regel Nummer eins einer Fernsehreporterin.

»Heute bin ich darauf hingewiesen worden, dass ich in meinem Bestreben, die Öffentlichkeit aufzuklären und ihr Wissen zu vermitteln, unaufrichtig war. Ich habe eine wichtige Information über mich selbst verschwiegen.«

»Scheiße.« Harri wusste, was kommen würde. Sie war baff über den Mut dieser Frau.

»Harri, was ist los?« Margo war sicher, dass Barker Informationen über den Fall preisgab, aber sie erhielt keine Antwort von Harri, die wie hypnotisiert vor dem Fernseher stand.

»Ich bin eine homosexuelle Frau, eine Lesbe.« Barker blieb stehen. Die Worte waren heraus und damit wich auch ihre Anspannung. Die Frage war jetzt, wie lange der Produzent sie fortfahren ließe. Diane sprach weiter. »Warum erzähle ich das den Leuten, die zufällig diese Nachrichtensendung sehen? Weil es an der Zeit ist, dass die Minderheit, zu der ich gehöre, als Gruppe echter Menschen wahrgenommen wird statt als irregeleitete Wirrköpfe ohne Gesicht oder Persönlichkeit. Es wird Zeit, dass man erkennt, die Vorurteile, die sich gegen uns richten, richten sich gegen *Menschen*. Menschen jeder Hautfarbe, Religion, Berufsgruppe und Einkommensschicht. Menschen wie alle anderen.«

Diane konnte kaum fassen, dass das rote Licht noch brannte, doch sie hatte noch mehr zu sagen.

»Es gibt eine Geschichte der Vorurteile und des Hasses, die ich Ihnen gerne erzählen möchte. Aber um das richtig zu tun, musste ich allen Opfern, die zufällig Lesben sind, ein Gesicht geben. Dafür habe ich mein eigenes gewählt, denn ich könnte das nächste Opfer der Diskriminierung werden, jetzt, wo ich mich öffentlich geoutet habe. Aber ich bin immer noch dieselbe Person. Ich bin immer noch Diane Barker.«

Harri sank aufs Sofa und versuchte, sich von dem Schock zu erholen. Das Telefon in ihrer Hand hatte sie völlig vergessen.

»Harri, was ist los? Wir konnten nicht alles hören. Es klang, als spräche sie über Lesben.«

»Ich glaube nicht, dass sie noch Zeit haben wird für unsere Story. Sie hat sich gerade in den Zehn-Uhr-Nachrichten geoutet. Morgen früh wird *sie* die Story sein.«

24

Und wieder stand sie hier auf diesem Parkplatz und wartete auf Harris Ankunft. Doch heute war alles anders. Diane Barker hatte über Nacht ihre ganze Welt verändert. Es war eine lange Nacht gewesen.

Sie trug Jeans und ein ausgeleiertes Sweatshirt. Ihr Haar saß nicht perfekt und das Make-up war verschwunden. Die Haltung, in der sie an dem Streifenwagen lehnte, war nicht lässig, sondern müde. Als sie Harris Wagen in die Einfahrt biegen sah, wirkte Barker erleichtert. Harri ertappte sich bei dem Gedanken, wie attraktiv Diane war, selbst heute Morgen.

Sie kurbelte ihr Fenster herunter. Diane beugte sich vor und legte beide Ellbogen auf die Kante.

»Also, kriege ich die Story jetzt?« Ihre Stimme war vor Erschöpfung und Emotionen brüchig.

»Steigen Sie ein, wir fangen mit einer Tasse Kaffee an.«

Um die Blicke zu meiden, die ihnen – wie Diane sich einbildete – alle Leute zuwarfen, setzten sie sich an einen kleinen Tisch im hinteren Teil des Cafés. Eine Frau folgte ihnen zu ihrem Platz.

»Ms. Barker, tut mir Leid, dass ich unterbreche, aber ich muss Ihnen sagen, wie stolz ich auf Sie bin. Was Sie gestern Abend getan haben, hat viele Menschen in ihrer kleinen Welt befreit. Alle reden darüber und über Homosexualität allgemein, und es ist immer gut, wenn über etwas gesprochen wird.«

Tränen traten in Dianes Augen. Dies war die erste direkte öffentliche Reaktion auf das, was sie am Abend zuvor getan hatte. Und sie war positiv. »Danke für Ihre Unterstützung.«

Nachdem die Frau weggegangen war, lächelte Harri Diane an. »Sieht aus, als hätten Sie eine lange Nacht gehabt.«

»Ja. Ich habe das Ganze nicht wirklich gut durchdacht, bevor ich gehandelt habe. Aber Ihr Kommentar gestern ist mir abends, bei der Vorbereitung einer anderen Story, ständig durch den Kopf gegangen. Ich habe mich für meine Haltung und meine eigenen Vorurteile so geschämt. Ich meine, ich hatte bis dahin nie erwogen, mich zu outen, weil ich dachte, es würde meiner Karriere schaden. Ich habe geglaubt, die einzige Möglichkeit, ›es zu schaffen‹, wäre, den Erwartungen der heterosexuellen Welt zu entsprechen.« Diane beugte sich vor. »Aber dann, gestern, als Sie mir sagten, ich sollte bei mir selbst anfangen, war es, als öffnete mir jemand die Augen. Dabei wurde mir klar, dass meine ganze Karriere nichts bedeutete, wenn nicht *ich* Erfolg hätte, und *ich* bin eine Lesbe.«

Harri spürte, wie sie errötete, als Diane mit solcher Leidenschaft über ihre Gefühle sprach. Diese Frau konnte sich wirklich ausdrücken. »Ich wollte gestern gar nicht so philosophisch sein.« Harri lachte verlegen.

Diane lächelte und ließ sich entspannt auf ihrem Stuhl zurücksinken. »Na, ich bin froh, dass Sie es waren. Ich hoffe, Sie verstehen mich jetzt ein bisschen besser.«

»Ich glaube, ich fange gerade an. Vielleicht sind wir nicht so verschieden, wie ich dachte.« Harri schüttelte ungläubig den Kopf. »Nicht zu fassen, dass ich das zu einer Reporterin sage.«

»Warum haben Sie eine solche Abneigung gegen Journalisten?«

»Ich habe nie wirklich verstanden, was es ist, dem Sie alle hinterherjagen. Alles, was ich lese und sehe, ist so negativ, so deprimierend und entmutigend. Für mich sollten Nachrichten etwas sein, wodurch ich lernen kann und was unsere Kommunikation verbessert. Genau wie Sie gestern Abend sagten, ich will, dass es dabei um Erkenntnis geht und nicht darum, im Spätabendprogramm um Action und Schockwirkung zu konkurrieren.«

»Manchmal«, antwortete Diane, »muss man die Leute schockieren, damit sie hinschauen oder zuhören. Wir bringen viel negativen Scheiß, das stimmt, und jeden Tag warte ich darauf, dass jemand sagt, jetzt reicht's. Ich warte darauf, dass die Leute die Gewalt, Drogen, Verbrechen und den Zerfall der Gesellschaft satt haben. Ich warte darauf, dass sie ihre Fernseher ausschalten, nach draußen gehen und all dem ein Ende bereiten. Aber um ganz ehrlich zu sein, ich weiß nicht, ob ich ihre Bereitschaft, das alles hinzunehmen, bestärke oder schwäche.«

Harri war beeindruckt. »Vielleicht habe ich die Medienleute falsch eingeschätzt.«

»Vielleicht nicht alle, aber mich auf jeden Fall.« Diane lächelte. »Na ja, aber Sie müssen kein schlechtes Gewissen haben, denn ich finde immer noch, dass die meisten Bullen Arschlöcher sind. Aber für Sie gilt das natürlich nicht.«

Harri nahm an, das die meisten Menschen die Polizei nicht sonderlich mochten, also warum sollte es Diane anders gehen? Aber sie konnte sich nicht verkneifen, die Frau ein bisschen aufzuziehen.

»Heißt das, ich bin kein Bulle oder ich bin kein Arschloch?«

»Na ja, genau genommen sind Sie die leicht verbesserte Form einer arschigen Bullenbraut. Sie können durchaus noch ein paar Verbesserungen vertragen.« Diane leckte einen ihrer Finger an und gab sich einen Punkt auf der imaginären Liste mit dem Spielstand.

Harri begann, sich ernsthaft Sorgen zu machen. Sie mochte diese Frau.

»Ach wirklich, und wer wird diese Verbesserungen vornehmen?«

»Wenn Sie mir die Story geben, könnte ich vielleicht etwas Zeit dafür erübrigen.«

Harri trank ihren Kaffee aus. »Ich fahre Sie nach Hause, damit nicht einer meiner Kumpel Ihren Unfallbericht aufnehmen muss.«

Diane griff nach ihrem Arm. »Nicht so schnell, Ms. Beharrlichkeit. Was ist mit meiner Story?«

Harri setzte sich wieder, stützte ihre Ellbogen auf den Tisch und beugte sich zu Diane vor. »Ich weiß nicht, Ms. Barker. Sind Sie noch in der Lage, sie zu erzählen?«

»Na ja, es war eine lange Nacht«, seufzte Diane. »Nach der Sendung spielte mein Piepser verrückt. Sie zerrten mich direkt ins Büro des Produzenten, um zu besprechen, ob sie mich feuern sollten. Verdammt, sie haben die Richtlinien des Senders ausgegraben, um sicherzugehen, dass sie das Recht auf ihrer Seite hätten, wenn sie mich absägten. Immer wenn sie auf etwas Gutes gestoßen sind, haben sie es an die Tafel geschrieben. Direkt vor meinen Augen.«

Dianes Verblüffung über so viel Frechheit war immer noch deutlich zu spüren.

»Schließlich kommt einer der Produktionsleiter rein und berichtet, die Telefone stünden seit meiner Sendung nicht mehr still, und die meisten Anrufe seien positiv. Außerdem hätten viele Leute angedroht, sie würden unsere Nachrichten nicht mehr schauen, wenn ich rausgeschmissen werde. Also bin ich noch dabei.« Diane lächelte. »Und der Sender will, dass ich mit meiner Story weitermache. Ich habe ihnen erzählt, was ich habe. Was ich glaube, kriegen zu können. Und was die Story, wie ich meine, bewirken wird.«

Harri schaute zweifelnd drein. »Und was ist das?«

Diane wurde wieder eindringlich. »Sie kann den Menschen etwas beibringen. Sie zum Fühlen und Denken bringen. War es nicht das, was Sie von Nachrichtensendungen erwarten?«

Harri gab endlich nach. Diane Barker hatte ihre Karriere für etwas aufs Spiel gesetzt, woran sie glaubte, und sie wollte so eine ungewöhnliche Handlung nicht unbelohnt lassen.

Harri bog in Dianes Auffahrt ein. Es war nicht schwer gewesen, sie zu überreden, sich nach Hause fahren zu lassen. Harri schaltete auf Parken, ließ den Motor aber bewusst laufen. Sie wollte Diane nicht auf falsche Gedanken bringen.

»Hier ist meine Karte. Ich schreib meine Privatnummer dazu.« Harri kritzelte die Nummer auf die Rückseite und reichte sie Diane. »Rufen Sie mich an, wenn Sie wieder bei Bewusstsein sind.«

Aber Diane hatte nicht vor, diese Frau einfach so gehen zu lassen. »Eigentlich habe ich den toten Punkt schon fast überwunden. Warum kommen Sie nicht rein, Detective?«

»Ich muss mich an die Arbeit machen. Es gibt noch viel zu tun in diesem Fall.«

»Wirklich? Was denn? Sie wissen bereits, warum er es getan hat. Das haben Sie sicher gestern von seinem Vater erfahren. Ihre Vorgesetzten haben verlauten lassen, er sei ins Ausland geflohen, und Ihre Partner halten ihn anscheinend für tot. Was bleibt da noch zu tun?«

Harri schaute weg. »Ich muss nur noch die Unterlagen zusammensammeln, sie sortieren und meinen letzten Nachtrag fertig stellen.«

Diane schaute triumphierend drein. »Gut, also haben Sie Zeit, einen Moment reinzukommen.«

Harri gab nach und folgte ihr die Stufen zur Haustür hinauf. Erneut stellte sie fest, dass sie Diane bewunderte. Ihre Gedanken wanderten zum Vortag zurück, und sie erinnerte sich, wie sie ihren Körper gespürt hatte, als sie die rasende Reporterin gegen den Wagen presste. Ihr wurde bewusst, dass sie sie wieder spüren wollte.

Als Diane die Tür öffnete, wurde Harri plötzlich nervös. Doch Diane nahm sanft ihre Hand und führte sie ins Haus. Dann drehte sie sich um, streckte den Arm aus, um hinter ihr die Tür zu schließen, und drängte Harri dagegen. »Du hast mich gestern herumgeschubst«, sagte sie. »Jetzt bin ich dran.« Harri wollte gerade Einwände erheben, als Diane ihr den Protest mit einem Kuss von den Lippen nahm.

Harri war nicht so sehr überrascht wie überwältigt. Sie wollte Diane mit einer Macht, die sie erschreckte.

Diane küsste sie erneut und verstärkte den Griff um ihre Taille. Ihr Mund war warm und weich und ihre Zunge fuhr über Harris Lippen. »Gott, wenn schon deine Lippen so gut schmecken, kann ich es kaum erwarten, den Rest von dir zu probieren.« Sie hakte ihre Finger in Harris Hose und zog sie ins Haus. Dann spürte sie das Zögern, drehte sich wieder um, glitt mit den Händen tiefer in die Hose, ihre Hüften gegen Harri gedrängt, und küsste zärtlich deren Hals. Sie küssten sich, während Harri Dianes Hände sanft aus ihrer Jeans zog.

Diane ging einen Schritt weiter ins Haus und Harri folgte ihr. Sie wurde mit einem Kuss belohnt und mit Dianes Körper, der sich an ihren presste. Dann ging Diane zur Schlafzimmertür und zog sich das Sweatshirt über den Kopf. Ihre Brüste waren von einer Weichheit, die Harri fast vergessen hatte. Sie wich zurück. »Es tut mir Leid. Ich hoffe, eines Tages verstehe ich mich selbst gut genug, um es dir zu erklären, aber ich kann das jetzt nicht. Bitte, lass mich einfach deine Freundin sein.«

Diane erholte sich schnell von ihrer Überraschung über Harris Angst. »Ist schon gut«, sagte sie leise. »Vielleicht bekommen wir es gemeinsam heraus, wenn wir uns besser kennen lernen.« Sie gab Harri noch ein Küsschen. »Ich habe jedenfalls vor, dich kennen zu lernen, Elizabeth.«

Harri saß benommen an ihrem Schreibtisch und starrte auf ihre Hände. Der Streifen heller Haut war endlich von ihrem Ringfinger verschwunden. Nichts war mehr übrig von ihrer verlorenen Liebe. Nichts, um sie an den Schmerz zu erinnern. Warum konnte sie es nicht vergessen und versuchen, einer anderen Frau zu vertrauen? »Verdammt, du blöde Kuh, Diane hat dich nicht gebeten, sie zu heiraten.« Harri lachte, doch sie war immer noch den Tränen nahe.

Sie hatte keine Zeit, sich über ihr Privatleben oder dessen Fehlen weiter Sorgen zu machen. Da draußen gab es ein größeres, wichtigeres Problem. *Ihm* war alles egal außer seinen Lektionen, und er würde zurückkommen, um sie zu lehren. Harri wählte die Nummer des Betrugsdezernats. »Frederick, hattest du Glück?«

»Klar, ich hab den Bastard! Ich war vor einer Minute an deinem Büro, aber du sahst nicht aus, als wärst du zu einem Gespräch aufgelegt.«

»Jetzt bin ich's , also komm her.«

»Ich hab jemanden auf der anderen Leitung. Den muss ich noch schnell loswerden, dann bin ich bei dir.«

Zehn Minuten später stand Frederick in Harris Tür. Sie sah auf, holte tief Luft und entspannte sich. »Komm rein, Süßer. Schön, dich zu sehen. Kommt mir vor, als sei es Ewigkeiten her.«

»Na ja, du könntest bei Gelegenheit mal den Gang runter zum Betrug gehen und einem alten Freund hallo sagen, statt den Telefonhörer in die Hand zu nehmen.« Frederick schloss die Tür hinter sich. »Erstens, du stehst für diese Sache tief in meiner Schuld. Es gibt in Mexiko zwar mehr Krankenhäuser und kleine Kliniken, als du vielleicht denkst, aber sie haben da viel weniger Telefone.«

Harri nahm an, er hatte Stunden damit zugebracht, Whittington aufzuspüren. »Du weißt, dass ich das selbst gemacht hätte, aber du hast eine besondere Fähigkeit, die mir fehlt.«

Frederick sah sie skeptisch an. »Aber, Ms. Mendoza, wie kommt es, dass Sie des Spanischen nicht mächtig sind?«

Harri wich seinem Blick aus. Es war eine Tatsache, die ihr heute, als Erwachsener, peinlich war. »Als Kind habe ich mich schon ausreichend von allen anderen Kindern unterschieden. Ich wollte nicht in noch einem Punkt anders sein. Ich verbot meinem Vater, spanisch zu sprechen, wenn ich Freundinnen mit nach Hause brachte.«

»Warum lernst du es nicht jetzt?« Frederick wollte das Thema nicht einfach so fallen lassen.

»Klar, in meiner vielen Freizeit. Erzähl mir einfach, was du herausgefunden hast. Wegen deiner unermesslichen Fähigkeiten werde ich ein anderes Mal auf Knien vor dir herumrutschen.«

»Das bezweifle ich. Na, jedenfalls hattest du wie immer Recht. Es ist ihm gelungen, sich in einer kleinen, kostenlos behandelnden Klinik nicht weit von der Grenze medizinisch versorgen zu lassen. Er ist jedoch nicht lang geblieben, denn der Arzt war Amerikaner und stellte zu viele Fragen. Ich habe mit dem Doc gesprochen und er glaubt, Whittington hat es vermutlich geschafft.« Fredericks Stimme nahm einen besorgten Ton an. »Harri, der Doc war wirklich erschüttert von diesem Typen. Er meinte, er hätte nicht geglaubt, dass Whittington überlebt, aber der Mann habe irgendwie einen dämonischen Antrieb in sich. Als wolle er nicht sterben, ehe er etwas zu Ende gebracht habe.« Er beugte sich vor und zeigte mit dem Finger auf Harri. »Ich will alles wissen, was du weißt. Ich will wissen, woher du wusstest, dass er noch lebt. Ich will wissen, warum ich all diese verdammten Anrufe machen sollte. Was geht da vor?«

Es war Zeit für einen von Harris berüchtigten Abgängen. »Ich mache nur meinen Job, Frederick. Keine Sorge, ich werde dir alles erzählen. Danke für deine Hilfe.«

Ehe er antworten konnte, war sie aus der Tür.

25

»Kann ich dir irgendwas helfen, Mom?« Steve steckte den Kopf durch die Küchentür.

»Junge, ich bin nicht groß genug, um deine Mutter zu sein, und was ist das da eigentlich für ein Riesentopf?« Harris Mutter kicherte, als sie unter die Folie linste.

»Harri hat gesagt, wir würden nach der Sendung grillen, also hab ich dicke Bohnen nach unserem berühmten Familienrezept mitgebracht.« Steve kam in die Küche und nahm die Folie vom Topf. »Wieder mal perfekt«, verkündete er stolz.

Harris Mutter steckte ihren Finger in die Soße und probierte. »Meine Güte, ist das lecker. Wo hast du kochen gelernt?«

Steve lehnte sich an die Theke. »Ich bin schon ziemlich lange Single. Schätze, es war eine Überlebensfrage.«

»Harri ist auch Single und sie könnte nicht mal kochen, wenn ihr Leben davon abhinge.« Sie lachten zusammen, und das Geräusch zog die anderen an.

»Was ist denn so lustig?«, fragte Harri.

»Wir haben gerade über deine Kochkünste gesprochen, Schatz.«

»Hey, heute koche ich was. Ich hab Mais mitgebracht. Den werde ich selbst zubereiten.«

Ashley hatte mit Harri zusammen eingekauft. »Es sind Kolben.« Sie grinste. »Man muss sie nur in Wasser heiß machen.«

»Nun seid mal nett zu meiner Kleinen, für sie ist das schon schwierig genug.«

Sie hatten sich alle im Haus der Mendozas versammelt, um Dianes Sendung zu sehen.

»Wo ist dein Vater?«, fragte Mrs. Mendoza Harri.

»Immer noch draußen. Er hat darauf bestanden, den Grill jetzt schon anzuzünden. Du kennst doch seine Maxime. Am besten wird alles gar, wenn die Mischung von heißen und kalten Kohlen stimmt.«

»Dann geht und belästigt ihn«, trieb Harris Mutter die Frauen aus der Küche. »Steve und ich haben etwas unter vier Augen zu besprechen.«

Harri wusste, was das bedeutete: Sie würde ihn löchern, warum er immer noch Single war. Insgeheim dachte sie: *Besser ihn als mich.*

Sie gingen zu der kleinen Mauer um den Fischteich und setzten sich. »Also, Ashley«, fing Diane an, »als ich wegen deines Interviews bei euch unten war, warst du eine von den möglichen Nachfolgerinnen für Steves alte Stelle. Wie ging es weiter? Hast du sie bekommen?«

»Nein, sie haben letztlich entschieden, dass ich noch mehr Zeit im Streifendienst brauche. Und ich glaube, sie haben Recht. Bei unserer Ermittlung habe ich so viel gelernt, aber vor allem ist mir klar geworden, wie viel ich nicht weiß.« Ashley schaute Harri direkt in die Augen. »Außerdem muss ich die Knochenarbeit im Streifendienst noch eine Weile *mit der richtigen Einstellung* machen. Ich nehme an, ich werde vieles sehen, was mir bisher entgangen ist.«

»Ich würde gern wissen, Diane«, sagte Margo, »ob die Story letztlich all deine Erwartungen erfüllt hat.«

Diane holte tief Luft. »Oh, mein Gott, in dieser Story steckte viel mehr, als selbst *ich* geargwöhnt hatte. Ich meine, ich hatte nicht die geringste Ahnung, was die Opfer hinter sich hatten. Es war unglaublich, wie bereitwillig sie darüber sprachen. Dafür muss ich wohl Harri und Ashley danken. Sie waren diejenigen, die an beiden Enden des Staates die Gruppeninterviews mit den Opfern organisiert haben.«

Harri unterbrach. »Einverstanden erklärt haben sich die Opfer, also bedank dich bei ihnen.«

»Sie waren toll. Als sie erzählten, was er zu ihnen gesagt hat und wie sie sich dadurch fühlten, dachte ich einen Moment lang, wir sollten die Kamera ausschalten, aber dann wurde mir klar, dass *das* die Story war.« Diane schüttelte staunend den Kopf. »Dann sprachen sie darüber, wie es ihm fast gelungen wäre, ihr Leben zu zerstören. Jede von ihnen hatte für sich beschlossen, seinen Hass nicht triumphieren zu lassen. Sie haben enorme Kraft bewiesen. Es sind tolle Frauen.« In ihrer Stimme lag immer noch Überraschung. »Doch als ich mit dem Abschnitt über das Ermittlungsteam und die Ermittlung angefangen habe, wusste ich, dass ich auf eine wirklich ungewöhnliche Story gestoßen war. Tut mir Leid, Harri, aber Ashley und Steve haben dir die Show gestohlen. Zuerst Ashley, die beschreibt, wie sie um ihre Erinnerung gekämpft hat. Und dann Steve – er war so ehrlich in Bezug auf seine Vorurteile und erzählte so offen von seinen Gefühlen während der Suche nach einem Killer, der einiges von seiner eigenen Haltung teilte.«

Harri nickte zustimmend. »Ich hab dir gleich gesagt, dass bei mir nichts zu holen ist.«

Diane zwinkerte. »Entschuldigen Sie, Ms. Beharrlichkeit. Ich weiß, dass sich um Sie eine Story rankt. Irgendwann in nächster Zeit werde ich sie aufdecken.«

Harri warf in gespielter Verzweiflung die Arme hoch. »Gibt es denn überhaupt keine Privatsphäre mehr?«

Ihre Freundinnen stimmten in ihr Lachen ein. Harri dachte bei sich, dass sie durch diese Ermittlung etwas wiedergefunden hatte, das sie schon fast verloren glaubte – Vertrauen.

Steve erschien in der Küchentür. »Hey, ihr alle, in fünf Minuten geht's los. Wer zuletzt reinkommt, kriegt den Platz auf dem Fußboden.«

Die Produzenten waren der Meinung gewesen, die Story sei eine halbstündige Sondersendung wert, und hatten beim Sender die Ausstrahlung im abendlichen Nachrichtenmagazin durchgesetzt.

Hinterher waren alle wie betäubt, so dass es noch längere Zeit still blieb.

Schließlich brach Harris Mutter das Schweigen. »Danke, Diane, für diese bewegende Story. Das hast du wunderbar gemacht, und du verdienst jede Auszeichnung, die deine Branche zu vergeben hat. Aber jetzt komm und hilf mir mit dem Essen, ich glaube, wir haben alle Hunger.«

Diane folgte ihr in die Küche, während die anderen nach draußen gingen, um nach den Kohlen zu schauen.

»Jetzt, wo ich dich endlich allein sprechen kann, sag mir, warum du und meine Tochter nicht total ineinander verliebt seid und längst ein Paar.«

Zuerst war Diane schockiert über so viel Direktheit, aber schließlich *war* dies Harris Mutter. Und sie hatte Diane soeben die Gelegenheit gegeben, mehr über Ms. Beharrlichkeit zu erfahren.

»Das ist eine gute Frage. Ich glaube, sie mag mich, und ich weiß, dass ich jetzt schon in sie verliebt bin, aber irgendwas hält uns auseinander.«

Harris Mutter runzelte die Stirn. »Nicht irgendwas. Irgend*wer.*«

Ashley und Margo kamen dazu, um ihre eigenen Nachforschungen anzustellen. »Also, Diane«, sagte Ashley, »deine Gefühle für Harri sind ziemlich offensichtlich. Warum gehst du nicht endlich ran?«

Diane sah Mrs. Mendoza an und sie brachen in Lachen aus.

»Was ist daran so witzig?«

»Genau darüber sprachen wir gerade. Ich nehme gern Vorschläge aus dem Publikum entgegen.«

»Ach, Mädchen, ich weiß nicht, was ich dir raten soll«, sagte Mrs. Mendoza. »Seit Carter traut sie der Liebe nicht mehr über den Weg.«

»Was hat ein Expräsident mit Harri und Liebe zu tun?«, fragte Ashley verdutzt.

»Nein, du Dummchen. Carter war ihr Spitzname«, erklärte Mrs. Mendoza. »Ich weiß nicht, woher sie den hatte. Jedenfalls, als sie sich trennten, hat Elizabeth aufgehört zu lieben und zu vertrauen. Ich weiß nicht, ob sie für Carter immer noch so viel empfindet, dass sie sich nicht wieder verlieben kann, oder ob sie einfach zu viel Angst hat, es zu versuchen. Aber die Sache mit Pearl und dann der Bruch mit Carter gaben ihr einen Vorwand, sich in ihrer Arbeit zu verkriechen.«

Diane schüttelte den Kopf. »*Das* macht sie auf jeden Fall gut. Ich glaube nicht, dass das Wort Beharrlichkeit stark genug ist, um ihren Arbeitsstil zu beschreiben.«

Mrs. Mendoza nickte zustimmend. »Ja, ich bin froh, wenn ihr diesen Widerling von Whittington endlich fangt. Der Gedanke, dass meine Kleine den Lockvogel spielt, behagt mir gar nicht. Ich hoffe, ihr passt gut auf sie auf.«

Alle drei waren geschockt, aber Margo fand als Erste ihre Stimme wieder. »Wovon sprichst du? Der Fall ist zu den Akten gelegt. Niemand arbeitet mehr daran.«

Ehe Harris Mutter antworten konnte, waren sie schon durch die Küchentür, Ashley allen voran.

»Harri, was zum Henker glaubst du eigentlich? Du hast es die ganze Zeit gewusst, oder? Und Steve und mir hast du nicht erzählt, dass er zurückkommen würde! Wofür hältst du dich eigentlich, verdammt noch mal? Du bist nicht Ms. Beharrlichkeit die Große, und du kannst nicht allein mit ihm fertig werden!«

Harri und Steve saßen am Picknicktisch und standen beide auf, als Ashley durch den Garten stürmte und nur Zentimeter vor Harri stehen blieb.

Harri wusste, dass ihrer Mutter etwas herausgerutscht war, aber sie ließ sich nicht beirren. Steve konnte sehen, wie sie zur Eisfrau wurde, und als sie sprach, war jedes Gefühl aus ihrer Stimme verschwunden.

»Es ist keine polizeiliche Ermittlung mehr, deshalb gibt es keinen Grund, euch daran zu beteiligen. Es ist eine Sache zwischen ihm und mir. Ende der Diskussion.«

Ashley hielt ihr entgegen: »Das ist Schwachsinn, und das weißt du! Wenn irgendwer diesem Hurensohn etwas schuldet, bin ich das! Ich will wissen, was vor sich geht!«

Harri starrte stur geradeaus. Schließlich sagte sie: »Ich kann dich da nicht einbeziehen. Das Risiko ist mir zu groß.«

»*Dir* ist das Risiko zu groß?«, ging Margo wütend auf sie los. »Was riskierst du denn schon? Was macht dich so sicher, dass er *dich* angreift und nicht wieder Ashley, um das zu Ende zu bringen, was er angefangen hat?«

»Jetzt hört mal zu. Ich habe alles unter Kontrolle. Wenn ihr versucht, dabei mitzumischen, könnte es im Desaster enden. Ich weiß nicht genau, wo er ist oder ob er mich überhaupt schon gefunden hat. Aber ich bin sicher, wenn er in der Nähe ist, wird Dianes Story ihn geradewegs zu mir führen. Nichts darf anders sein als gewöhnlich, sonst wird er merken, dass es eine Falle ist, und verschwinden. Er wird mich angreifen, da bin ich sicher. Lasst mich das allein beenden. Ich bin die Einzige, die das kann.«

Ashley schaute angriffslustig drein, und keine von ihnen war bereit nachzugeben.

Steve warf ruhig dazwischen: »Harri, erzähl uns zumindest, was du weißt und wie dein Plan aussieht.«

»Gut, ich erzähle euch alles, aber dann lasst ihr es mich alleine machen.«

26

Whittington tigerte durch die wenigen Quadratmeter seines Zimmers in diesem so genannten Hotel, das sich anfühlte wie ein Gefängnis. Es war leicht gewesen, mit einem falschen Pass über die Grenze zurück in die Vereinigten Staaten zu kommen. Er war gut bei Kräften, und sein Kopf war klar. Und was das Wichtigste war, er hatte immer noch großes Glück.

Sein einziges Problem war es gewesen, die Frau ausfindig zu machen, die ihn herausgefordert hatte, die es gewagt hatte, ihm den Stinkefinger zu zeigen. Whittington wusste, dass sie eine Bullenbraut war, aber zum Computernetzwerk der Fluglinie hatte er keinen Zugang mehr. Jetzt hatte irgend so eine dämliche Nutte von Reporterin sein Problem gelöst.

Zwei Abende zuvor hatte Whittington in derselben Sorte Hotel am anderen Ende des Staates auf seinem Bett gesessen, und der Fernseher hatte im Hintergrund gerauscht. Er hatte darüber gegrübelt, wie er diese Scheiß-Bullenbraut finden könnte, und zwischendurch aufgeschaut. Durch den Schnee auf dem Bildschirm des Schwarzweißfernsehers hatte er sie gesehen.

Whittington sprang vom Bett und ging nach nebenan. Sein Nachbar hatte gerade einen neuen Farbfernseher gestohlen. Als auf sein Klopfen hin niemand antwortete, trat er die Tür ein und schaltete das Gerät an. Da, vor seinen Augen, lief eine Fernsehsendung über das, was er getan hatte. Und über *sie* – Detective Mendoza. Während er zuschaute, wurde ihm klar, dass sie all seine Bemühungen zunichte gemacht hatten. Sie verkehrten alles ins Gegenteil und zogen Kraft aus seinen Lektionen.

Whittington wurde wütend. Dieses Mal wollte er sie die wichtigste Lektion von allen lehren – Detective Beharrlichkeit Mendoza würde fallen und mit ihr all die gottverdammte Stärke, die diese Abartigen zu haben glaubten.

Er nahm den Anhänger, den er dieser anderen Bullenlesbe vom Hals gerissen hatte. Er würde diesen Frauen zeigen, dass sie den Männern nicht die Macht und die Frauen stehlen konnten. Wenn er dieses Symbol bei der vergewaltigten Leiche von Elizabeth »Beharrlichkeit« Mendoza hinterließe, glaubte er, würden es alle kapieren.

Er zog seinen schwarzen wollenen Kampfanzug an. Sein Leihwagen wartete auf ihn und Mendozas Haus war nicht weit weg.

Die hohe Hecke um den Garten des gegenüberliegenden Hauses warf mitternächtliche Schatten, aus denen Whittington Mendozas zweistöckiges Haus beobachtete. Es war im neuspanischen Stil gehalten und lag auf einem Eckgrundstück, auf halber Höhe eines steilen Hangs. Der Garten war von einer niedrigen weiß verputzten Mauer eingefasst, mit einem einzigen Tor, das zur Vordertür führte.

Whittington glitt über die Straße und betrat den Garten. Er begann, die unten gelegenen Fenster zu prüfen, doch alle waren verschlossen, die Fensterläden verriegelt. Drinnen brannten keine Lichter, und es gab kein Anzeichen dafür, dass jemand zu Hause war. Whittington ging um das Haus herum zur Garage und schaute durchs Fenster. Sie war leer. Als Nächstes ging er zum Briefkasten. Er war voller Post, gestempelt Anfang der Woche. Schließlich entdeckte er die Zeitungen, die irgendein Nachbar sorgfältig neben dem Seiteneingang des Wohnhauses aufgestapelt hatte.

Also war Mendoza nicht zu Hause. Das machte ihm nichts aus. Ja er mochte die Vorfreude, die dem Sich-Lieben vorausging. Zu warten, bis sie zurückkäme, war kein Problem. Er würde jede Nacht herkommen, bis sie wieder da wäre. Dann würde er das letzte Wort haben.

Harri glaubte allmählich, sie vollführe dieses ganze Täuschungsmanöver für nichts und wieder nichts. Vielleicht hatte sie sich geirrt. Vielleicht kam er doch nicht zurück. Ihr tägliches Ritual nervte sie allmählich. Jeden Abend, wenn sie nach Hause kam, parkte sie ihr Auto ein paar Blocks entfernt. Dann ging sie ihre Post durch und sortierte nur die Rechnungen aus, die unbedingt sofort bezahlt werden mussten. Sie nahm ihre Abendzeitung, überflog sie, rollte sie dann wieder zusammen und legte sie nach draußen. Wenn die Sonne für die Nacht verschwand, zog sie sich in ihr Schlafzimmer zurück und verbrachte den Rest ihrer wachen Stunden in völliger Dunkelheit, was oft bedeutete, im begehbaren Kleiderschrank zu hocken und im Schein einer Taschenlampe ein gutes Buch zu lesen.

Obwohl Harri diesen ganzen Ablauf satt hatte, wusste sie, darin lag ihre einzige Chance, sich einen Vorteil zu verschaffen. Doch was, wenn sie das alles umsonst tat? Was, wenn er nicht zurückkam? Was, wenn er seine Hasslektionen bereits woanders begonnen hatte?

Diese Gedanken lenkten Harri ab, während sie durch den Garten lief und die lockere Erde unter den Erdgeschossfenstern überprüfte. Sie hatte dafür gesorgt, dass unter jedem Fenster hübsche Blumen in gutem, weichem Boden wuchsen. Die Blumenerde wäre auch der perfekte Untergrund für die Fußabdrücke eines eventuellen Eindringlings.

Während sie am ersten Fenster vorbeiging und den Blick über den Boden schweifen ließ, war Harri mit ihren Gedanken woanders. Erst als sie fast schon am nächsten Fenster war, wurde ihr bewusst, was sie gesehen hatte.

Sie ging zurück. Der Anblick mehrerer Fußabdrücke ließ Harris Herz hämmern.

Schnell lief sie um das restliche Haus herum. Unter jedem Fenster waren die gleichen Abdrücke. Sie spurtete zur Pforte, wo sich das letzte Indiz befand. Der kleine schwarze Zettel lag dezent auf dem Boden, wo er hingefallen war, als Whittington so unvorsichtig gewesen war, den Riegel zu öffnen.

Harri hob den Zettel auf und zerknüllte ihn. »Ja! Jetzt hab ich dich, du Bastard.« Sie spürte nur Aufregung. Er war zurückgekehrt, um ihre Herausforderung anzunehmen. Es war Zeit für sie, *ihn* etwas zu lehren.

Harri wählte die Nummer der Telefonzentrale. »Hallo, hier ist Officer Mendoza. Ich kann heute nicht zur Arbeit kommen.«

»Krank?«

»Ja.«

»Ist gut, ich sag dem Dienst habenden Einsatzleiter Bescheid. Überprüfe Ihre Nachrichten.«

Harri wartete, während die Frau von der Zentrale sich in das digitale Telefonnachrichtensystem einloggte, das das Revier kürzlich angeschafft hatte.

»Nichts. Ich hoffe, es geht Ihnen morgen besser.«

»Könnten Sie mich zum Betrug hochstellen?«

»Kein Problem. Auf Wiederhören.«

Während sie dem Telefonklingeln lauschte, wurde Harri klar, dass zu dieser frühen Stunde noch niemand im Büro wäre. Der Computer nahm den Anruf entgegen und sie tippte Fredericks Durchwahl und hinterließ eine Nachricht. Eine Sache musste er noch für sie erledigen.

Harri brachte den gesamten Morgen damit zu, ihre Falle zu planen. Sie spielte jedes mögliche Ende ihrer Jagd durch. Sie überlegte, wo sie sich im Haus postieren sollte, um auf ihn vorbereitet zu sein, egal auf welchem Weg er hereinkäme. Doch sie kannte ihn. Sie hatte ihn studiert. Er würde durch den Seiteneingang kommen, und sie würde ihn erwarten.

Als sie sich schließlich bereit fühlte, wählte sie Ashleys Nummer.

»Hallo, Baby.« Ashleys Stimme klang verführerisch.

»Ashley, was würde Margo wohl denken, wenn sie wüsste, dass du immer noch eine Schwäche für mich hast?«

»Oh, Mist, ich dachte, du *wärst* Margo. Was gibt's?«

»Nichts, was machst du gerade?«

Ashley klang gestresst. »Ich schiebe Möbel durch die Gegend. Ich hab ein paar neue Sachen gekauft, und jetzt versuche ich, alles an die richtige Stelle zu bekommen.«

»Du meinst, du gestaltest tatsächlich Margos Zuhause um?«

»Harri, das hier ist *unser* Zuhause, und es wird Zeit etwas zu unternehmen, damit es sich auch so anfühlt.« Ashley schob etwas Schweres an seinen Platz und fragte dann erneut: »Also, warum rufst du an?«

»Ich wollte mich vergewissern, dass du nicht mehr sauer auf mich bist.«

»Ich war nie sauer auf dich. Ich finde nur nicht gut, was du tust. Es ist vollkommen unprofessionell, und das sieht dir gar nicht ähnlich.«

»Ashley, neulich am Flughafen hatte ich keine Zeit, alle Konsequenzen zu durchdenken. Ich habe nur versucht, irgendwas zu tun, um ihn nicht für immer aus den Augen zu verlieren. Dann wurde mir klar, was genau ich getan hatte und dass es jetzt persönlich war. Ja, ich weiß, ich darf als Cop keinen persönlichen Konflikt mit meinen Kontrahenten zulassen, aber das ist eine unrealistische Forderung. Das Leid, das wir sehen, der Tod, die Zerstörung – das ist alles persönlich. Manchmal kriegst du die Chance, ein kleines bisschen davon zu verändern, und dann musst du sie nutzen.«

Ashley war immer noch nicht zufrieden. »Aber warum musst du es alleine tun?«

Darauf hatte Harri keine Antwort. »Mach dir keine Sorgen, es wird schon gut gehen.«

Sie musste Schluss machen. Es würde bald dunkel sein.

27

Harris Auto parkte in der Garage. Der Briefkasten war leer, die Zeitungen hereingeholt und die Außenbeleuchtung eingeschaltet. Im Schatten ihrer Garage stand Whittington und lächelte. Er hatte sie nicht so früh zurückerwartet, aber er war bereit. Seit dem vorigen Abend hatte er nicht geschlafen. Er konnte nur noch daran denken, wie gut es sich anfühlen würde, mit dieser Nutte zu spielen, bis sie ihn anbettelte, sie zu ficken. Dann würde er es beenden.

Harris Seitentür lag am Ende eines kurzen Flurs, der Wohnzimmer und Küche trennte. Direkt neben der Tür war ein kleiner Schrank, aber Harri hatte beschlossen, sich nicht dort zu verstecken, denn dann könnte sie seine Bewegungen nicht sehen. Stattdessen stand sie still im Schatten der hinteren Esszimmerecke. Es war der dunkelste Ort im Haus, und jetzt ebenfalls schwarz gekleidet, war sie praktisch unsichtbar. Sie würde ihn an der Küche vorbeigehen sehen und dann mit sechs schnellen und leisen Schritten die Position wechseln, so dass sie ihn in dem Wandspiegel beobachten konnte, den sie im Eingangsbereich aufgehängt hatte. Sobald er die Treppe hinaufstieg, würde sie in den Flur treten und ihn stellen. Er wäre gefangen, ohne Fluchtweg und ihren Kugeln ausgesetzt, falls er ihren Anweisungen nicht genauestens folgte.

Harri spürte das Gewicht der Waffe in ihrer rechten Hand – sie war zuversichtlich, dass das Glück jetzt auf ihrer Seite sein würde.

Das Geräusch von brechendem Glas ließ Harri zusammenfahren. Einen Moment lang vergaß sie fast, dass sie damit gerechnet hatte. Sie beruhigte sich schnell. Alles lief wie erwartet.

Harri verstand, warum so viele Opfer sein Eindringen verschlafen hatten. Die kleine Glasscheibe fiel fast lautlos auf den Teppich. Harri hörte, wie die Tür sich quietschend öffnete. Sie zählte die Sekunden, wusste, dass er im Haus war und sich auf seine Lektion zubewegte.

Ihre gesamte Konzentration richtete sich auf den Durchgang zur Küche. Als ein Schatten vorbeihuschte, glitt Harri durch den Raum in ihre nächste Position. Erneut trennte nur eine Wand die beiden Jäger. Harri musste ihren Drang, einfach durch die Tür zu schießen und die Sache sofort zu beenden, gewaltsam unterdrücken. Dieses Mal hatte sie einen Plan. Sie würde keinerlei Risiko eingehen.

Der Schatten stand still, sein Spiegelbild war kaum zu sehen. Harri hielt den Atem an. Warum war er stehen geblieben? Hatte er ihre Bewegung gehört? Ihren Atem? Verdammt, wusste er, dass sie hier war? Harri wollte aus ihrer Deckung herausstürzen, überzeugt, dass er die gestellte Falle irgendwie durchschaut hatte. Gerade als ihr Hirn ihr befahl, einen Satz zu machen, wandte er sich Richtung Treppe. Harri blieb auf ihrem Fleck. Er stieg jetzt die Stufen hoch.

Seit dem Gespräch mit Harri war Ashley unruhig, doch sie konnte sich nicht erklären, warum. Sie warf einen Blick auf ihre Uhr. Margo würde bald nach Hause kommen.

»Scheiße, *das* ist es. Diese sture Tante!«

Eigentlich hätte Harri heute Dienst gehabt, aber Ashley wusste, dass sie von zu Hause aus angerufen hatte. So früh machte Harri nie Feierabend. Sie war dort und wartete auf ihn.

Ashley starrte hinaus in die Dunkelheit und begann, am ganzen Leib zu zittern. Ihr Handgelenk, ihre Rippen und ihre Sinne taten weh. Sie konnte sehen, wie Whittington eine Axt durch die Luft schwang, gegen Steve. Nein, nein! Es war nicht Steve – es war Harri. Ashleys Verstand schnellte zurück in die Gegenwart, und sie rannte zum Telefon. Whittington kam nicht zurück, um Harri zu vergewaltigen. Diesmal kam er, um zu töten. Ashley wusste, dass er bewaffnet wäre. Sie musste Harri warnen.

Harri glitt an der Wand entlang durch die Tür und in den Flur, als er die dritte Stufe erreichte. Sie konnte ihn keuchen hören. Sie selbst atmete ruhig und kontrolliert. Ihre Waffe war auf seinen Rücken gerichtet. Das war das Ende. Endlich war es da.

Das Telefon zerriss die Stille wie ein Alarmsignal. Whittington fuhr herum und sah die dunkle Gestalt, die unten stand. Das Klingeln hallte in Harris Kopf und ihre Augen erhaschten einen metallischen Schimmer in seiner rechten Hand. Sie knipste den

Lichtschalter an, blendete sie für einen Moment beide und ließ sich fallen.

Sie tauchte nach links ins Wohnzimmer ab, und seine Kugel schlug weit rechts von ihr ein. Harri war geschockt. Er war noch nie bewaffnet gewesen. Ihr Plan war jetzt nutzlos. Sie rollte sich auf ihre rechte Seite, bemüht, ihre Balance wiederzuerlangen und sich ebenfalls in Schussposition zu bringen.

Ihre Waffe zeigte in die Richtung, aus der sie gekommen war. Sekunden vergingen, ohne dass er auf sie zukam. Warum griff er nicht an? Versteckte er sich, wartete er darauf, dass sie ihre Deckung verließ?

Dann hörte sie ihn in die Seitentür krachen. Er floh! Er sollte doch nicht weglaufen. Sie waren hier, um es zu beenden. Er *durfte* nicht weglaufen!

Harri sprang auf und attackierte Kette und Sicherheitsschloss an ihrer Haustür. »Verflucht, was glaubst du, wo du wohnst, in Fort Knox?«, zischte sie laut. Schließlich riss sie die Tür auf.

Sie duckte sich auf die Vordertreppe, als eine Kugel an ihr vorbeipfiff. Whittington spurtete die Straße hinauf.

Eine Falle! Whittington konnte es nicht fassen. Seine einzige Chance war jetzt die Flucht. An der ersten Kreuzung schaute er über seine Schulter. Die Kommissarin war nicht so clever, wie die Fernsehstory sie hingestellt hatte. Wo war ihre Verstärkung? Sie hatte keine. Sie hatte ihren Gefühlen erlaubt, die Oberhand zu gewinnen, und deshalb würde er entkommen. Sie verfolgte ihn, aber sie würde ihn niemals kriegen. Heute Nacht wäre nicht seine letzte Lektion, es würde weitere Nächte geben. Noch hatte er nicht verloren.

Er blieb stehen und schrie: »Du dämliche Lesbe! Dafür wirst du bezahlen!«

Im selben Moment hörte er es – ein Motor startete ein Stück weiter vorne, dann einer zu seiner Rechten und noch einer zu seiner Linken. Er schaute zurück, den Hügel hinunter, und sah Mendozas Schatten vor den Scheinwerfern eines Fahrzeugs. Dann explodierte die Nacht in wirbelndem Rot und Blau, Polizeiwagen rasten aus allen Richtungen auf ihn zu.

Whittington wusste, es war zu Ende, aber er musste nicht verlieren. Er wandte sich zu Harri um und verstärkte den Griff um seine Waffe. Er konnte sie immer noch umbringen. Er rannte zurück, auf sie zu, hob die Waffe.

Plötzlich stürzte ein großer schwarzer Mann in Polizeijacke aus den Schatten und warf sich auf ihn. »Bin froh, dass du in meine Richtung gelaufen bist, du Arschloch!«, knurrte Frederick und rollte Whittington auf den Bauch.

Gewaltsam wurden ihm die Arme auf den Rücken gebogen, kalter Stahl schloss sich klickend um seine Handgelenke. Dann zerrten ihn viele Hände auf die Beine, und direkt vor ihm stand *sie*.

Als er in ihre Augen sah, war da kein Hass und keine Wut, nur eine Kraft, die weder er noch andere wie er ihr je nehmen würden. Sie hielt seinem Blick stand, bis er seinen senkte.

»Noch ist es nicht vorbei.« Harri wühlte in seinen Hosentaschen. Sie hielt die Doppelaxt hoch. »Aber jetzt.«

Katherine V. Forrest

Amateure

Ariadne Krimi 1015 · ISBN 3-88619-515-5

Ellen O'Neil hat einen neuen Job – und stolpert gleich über die Leiche eines Vorgesetzten. Kate Delafield vom LADP weiß bald, dass fast alle Angestellten ein Motiv hatten. Aber was Kate kaum ertragen kann, ist die große Ähnlichkeit zwischen ihrer toten Geliebten und Ellen O'Neil.

Die Tote hinter der Nightwood Bar

Ariadne Krimi 1007 · ISBN 3-88619-507-7

Hinter einer Lesbenbar wird eine junge Frau erschlagen aufgefunden. Für Kate wirbelt dieser Fall lange Verdrängtes von Neuem auf. Sie erlebt, wie vielschichtig in der Gesellschaft Gewalt gegen alles ausgeübt wird, was nicht der Norm entspricht, und muss Stellung beziehen.

Beverly Malibu

Ariadne Krimi 1029 · ISBN 3-88619-529-5

Kate Delafield ermittelt in einem Giftfall, der im Apartmenthaus Beverly Malibu stattgefunden hat. Bei den Verhören ergibt sich schnell eine Spur: Fast alle BewohnerInnen des Beverly Malibu haben auf irgendeine Weise mit der Filmbranche zu tun …

Tradition

Ariadne Krimi 1037 · ISBN 3-88619-537-6

Ein blutiger Mord an einem schwulen Restaurantbesitzer – Kate gerät beim Ermitteln bald an ihre sorgsam gehütete Grenze zwischen Beruf und Privatleben. Was kann sie tun, damit eine schwulenfeindliche Jury den gewalttätigen Angeklagten nicht einfach freispricht?

Treffpunkt Washington

Ariadne Krimi 1107 · ISBN 3-88619-837-5

Es bedarf schon eines Tricks, um Kate zu einem Vietnam-Veteranentreffen nach Washington D.C. zu locken. Nichts scheut sie mehr als die Konfrontation mit ihrer Vergangenheit. Und ihre bösen Ahnungen bewahrheiten sich – auf ungeahnte Weise. Kaum hat Kate ihr Hotelzimmer bezogen, fallen Schüsse.

J. M. Redmann

»Micky Knight ist der lonesome Cowboy in der Wüste der Stadt. Gerechtigkeitswahn, tiefe Sehnsucht nach Wärme, Liebe, Nähe, die Unfähigkeit, Menschen an sich heranzulassen, eine schwarze Vergangenheit, ungewisse Zukunft, ein beschissenes Jetzt sind die Stützpfeiler ihrer Persönlichkeit. Und natürlich überführt sie die Verbrecher unter Einsatz ihres Lebens und hat so diese dreckige Welt ein klein wenig sauberer gemacht.«
Lespress

Mississippi

Ariadne Krimi 1055 · ISBN 3-88619-555-4

Privatdetektivin Michele Knight hat Ebbe in der Kasse. Guter Zeitpunkt für eine neue, geschmackvoll verpackte Klientin, die ihr allerdings Schande einbrockt. Aber dass »Micky« sich mit der halben Südstaatenmafia anlegt, liegt wohl mehr an ihrer tollkühnen Mentalität …

Stirb, Jokaste!

Ariadne Krimi 1069 · ISBN 3-88619-569-4

Michele Knight, Spezialistin für gefährliches Leben und einen schlechten Ruf, versucht es mit Enthaltsamkeit. Eine ausschweifende Südstaaten-Gala mag nicht der ideale Rahmen für Mineralwasser sein, doch sie hat ihren Reiz – bis im Wald eine Leiche gefunden wird. Die Todesursache: eine verpfuschte Abtreibung! Und in der Stadt des Halbmonds erhält eine gewisse Frauenklinik widerliche Hassbriefe …

Sag niemals ja

Ariadne Krimi 1087 · ISBN 3-88619-587-2

Micky Knight ist mal wieder pleite. Sonst würde sie sich kaum darauf einlassen, für ein berüchtigtes blondes Biest Bodyguard zu spielen. Doch aus dem schnellen Job erwächst ein Fall, der Micky gewaltig an die Nieren geht: Die hart gesottene Schnüfflerin lässt sich aus biographischen Motiven auf eine gefährliche Scharade ein ...

Stein der Waisen

Ariadne Krimi 1103 · ISBN 3-88619-833-2

In diesem Herbst finden in New Orleans mehrere Frauenmorde statt. Schaudernd erkennt Micky, dass eine ihrer Klientinnen die nächste Leiche sein kann! Auf der Jagd nach verlorenen Müttern und einem Serienkiller hetzt Micky Knight einem bittersüßen Finale entgegen.

Val McDermid

Die Reportage

Ariadne Krimi 1013 · ISBN 3-88619-513-9

Lindsay Gordon, Zeitungsreporterin, soll eine lobende Reportage über die Benefizveranstaltung eines elitären privaten Mädcheninternats schreiben! Zwar trifft sie dort eine äußerst faszinierende Frau, doch die Lust zum Flirten vergeht ihr, als ein Mord geschieht ...

Das Nest

Ariadne Krimi 1021 · ISBN 3-88619-521-X

Sehr zum Missfallen der braven Bürger haben Frauen ein Widerstands-Nest gegen die Stationierung amerikanischer Raketen errichtet. Journalistin Lindsay Gordon im tödlichen Strudel von Kleinstadtchauvinismus, Rüstungspolitik und Geheimdienstmauschelei …

Der Fall

Ariadne Krimi 1033 · ISBN 3-88619-533-3

Lindsay Gordon wagt sich trotz ihrer Schwierigkeiten mit den englischen Behörden nach Hause zurück, nur um festzustellen, dass eine Freundin wegen Mordes verurteilt wurde und Lindsays Liebste Cordelia sich einer albernen Jet-Set-Anwältin zugewandt hat …

Der Aufsteiger

Ariadne Krimi 1059 · ISBN 3-88619-559-7

Lindsay Gordon nimmt an einer großen Tagung der Mediengewerkschaften teil und gerät prompt in ein Chaos aus üblen Verleumdungen, frischen Feindschaften und bösen Erinnerungen. Schon bald sieht sich die Reporterin inmitten der KollegInnen mit dem Tod konfrontiert …

Das Kuckucksei

Ariadne Krimi 1095 · ISBN 3-88619-595-3

In Manchesters Rockmusik- und Nachtclubszene findet sich Privatdetektivin Kate Brannigan bestens zurecht. Aber wer kennt sich schon mit Fertilisationsforschung aus? Und dann lässt sich Brannigan von ihrer besten Freundin überreden, das Gesetz zu brechen …

Weiterlesen! Krimis bei Ariadne

Allen, Kate
- Wie es dir gefällt
Ariadne Krimi 1081; ISBN 3-88619-581-3

Andreae, Christine
- Grizzly
Ariadne Krimi 1114; ISBN 3-88619-844-8

Beadle, Jeremy
- Unterm Strich
Pink Plot 2041; ISBN 3-88619-941-X

Bick, Martina
- Blutsbande
Ariadne Krimi 1130; ISBN 3-88619-860-X
- Heute schön, morgen tot
Ariadne Krimi 1138; ISBN 3-88619-868-5

Bushell, Agnes
- Tanz der Schatten
Ariadne Krimi 1071; ISBN 3-88619-571-6

Çakan, Myra
- Downtown Blues
Social Fantasies 2065; ISBN 3-88619-965-7

Camones, Ann
- Verbrechen lohnt sich doch!
Ariadne Krimi 1065; ISBN 3-88619-565-1

Cannell, Dorothy
- Auf dem Holzweg
Ariadne Krimi 1058; ISBN 3-88619-558-9
- Der Witwenclub
Ariadne Krimi 1026; ISBN 3-88619-526-0
- Die dünne Frau
Ariadne Krimi 1016; ISBN 3-88619-516-3

Carlson, P.M.
- Blut ist dicker als Mord
Ariadne Krimi 1100; ISBN 3-88619-830-8
- Blutstrom
Ariadne Krimi 1090; ISBN 3-88619-590-2
- Bühne frei für Mord
Ariadne Krimi 1064; ISBN 3-88619-564-3
- Grabes Stimme
Ariadne Krimi 1076; ISBN 3-88619-576-7
- Heiß genug für Mord
Ariadne Krimi 1070; ISBN 3-88619-570-8
- Makler und Mord
Ariadne Krimi 1052; ISBN 3-88619-552-X
- Miss Mooney
Ariadne Krimi 1132; ISBN 3-88619-862-6
- Sicher ist nur Mord
Ariadne Krimi 1022; ISBN 3-88619-522-8
- Studie mit Mord
Ariadne Krimi 1082; ISBN 3-88619-582-1
- Todes Hauch
Ariadne Krimi 1106; ISBN 3-88619-836-7
- Versuch mit Mord
Ariadne Krimi 1032; ISBN 3-88619-532-5
- Vorspiel zum Mord
Ariadne Krimi 1012; ISBN 3-88619-512-0

Charest, Danielle
- Die Ohnmacht
Ariadne Krimi 1089; ISBN 3-88619-589-9

Cody, Liza
- Eva langt zu
Ariadne Krimi 1140; ISBN 3-88619-870-7
- Eva sieht rot
Ariadne Krimi 1134; ISBN 3-88619-864-2
- Was sie nicht umbringt
Ariadne Krimi 1128; ISBN 3-88619-858-8

D'Arnuk, Nanisi Barrett
- Vollzug
Ariadne Krimi 1119; ISBN 3-88619-849-9

Day, Marele
- Der letzte Tango der Dolores Delgado
Ariadne Krimi 1094; ISBN 3-88619-594-5

Douglas, Lauren Wright
- Artemis' Töchter
Ariadne Krimi 1053; ISBN 3-88619-553-8
- Lauernde Bestie
Ariadne Krimi 1005; ISBN 3-88619-505-8
- Sieben Leben
Ariadne Krimi 1041; ISBN 3-88619-541-4

Dreher, Sarah
- Stoner McTavish
Ariadne Krimi 1011; ISBN 3-88619-511-2
- Stoner McTavish 2 - Schatten
Ariadne Krimi 1023; ISBN 3-88619-523-6
- Stoner McTavish 3 - Grauer Zauber
Ariadne Krimi 1043; ISBN 3-88619-543-0
- Stoner McTavish 4 - Gefangene der Zeit
Social Fantasies 2055; ISBN 3-88619-955-X
- Stoner McTavish 6 - Stoner verkehrt in schlechten Kreisen
Ariadne Krimi 1093; ISBN 3-88619-593-7
- Stoner McTavish 7 - Rat der Schamanin
Social Fantasies 2047; ISBN 3-88619-947-9

Duffy, Stella
- Septemberfrau
Ariadne Krimi 1099; ISBN 3-88619-599-6

Engels, Kim
- Zur falschen Zeit am falschen Ort
Ariadne Krimi 1017; ISBN 3-88619-517-1

Forrest, Katherine V.
- Amateure
Ariadne Krimi 1015; ISBN 3-88619-515-5
- Beverly Malibu
Ariadne Krimi 1029; ISBN 3-88619-529-5
- Die Tote hinter der Nightwood Bar
Ariadne Krimi 1007; ISBN 3-88619-507-4
- Knochenjob
Ariadne Krimi 1125; ISBN 3-88619-855-3
- Kreuzfeuer
Ariadne Krimi 1113; ISBN 3-88619-843-X
- Töchter der Morgenröte
Social Fantasies 2057; ISBN 3-88619-957-6
- Tradition
Ariadne Krimi 1037; ISBN 3-88619-537-6
- Treffpunkt Washington
Ariadne Krimi 1107; ISBN 3-88619-837-5

Foster, Marion
- Wenn die grauen Falter fliegen
Ariadne Krimi 1002; ISBN 3-88619-503-1
- Wenn die Macht ihr Netz auswirft
Ariadne Krimi 1035; ISBN 3-88619-535-X

Geier, Monika
- Neapel sehen
Ariadne Krimi 1136; ISBN 3-88619-866-9
- Wie könnt ihr schlafen
Ariadne Krimi 1110; ISBN 3-88619-840-5

Weiterlesen! Krimis bei Ariadne

Grae, Camarin
- Seelenraub
Ariadne Krimi 1083; ISBN 3-88619-583-X

Hall, Patricia
- Tödlicher Frost
Ariadne Krimi 1122; ISBN 3-88619-852-9
- Tödlicher Sommer
Adrenalin 2035; ISBN 3-88619-935-5
- Tödliche Wahl
Adrenalin 2022; ISBN 3-88619-922-3

Hansen, Joseph
- Fade Out
Pink Plot 2051; ISBN 3-88619-951-7
- Feindschaftsdienst
Pink Plot 2067; ISBN 3-88619-967-3
- Totengeld
Pink Plot 2062; ISBN 3-88619-962-2
- Tyrannenmord
Pink Plot 2071; ISBN 3-88619-971-1

Haug, Frigga
- Jedem nach seinen Bedürfnissen
Adrenalin 2021; ISBN 3-88619-921-5
- Jedem nach seiner Leistung
Adrenalin 2005; ISBN 3-88619-905-3

Jay, Charlotte
- Das Gift der neuen Welt
Ariadne Krimi 1108; ISBN 3-88619-838-3

Kemmerzell, Anja/Laudan, Else
- Wie schreibe ich einen Krimi?
Ariadne Leitfaden 01; ISBN 3-88619-717-4

Konopik, Iris/Laudan, Else
- Best of Sex bei Ariadne
Ariadne Leitfaden 04; ISBN 3-88619-719-0

Konopik, Iris/Montag, Stefanie
- Coming Out Lesebuch
Ariadne Leitfaden 02; ISBN 3-88619-718-2

Kremmler, Katrin
- Blaubarts Handy
Ariadne Krimi 1131; ISBN 3-88619-861-8

Lasserre, Sonja
- Gestern, heute und kein Morgen
Ariadne Krimi 1020; ISBN 3-88619-520-1

Lauren, Jessica
- Zweimal sterben
Ariadne Krimi 1051; ISBN 3-88619-551-1

Lehtolainen, Leena
- Kupferglanz
Ariadne Krimi 1118; ISBN 3-88619-848-0

McAllester, Melanie
- Der Missionar
Ariadne Krimi 1137; ISBN 3-88619-867-7

Macquet, Claire
- Auf der Suche nach Ammu
Ariadne Krimi 1061; ISBN 3-88619-561-9

Magezis, Joy
- Schüttelfrost
Ariadne Krimi 1028; ISBN 3-88619-528-7

Marcy, Jean
- Eiskaltes Blond
Ariadne Krimi 1133; ISBN 3-88619-863-4

McDermid, Val
- Abgeblasen
Ariadne Krimi 1120; ISBN 3-88619-850-2
- Der Aufsteiger
Ariadne Krimi 1059; ISBN 3-88619-559-7
- Der Fall
Ariadne Krimi 1033; ISBN 3-88619-533-3
- Das Gesetz der Serie
Ariadne Krimi 1112; ISBN 3-88619-842-1
- Das Kuckucksei
Ariadne Krimi 1095; ISBN 3-88619-595-3
- Luftgärten
Ariadne Krimi 1124; ISBN 3-88619-854-5
- Das Manuskript
Ariadne Krimi 1105; ISBN 3-88619-835-9
- Das Nest
Ariadne Krimi 1021; ISBN 3-88619-521-X
- Die Reportage
Ariadne Krimi 1013; ISBN 3-88619-513-9
- Skrupellos
Ariadne Krimi 1126; ISBN 3-88619-856-1

Michels, Bernd
- Akte Zirkon
Adrenalin 2048; ISBN 3-88619-948-7
- Laubenleiche
Adrenalin 2038; ISBN 3-88619-938-X
- Mafiakind
Adrenalin 2020; ISBN 3-88619-920-7

Miller, Martha
- Neun Nächte
Ariadne Krimi 1135; ISBN 3-88619-865-0

Möllenberg, Holger
- Die Adonisfalle
Pink Plot 2061; ISBN 3-88619-961-4

Moers, Meier, Büring, Budéus
- Die Beatles - Geschichte und Chronologie
Ariadne Leitfaden 03; ISBN 3-88619-698-4

Muser, Martin
- Granitfresse
Adrenalin 2023; ISBN 3-88619-923-1
- Das ohmsche Gesetz
Adrenalin 2063; ISBN 3-88619-963-0

Nava, Michael
- Goldjunge
Pink Plot 2003; ISBN 3-88619-903-7
- Stadt der Ehre
Pink Plot 2011; ISBN 3-88619-911-8
- Das innere Gesetz
Pink Plot 2018; ISBN 3-88619-918-5
- Der kleine Tod
Pink Plot 2001; ISBN 3-88619-901-0
- Todes Nähe
Pink Plot 2030; ISBN 3-88619-930-4
- Verbrannte Erde
Pink Plot 2040; ISBN 3-88619-940-1; gebunden
Pink Plot 2056; ISBN 3-88619-956-1; Taschenbuch

Outland, Orland
- Mordsduft
Pink Plot 2049; ISBN 3-88619-949-5

Weiterlesen! Krimis bei Ariadne

Pincus, Elizabeth
- Einsamer Twist
Ariadne Krimi 1121; ISBN 3-88619-851-0
- Katerwalzer
Ariadne Krimi 1127; ISBN 3-88619-857-X
- Schleppertango
Ariadne Krimi 1109; ISBN 3-88619-839-1

Redmann, J.M.
- Mississippi
Ariadne Krimi 1055; ISBN 3-88619-555-4
- Sag niemals ja
Ariadne Krimi 1087; ISBN 3-88619-587-2
- Stein der Waisen
Ariadne Krimi 1103; ISBN 3-88619-833-2
- Stirb, Jokaste!
Ariadne Krimi 1069; ISBN 3-88619-569-4

Riefflin, Karen (Hg.)
- Waterkant in Mörderhand
Kriminalgeschichten aus Hamburg
ISBN 3-88619-494-9

Scharsich, Dagmar
- Die gefrorene Charlotte
Ariadne Krimi 1048; ISBN 3-88619-548-1

Scheen, Kjersti
- Vorhang zum Tod
Ariadne Krimi 1102; ISBN 3-88619-832-4

Schulman, Sarah
- Ohne Delores
Ariadne Krimi 1025; ISBN 3-88619-525-2
- Die Sophie Horowitz Story
Ariadne Krimi 1077; ISBN 3-88619-577-5

Scott, Rosie
- Tage des Ruhms
Ariadne Krimi 1036; ISBN 3-88619-536-8

Småge, Kim
- Die weißen Handschuhe
Ariadne Krimi 1014; ISBN 3-88619-514-7
- Nachttauchen
Ariadne Krimi 1056; ISBN 3-88619-556-2
- Tapetenwechsel
Ariadne Krimi 1086; ISBN 3-88619-586-4

Stern, Adriana
- Hannah und die Anderen
Nachtbrenner 3013; ISBN 3-88619-993-2

Stevenson, Richard
- Umgepolt
Pink Plot 2024; ISBN 3-88619-924-X
- Verraten und verkauft
Pink Plot 2037; ISBN 3-88619-937-1

Sulzenbacher, Hannes
- Letzter Walzer
Pink Plot 2069; ISBN 3-88619-969-X
- Wiener Gift
Pink Plot 2050; ISBN 3-88619-950-9

Taylor, Jean
Wir wissen, wo du wohnst
Ariadne Krimi 1101; ISBN 3-88619-831-6

Thommes, Susanne
- Kronzeugen
Adrenlin 2026; ISBN 3-88619-926-6

Togawa, Masako
- Der Hauptschlüssel
Ariadne Krimi 1010; ISBN 3-88619-510-4

Webb, Cynthia
- Florida Blues
Ariadne Krimi 1111; ISBN 3-88619-841-3

Wilson, Barbara
- Ein Abend mit Vivaldi
Ariadne Krimi 1123; ISBN 3-88619-853-7
- Belladonna - Neun Reisen mit Cassandra
Ariadne Krimi 1097; ISBN 3-88619-597-X
- Ein Nachmittag mit Gaudí
Ariadne Krimi 1027; ISBN 3-88619-527-9
- Mord im Kollektiv
Ariadne Krimi 1079; ISBN 3-88619-579-1
- Der Porno-Kongreß
Ariadne Krimi 1019; ISBN 3-88619-519-8
- Schwestern der Straße
Ariadne Krimi 1049; ISBN 3-88619-549-X
- Trubel in Transsylvanien
Ariadne Krimi 1057; ISBN 3-88619-557-0

Wilson, John Morgan
- Der Gerechte
Pink Plot 2031; ISBN 3-88619-931-2

Wings, Mary
- Sie kam allein
Ariadne Krimi 1115; ISBN 3-88619-845-6
- Sie kam als Mann
Ariadne Krimi 1129; ISBN 3-88619-859-6
- Sie kam gestochen scharf
Ariadne Krimi 1085; ISBN 3-88619-585-6
- Sie kam zu spät
Ariadne Krimi 1031; ISBN 3-88619-531-7
- Sie war schnell wie der Blitz
Ariadne Krimi 1047; ISBN 3-88619-547-3

Ariadne Forum
Frauenkrimi-Almanach
Über ISSN 0941-6749 unter Angabe der Heft-Nr.
Ab Ariadne Forum 2 zusätzlich eigene ISBN
- Ariadne Forum 1 – 1992/93
AF; ISSN 0941-6749; 5 DM
- Ariadne Forum 2 – 1993/94
AF; ISBN 3-88619-693-3; 7 DM
- Ariadne Forum 3 – 1994/95
AF; ISBN 3-88619-694-1; 8 DM
- Ariadne Forum 4 – 1996/97
AF; ISBN 3-88619-695-X
- Ariadne Forum 5 – 1997/98
AF; ISBN 3-88619-696-8